Viel Spannung
und Freude
beim Lesen!

zum 12. Geburtstag
von deiner
Patentante
Michaela

15.02.2016

Winfried Arenhövel

## Verbrechen um Beno
Wie ich sie selbst erlebte

oder:
## Wo sind die ‚Renoir' geblieben?

Ein Kriminalroman
für Kinder
und Erwachsene

Winfried Arenhövel
Verbrechen um Beno. Wie ich sie selbst erlebte. Oder:
Wo sind die Renoir geblieben?
Ein Kriminalroman für Kinder und Erwachsene.
Geest-Verlag: Vechta-Langförden, 2005
**5. Auflage 2013**

ISBN 3-937844-79-1

**Titelblattgestaltung von Marion Hallbauer**

Diese Geschichte ist frei erfunden.
Eventuelle Ähnlichkeiten mit lebenden Personen
wären rein zufällig.

Geest-Verlag
Lange Straße 41 a
49377 Vechta-Langförden
Tel.: 04447/856580
Fax: 04447/856581
Email: geest-verlag@t-online.de
http://www.Geest-Verlag.de

# Inhaltsverzeichnis

| | |
|---|---|
| Hallo Freunde | 6 |
| Der letzte Schultag | 7 |
| Ein schauriges Geheimnis | 25 |
| Ein komischer Kauz | 45 |
| Wichtige Nachrichten | 53 |
| Ein merkwürdiger Brief und was danach geschah | 65 |
| Wie ein sonniger Ferientag ein schlimmes Ende nimmt | 90 |
| Was uns unter die Haut ging | 120 |
| Weitere Rätsel um HOLZKOPF | 137 |
| Auf der Suche nach dem Verbrecher aus Hetschburg | 160 |
| Was wirklich unter dem Plan stand | 180 |
| Ein weiterer Unbekannter tritt auf | 203 |
| Donnerstag, der Tagebuch-Tag | 216 |
| Jetzt geht's aufs Ganze | 239 |
| Hilfe, der Boss | 254 |
| Nachbemerkung des Herausgebers | 271 |

**Hallo Freunde,**

damit ihr es gleich wisst:
Ich bin der Christian Apfelbäumer – oder Olf, wie mich meine Freunde nennen.
Ich schreibe kein Vorwort, so wie es die Erwachsenen immer machen, wenn sie ein Buch schreiben. Das lest ihr ja doch nicht.
Die Geschichte, die ich euch erzählen will, war ein ziemlich harter Brocken, der sich auf die Zeit unserer Sommerferien gelegt hatte. Ich will mir Mühe geben, um euch alles recht genau zu erzählen.
Manchmal wird es, gerade am Anfang, ein wenig verworren klingen, weil wir selbst Mühe hatten, durchzublicken. Und weil es uns an die Nieren ging, schließlich waren einige von uns mehr als direkt betroffen. Wenn manches vielleicht unglaubhaft wirken mag, kann ich das nicht ändern. Es stimmt alles, ich werde euch doch keine Märchen erzählen.
So, mehr jetzt nicht, kein einziges Wort, denn es kitzelt mich schon mächtig in den Fingern, um euch von dem Verbrechen um Beno zu erzählen, wie es sich bei uns im Dorf ereignete und wie ich es selbst erlebte.
Also, bis gleich!

Euer Christian

# Der letzte Schultag

Es widerstrebt mir. Es widerstrebt mir, von der Schule zu reden. Weil noch Ferien sind. Aber die Geschichte muss einen Anfang haben – und angefangen hat es an jenem letzten Schultag, der mir wohl immer in Erinnerung bleiben wird. Ich war noch ein bisschen außer Atem, als es zur Stunde klingelte, denn ich hatte meinen Ranzen vergessen und war schnell noch einmal nach Hause gerannt. Es klingelte also zur ersten Stunde, wo wir Deutsch bei Montag hatten, und das ist ein mächtig strenger Lehrer. So ein richtiger Pauker, wenn ihr wisst, was ich meine.

Montag kam natürlich pünktlich auf die Minute in die Klasse, fast noch ein paar Sekunden zu früh, knallte seine Ledertasche auf den Lehrerstuhl und nahm ein Buch heraus. Nee, kein Vorlesebuch – wir haben Deutsch gemacht, wie immer. Ich sagte ja schon, ein Pauker. Ich war sauer wie alle anderen auch. Wer hat schon am letzten Schultag Lust, in die „Geheimnisse unserer schönen deutschen Muttersprache" einzusteigen? Lust nach Ferien – ja, Lust auf Abenteuer, auf Rumstromern in unseren geheimen ... – doch davon später.

„Was hattet ihr an Hausaufgaben auf?"
Auch das noch. Der kleine, etwas schmächtige Kerl, der jetzt aufstand, war Franz, Franz Bauer. Ein bisschen ungeschickt ist er ja, besonders wenn es mal ein kleines Handgemenge gibt, aber sonst ist er auf Draht, ein feiner Kerl.

„Wir sollten Sätze mit Attributen bilden", antwortete Franz etwas zaghaft, wohl aus Angst, nun seine Sätze vorlesen zu müssen und vielleicht einen Fehler drin zu haben.
Da hörte ich, wie Franz' Nachbar „Rindvieh" zischte. Das kam von Helmut, Helmut Borszwinski. Er ist ein Jahr älter als wir, weil er schon mal sitzengeblieben ist. Das hat zwar nichts zu sagen, aber Helmut ist ein ziemlich gemeiner und brutaler Kerl.
Ich kann ihn nicht leiden, weil er so schnell aufbraust und gleich losschlägt. Er meint immer, er wäre der Größte und gibt ständig an – ein bisschen tu ich es ja auch, aber so schlimm nicht.
Ich konnte mir schon denken, weshalb er Franz als „Rindvieh" bezeichnet hatte, denn Helmut machte seine Hausaufgaben nur selten.
Wenn es ihm nötig erschien, schrieb er sie morgens vor der Stunde von seinem Nachbarn ab. Besonders vor Deutsch bei Montag. Heute morgen hatte er das wohl nicht mehr für nötig gehalten.
„Hat jemand seine Hausaufgaben nicht gemacht?", fragte Montag streng.
Es meldete sich niemand, auch Helmut nicht. Bei so einer Frage wird es mir immer komisch im Bauch. Hoffentlich wollte er die Hefte nicht sehen, ich hatte ziemlich geschmiert. Er hatte sich mit dem Rücken an den großen Ofen gelehnt, in der Hand den Zeigestock. Den hatte er fast immer. Manchmal schlug er damit auf den Tisch, wenn wir es gar nicht erwarteten, wie ein Blitz aus heiterem Himmel, schrecklich.

„Na, dann lies du mal deine Sätze vor, Helmut Borszwinski!", forderte Montag streng und erwartete sicher, dass Helmut nichts hatte. Doch vor dem lag plötzlich ein Heft und er las langsam Sätze vor, die alle richtig waren. Aber da fiel mir auf, dass der Tisch vor Franz leer war. Er hatte ihm einfach das Heft weggezogen. Ist das nicht eine Gemeinheit? Aber ein altes Sprichwort sagt: Die Strafe folgt auf dem Fuße – und so war es. Montag hatte etwas gemerkt.

„Franz, bitte lies du deine Sätze vor!"
Es knisterte. Franz bekam einen furchtbar roten Kopf und las dann noch einmal jene Sätze vor, die wir vorher gehört hatten.

Es schien ein Gewitter im Anzug, als Montag donnerte: „Aber diese Sätze hat Helmut soeben vorgelesen! Hat er etwa wieder abgeschrieben?"

„N ... nein", würgte Franz zaghaft hervor.

„Dann – dann hast du etwa abgeschrieben?", entwickelte sich das Gewitter weiter.

Franz schielte zu Helmut. Konnte der die Sache nicht klarstellen? Doch der saß da, als könne ihn kein Sturm erschüttern.

„Helmut ... hat ... aus meinem Heft ... vorgelesen."

Rumms! Herr Montag hatte nicht etwa mit dem Zeigestock auf den Tisch geschlagen, nein, viel schlimmer, ein Gewitter brach los, wie wir es lange nicht mehr gehört hatten. Mit hochrotem Kopf brüllte, donnerte und zischte Montag auf uns ein, manche Sätze waren wie grelle Blitze, die uns durch Mark und Bein fuhren, ich will sie hier nicht wiedergeben. Je mehr Montag wetterte, umso gelangweilter blickte Helmut – und das machte Montag noch wilder. Er kochte förmlich. Schließlich riss unser Deutschlehrer die Tür auf und stürmte hinaus, um sich an der frischen Luft zu erholen.

Zehn Minuten blieb er wohl draußen, während wir wie versteinert saßen und nicht wagten, auch nur einen Piep zu sagen, denn die Fenster waren offen, und draußen stand „Er" und rauchte eine Zigarre. Als er schließlich wieder herein kam, hatte sich der Sturm gelegt. Nur ein Zigarrenduftwölkchen erinnerte noch daran. Wir atmeten alle erleichtert auf.

„Wir wollen noch einmal den Satzaufbau wiederholen."

Vom letzten Schultag aus betrachtet, war das eine mächtige Schikane, aber nach dem eben erlebten Gewitter war es wie ein erster Sonnenstrahl.

„Wer kann mir die fünf Satzglieder nennen?"

Ich ging sie im Geiste durch und wollte mich schon melden, aber da fiel mir auf, dass Satzgegenstand und Subjekt ja das Gleiche waren. Ich wollte und wollte einfach nicht auf das Fehlende kommen und starrte daher stur auf meine Federmappe, als ob ich noch nachdenken würde, um ja nicht dranzukommen.

Ein Glück war es sicher nicht, dass ausgerechnet Helmut aufgefordert wurde, denn bei seinen Kenntnissen konnte die Windstille schnell wieder zum Orkan anschwellen.

Helmut stand ganz langsam auf, denn er wollte noch möglichst viele Begriffe aus seiner Nachbarschaft aufschnappen. Es kam aber nichts.

„Weißt du überhaupt, wie viele Satzglieder es gibt?", fragte Montag mit einem grollenden Unterton.

„Es gibt meiner Meinung nach drei Satzglieder."
„Sag: Ich bin eine Napfsülze!", forderte ihn der Lehrer unvermittelt auf.
So etwas sagte er manchmal und dann blieb einem nichts anderes übrig, als es zu wiederholen. Meist gab er einem die verschiedensten Tiernamen wie Esel, faule Sau, blöder Ochse oder Hund.
Helmut jedoch meinte: „Also ... es gibt vier Satzglieder!"
„Du sollst sagen: Ich bin eine Napfsülze!", brauste Montag auf, doch Helmut blieb kühl.
„Es gibt fünf Satzglieder!"
Schon wieder brodelte es unter der Oberfläche, ich sah es ganz deutlich. Doch Montag bezwang sich und meinte nur: „Gegen Dummheit kämpfen Götter selbst vergebens! Goethe! Dann nenne uns mal deine drei bis fünf Satzglieder!"
„Äh, es gibt, ja es gibt fünf Satzglieder ... Erzählsatz ... äh ... Ausrufesatz ... äh, äh ...Nebensatz ..."
„Fehlt nur noch Kaffeesatz!", brüllte Montag, aber jetzt vor Lachen – und wir lachten alle mit und waren froh, dass das neuerliche Gewitter abgezogen war. Montag nannte nun selbst noch einmal die Teile, aus denen ein Satz besteht, und zog seinen Deutschunterricht ab, wie wir es gewohnt waren.
Ich war mächtig froh, als mir mein Hintermann plötzlich einen Zettel zuschob, einen kleinen Zettel, auf dem stand: „*Olf! Komme heute Nachmittag 3 Uhr zur großen Eiche. Beno und Franz wissen schon Bescheid. Grändi.*"
Grändi, eigentlich heißt er Gerhard Riese, ist unser Anführer, ein ganz prima Kerl mit einer Kraft, die man sei-

ner kleinen Gestalt gar nicht ansieht. Ihr werdet euch noch wundern! Und dabei ist er ein ganz pfiffiger Bursche. Ich meine, wenn es mal irgendwo brenzlig wird, dann haut er uns durch einen klugen Einfall wieder raus. Beno werdet ihr auch noch kennen lernen. Der ist nicht so klein wie Grändi, im Gegenteil, ziemlich lang, und in seinen Muskeln ist kein Pudding drin, aber solche Kraft wie Grändi hat er nicht. Dennoch, er ist schwer in Ordnung. Wir vier, Grändi, Beno, Franz und ich haben uns so ein bisschen zu einer Bande zusammengetan. Heute Nachmittag also wollten wir uns an der großen Eiche treffen, das ist ein besonderer Baum, von dem ich euch erzählen muss, denn er spielt in unserer Geschichte eine wichtige Rolle.

Also – das ist ein gewaltiger Baumriese, uralt, der abends, wenn ein paar Nebelschleier davor sind, mächtig gespenstig aussieht. Es kann einem da schon bange werden, wenn man auch noch weiß, dass der Blitz dort vor Jahren jemanden erschlagen hat. Das ist eine alte Geschichte, die jedoch in unsere mit hineinspielt. Man erzählt bei uns im Dorf, dass vor vielen Jahren, vielleicht ist es schon ein Jahrhundert her, im Ort ein alter Geizkragen wohnte, der sein ganzes Leben lang nur Geld gescheffelt hat und alles daran tat, dieses zusammenzuhalten. Er hatte weder Frau noch Freunde, lebte allein in einem heruntergekommenen Haus, das er kaum verließ. Je reicher der alte Güntsch wurde, umso ängstlicher wurde er. Klar, dass er niemanden zu sich ließ. Doch dann tauchte plötzlich ein Neffe auf, dessen Eltern gestorben waren und der bei ihm wohnen wollte. Der Neffe, heißt es, sei ganz anders gewesen. Ihn kümmerte das viele Geld des Alten nicht. Doch der misstraute ihm und suchte ständig nach neuen Verstecken für sein Vermögen. Je öfter er den Schatz umquartierte, desto misstrauischer wurde er, bis er schließlich fand, sein Haus sei nicht der richtige Platz, er müsse ein anderes Versteck finden. So kam es, dass er nach langer Zeit das Haus verließ und einen Spaziergang unternahm, ohne seinen Neffen, versteht sich. Dabei stieß er auf die alte Eiche, die schon damals innen hohl war. Sie schien ihm endlich das geeignete Versteck zu sein. Und so schaffte er in einer Blechkiste sein ganzes Geld dort hinein. Doch eines Tages zog ein schweres Gewitter auf, die Wolken ballten sich bedrohlich über der Eiche zusammen und grelle Blitze schossen nieder. Der Alte saß in seinem Lehnstuhl und sah durch den an die Fensterscheiben klatschenden Regen das Unwetter über seiner Eiche. Plötzlich schoss er hoch und rannte so schnell ihn seine Füße trugen zu seinem Versteck. Vom Laufen erschöpft, wollte er seine Blechkiste greifen, da schoss plötzlich ein bläulich greller Blitz aus dem Himmel und fuhr züngelnd in den Baum. Da war es aus mit dem alten Güntsch und seinem Schatz. Seitdem heißt die Gegend um die alte Eiche auch Güntsches Ruh.

„Christian, antworte bitte!"
Ach du Schande, Montag hatte mich beim Träumen erwischt. Verdattert stand ich auf und schaute zu Boden.

Ich hab wohl einen mächtig roten Kopf bekommen, jedenfalls war mir ganz heiß. Helmut feixte, am liebsten hätte ich ihm eine runtergehauen. Ich verschob es auf später.

„Christian, was bist du heute nur für eine Trantüte! Ich beobachte dich schon eine ganze Weile! Pass doch endlich auf!"

Ich war froh, dass er nicht mehr sagte und ich mich wieder setzen konnte. Ich nahm mir vor, besser aufzupassen, hab es aber nicht lange durchgehalten. Wisst ihr, ich habe an die unterirdischen Gänge gedacht, in denen wir den Nachmittag verbringen wollten.

Eigentlich sollte das mit den Gängen, die wir vor zwei Jahren ganz zufällig entdeckt haben, unser Geheimnis bleiben, aber ich muss davon reden, weil sie in unserer Geschichte eine ganz entscheidende Rolle spielen. Als die Verbrechen später aufgeklärt wurden, da wusste ja auch das ganze Dorf davon. So ist es jetzt ohnehin kein richtiges Geheimnis mehr, jedenfalls nicht mehr wie damals, am Beginn unserer Ferien.

So, jetzt muss ich euch noch erzählen, wie wir zu den unterirdischen Gängen gekommen waren. Das war vor zwei Jahren. Wir vier spielten bei Güntsches Ruh Dreischlag, ein Spiel, das sich Grändi ausgedacht hatte und das sehr spannend ist. Beno, als letzter noch nicht Abgeschlagener, wollte sich in den Wald hinter der großen Eiche retten. Ich als Schläger rannte, was das Zeug hielt, hinter ihm her, kam ihm immer näher und hätte ihn fast

schon erreicht, als Beno plötzlich einen Schrei ausstieß und ich gerade noch sah, wie er in der Erde verschwand. Beinahe wäre ich mit in das Loch gefallen, das sich vor mir auftat. Nicht sehr groß, aber fast zwei Meter tief. Ganz entgeistert starrte ich hinein, konnte aber nur Steine, Sand und Staubwolken sehen. Von Beno keine Spur. Die anderen stürzten herbei, wir riefen, brüllten, bekamen aber keine Antwort. Endlich, nach einer Minute vielleicht, kamen aus der Tiefe dumpfe Laute. Und dann erschien er, Beno, kaum zu erkennen, wie ein Schneemann aus Dreck.
„Mensch, was denkt ihr, was ich hier unten gefunden habe?"
Dumme Frage, woher sollten wir das wissen.
„Hier unten ist 'n richtiger unterirdischer Gang!"
„Alles in Ordnung?", fragte Grändi besorgt.
„Klar, ich bin okay. Kinder, hier ist was los! Ein Gang ist hier! Geht ziemlich weit rein. Hier muss wohl der Eingang sein!"
Wir staunten Bauklötzer. Das war ja ein tolles Ding!
„So was gibt's doch gar nicht", zweifelte Franz, „so was gibt's doch nur in Büchern!"
„Siehste doch, dass es das gibt", meinte Grändi, „vielleicht gehen die Gänge bis ins Dorf und sind früher von Raubrittern gegraben worden."
„Was sind denn das, Raubritter?", fragte Franz einfältig. Manchmal dauert es bei ihm ein Stück, bis der Groschen fällt.
„Stell dich nicht so an. Weißte das denn nicht?"

„Gibt's die heute auch noch?"
„Quatsch. Die sind längst mausetot. Ausgestorben. Das waren so was wie Räuber, aber mit edlem Gemüt, eben Ritter! Die lebten auf ihren Burgen und Schlössern und nahmen sich abends ihren Schimmel und ..."
„Einen Schimmel? Warum denn das?"
„Na, um auf Beutezug ausreiten zu können, ist doch klar!"
„Und das musste 'n Schimmel sein?"
„Du bist heute aber schwer von Kapee. Es war eben ein Schimmel. Echte Raubritter nahmen immer nur 'nen Schimmel. Und dann überfielen sie die reichen Kaufleute."

Merkwürdig, das alles war schon zwei Jahre her, und doch hatte ich noch jedes Wort im Ohr, sah ganz deutlich den staubabschüttelnden Beno in der Tiefe und spürte fühlbar das Kribbeln eines großen Abenteuers.
„Ob wir dort unten Gold und Diamanten finden?"
„Vielleicht lasst ihr erst mal das Gequatsche und helft mir, hier heraus zu kommen!"
Fast hätten wir Beno vergessen. Das Loch war, wie bereits gesagt, fast zwei Meter tief. Grändi bückte sich hinab und griff Benos Hände, während wir Grändis Beine festhielten, aber so ging es nicht. Wir bekamen keinen Halt, der Rand gab nach, fast wäre Grändi mit hinabgestürzt. Beno suchte mit den Füßen, ob er sich irgendwo abstützen könnte, aber die Erde brach weg und eine Staubwolke nach der anderen stieg hoch, so dass wir fast erstickten.

„So wird's nichts!", hustete Grändi. „Hat denn keiner ein Seil mit?"
Ja, wenn wir gewusst hätten, dass wir unterirdische Gänge entdecken würden!
Wir waren ratlos. Doch dann kam mir eine gute Idee.
„Dort liegt 'n kleiner Fichtenstamm! Daran hochklettern kann Beno wohl nicht, da reißt er sich die Beine auf. Aber wenn er sich am Ende festhält und wir den Stamm als Hebel benutzen, müsste es klappen!"
Es war nicht ganz so einfach, bis wir den richtigen Winkel heraus hatten und eine Stelle fanden, wo der Boden sehr fest war und nicht abbröckelte. Wir drei hingen am anderen Ende des Stammes und drückten ihn herunter und hoben damit Beno an den Rand, bekamen ihn zu fassen und halfen ihm heraus.
„Mensch, das ist unheimlich! Das müsst ihr sehen – eine tolle Geschichte!", sprudelte Beno und klopfte sich den Staub ab. Er hatte sich ein wenig den Fuß vertreten, war aber sonst in Ordnung.
„Also runter!", ordnete Grändi an.
Wir hatten schon vergessen, welche Mühe wir gehabt hatten, Beno herauszuholen. Wir sprangen hinab und tasteten uns vorwärts, sahen durch Staub und Dunkelheit nicht viel, wir hatten ja keine Taschenlampen mit, fanden natürlich weder Gold noch Diamanten, aber entdeckten doch schon die erste Höhle auf der linken Seite, in der später ...

Schade, ich würde euch schon jetzt gern noch mehr einweihen, aber gerade an dieser Stelle klingelte es und ich will ja bei der Wahrheit bleiben. Immerhin, die Deutschstunde hatte ich gut rumgekriegt. Die restlichen Stunden verliefen besser, denn die Lehrer waren vernünftig und haben uns etwas vorgelesen. Jemand hatte ein Buch mit, dafür hatten wir schon gesorgt. Es war ein mächtig spannendes Buch und handelte von einem Mann, der auf eine einsame Insel verschlagen wird, wo es nichts gibt als Affen, Schildkröten und ein paar Menschenfresser und später einen Diener, der glaube ich Donnerstag hieß, weil er an einem Donnerstag zu ihm gekommen ist. Wie gesagt, es war mächtig spannend und ich nahm mir vor, das Buch bestimmt in den Ferien zu Ende zu lesen. „Rohbinsohn" hieß es oder so ähnlich.

Und dann kam die letzte Stunde, wo es die gefürchteten Giftzettel geben sollte. Es ist ja eigentlich komisch, wie man vor so einem Stückchen Papier solche Angst haben kann. Aber man weiß ja nie, wie die Pauker einen einschätzen, ob sie einen auf dem Kiecker haben, und – wenn du eine schlechte Zensur drauf hast, wie du die deinen Eltern schonend beibringen kannst.
Also, unser Klassenlehrer, Herr Hortig, der eigentlich „Hurtig" heißen müsste, kam mit unsern Zeugnissen unterm Arm in die Klasse, legte den Stapel auf den Lehrertisch, hing seine Jacke an einen Nagel in der Türfüllung, krempelte die Ärmel hoch und meinte: „Das ist ja wieder eine Hitze."
Er meinte die draußen, aber einigen von uns war es innerlich mächtig heiß, bis wir die Blätter hatten und uns

in die Zensuren vertiefen konnten. Helmut Borszwinski bekam noch eine Extrapredigt, denn er war der Schlechteste, aber hatte doch das Klassenziel gerade noch einmal geschafft. Er verzog keine Miene, das lief an ihm ab wie warmes Wasser. Ich war mit meinem Zeugnis nicht unzufrieden, das Ergebnis war gar nicht so schlecht, bis auf Mathe, da hätte die Lehrerin wirklich nach oben aufrunden können. Aber meine Eltern würden es verkraften und im nächsten Jahr fragte sowieso keiner mehr danach. Warum sich also aufregen? Werde mir doch nicht die Ferien vermiesen. Wir stürmten hinaus, endlich Ferien, ungeahnte Möglichkeiten, endlich bist du wieder Mensch. Nur Helmut musste Hortig hurtig ins Lehrerzimmer folgen, sicher wegen seines Auftretens bei Montag. Weil ich in der vorletzten Reihe sitze, kam ich ziemlich als Letzter raus. Draußen an der Treppe warteten schon Beno und Franz. Grändi kam auch gleich.

„Ich hab die Nase tüchtig voll!", empfing mich Franz.

„Wieso? Ist dein Zeugnis denn so schlecht?"

„Ich meine etwas ganz anderes! Habt ihr nicht gemerkt, wie frech der Helmut den ganzen Tag zu mir gewesen ist, nur weil ich Montag gesagt habe, dass er mein Heft genommen hat?"

„Nee, hab ich nicht gemerkt!" Ich war wohl in Gedanken zu sehr mit unseren unterirdischen Gängen beschäftigt gewesen.

„Na, mir hat's gereicht, überall blaue Flecke, am liebsten würde ich ..."

„Da können wir ja helfen! Ich hab auch noch 'ne offene Rechnung aus der ersten Stunde", meinte ich.
„Reißt euch zusammen. Verdreschen bringt nichts", warf Beno ein und hatte wohl Recht. Helmut würde nur zurückschlagen oder sich neue Scheußlichkeiten ausdenken.
„Dennoch sollten wir das nicht einfach so hinnehmen", sagte Grändi, „wie er Franz behandelt hat, das war schon eine Gemeinheit. Soll er sich wenigstens entschuldigen."
„Okay, warten wir auf ihn."

Wir warteten ziemlich lange. Mir schien, als hätten wir schon eine ganze Stunde herumgestanden, und mir tat die schöne Ferienzeit Leid, aber es ging ja um Franz. Dann kam Helmut schließlich doch herausgeschlendert. Komisch, er schien mir langsamer zu gehen als gewöhnlich und irgendwie sah sein Gesicht anders aus. Ich kann es nicht beschreiben, irgendwie blasser. Er hatte wohl eine tüchtige Abreibung bekommen. Er wollte an uns vorbeigehen, legte irgendein verlegenes Grinsen auf, doch Grändi hielt ihn zurück.
„Warte mal, Helmut, wir müssen noch was klarstellen. Wie du Franz heute Morgen behandelt hast, das war 'ne Gemeinheit. Du wirst dich bei ihm entschuldigen!"
Ich sah, wie Helmut plötzlich wieder der Alte wurde.
„Ach ja? Ich soll mich entschuldigen? Spinnst du?"
„Ich rate es dir im Guten!"
„Spar dir deine Moralpredigten! Die kannst du meinetwegen deiner Mutter halten, aber nicht mir! Klar?"
„Nun werd mal nicht frech! Ich kann ja wohl noch verlangen, dass du dich entschuldigst!"

„Der Kleine ist wohl zu feige dazu? Was mischst du dich überhaupt in Angelegenheiten, die dich nichts angehen!"
„Ich werd ja wohl noch meinen Freund verteidigen dürfen!"
Ein Wort gab das andere.
„Verteidigen – ha, ha – der arme Kleine ist ja auch zu schwach dazu!"
„Du bist schwach, wenn du es nicht mal fertig bringst, dich zu entschuldigen!"
Grändi hatte sich in Rage geredet.
Statt einer Antwort haute Helmut unserem Wortführer eine runter. Grändi taumelte erst ein bisschen, hatte sich aber gleich wieder gefangen. Inzwischen hatten wir uns über Helmut hergemacht. Und wir hatten ganz schön zu tun. Helmut besitzt unheimliche Kräfte und er schlug ohne Rücksicht um sich. Franz stand uns mehr im Weg, als dass er uns helfen konnte. Mit Wucht wollte ich Helmut eine langen, doch meine Hand zischte nur durch die Luft. Blitzschnell hatte sich Helmut gebückt und war durch Benos Beine gehechtet.
Dann ging alles ganz schnell. Er sprang auf, riss dabei Beno zu Boden, ein paar wenige Schritte zur Seite, dann packte er einen großen Knüppel, der da auf der Erde lag, und stellte sich mit dem Rücken zur Treppe. Mit dem Knüppel wirbelte er durch die Luft, so dass wir nicht an ihn rankamen, den Rücken deckten die Steinstufen.
Ein paar Sekunden standen wir ratlos herum, dann fasste ich mir ein Herz und stürzte mich verzweifelt auf Helmut. Das hatte er wohl nicht erwartet, ich merkte es. Den rechten Arm stemmte ich so gegen ihn, dass er den

Knüppel nur noch ein bisschen kraftlos wirbeln konnte. Mit der linken Hand packte ich seinen Kopf und drückte ihn mit aller Kraft nach hinten über das steinerne Geländer, bis Beno mir zu Hilfe kam. Dann ließ ich ihn plötzlich los und schlug mit aller Kraft auf seine rechte Hand. Er lockerte den Griff und Grändi konnte ihm den Stock entreißen. Doch das hatte ich noch gar nicht recht wahrgenommen, da bekam ich von Helmut einen fürchterlichen Schlag auf die Nase, dass mir gleich das Wasser in die Augen schoss.
Ich wollte nicht heulen, aber in solchen Momenten kann man nichts machen. Als ich die Tränen aus den Augen wischte und wieder was erkennen konnte, sah ich Franz am Boden liegen, aber auch Helmut und Beno, die beide durch den Dreck wirbelten. Bevor ich mitbekam, wo Grändi steckte, hieb Beno Helmut einen Schlag in die Magengrube.
Es war kein sehr doller Schlag, aber er reichte aus. Der Kampf war beendet. Eigentlich etwas unfair von uns, vier gegen einen, aber wir hatten es ja nicht gewollt und Franz kann man dabei nicht zählen. Wir drehten uns um und gingen fort, voller Wut auf Helmut. Mir blutete die Nase, Franz hatte einen Tritt gegen das Schienbein bekommen und humpelte, und auch Beno und Grändi hatten Schrammen. Das war nicht nur so ein Handgemenge gewesen, denn Helmut hatte wild und brutal um sich geschlagen, als ginge es um sein Leben.
Als ich mich zufällig noch einmal zu ihm umdrehte, sah ich, wie er einen großen Stein in die Hand nahm. Ich konnte gerade noch schreien und mich zur Seite werfen,

da flog das Geschoss auch schon durch die Luft. Es gab ein entsetzliches Geräusch, das ich wohl niemals vergessen werde. Franz schrie auf und fiel gleich darauf zu Boden. Aus einer klaffenden Wunde am Kopf schoss Blut hervor. Erst waren wir ganz starr, dann rannte Beno ins Schulgebäude, um Hilfe zu holen. Wir legten Franz notdürftig ein Taschentuch auf die Wunde, um das Blut zu stillen, das furchtbar hervorquoll und den Boden färbte. Unser Klassenlehrer kam mit Beno herausgerannt, Verbandszeug in der Hand. Er legte Franz blutstillende Watte auf die Wunde. Der lag immer noch besinnungslos da. Wir packten ihn vorsichtig und trugen ihn ins Lehrerzimmer. Herr Hortig rannte gleich wieder weg, um einen Krankenwagen herbei zu telefonieren. Er fragte gar nicht erst – und das fand ich in diesem Augenblick mächtig anständig von ihm.

Wir standen im Lehrerzimmer herum und wagten nichts zu sagen. Keiner setzte sich. Der Schreck saß uns in den Gliedern. Franz lag auf dem Sofa, bleich und ohne Bewegung. Immer noch sickerte etwas Blut auf das grüne Polster. Doch wir wollten es nicht sehen. Alle Lehrer waren schon nach Hause gegangen, nur Hortig war noch da gewesen. Die Sonne schien auf die leeren Lehrerstühle, flimmerte auf den braunen Holzdielen. Franz lag da so bleich wie die weißen Wände, an denen nur ein Bild unseres Präsidenten hing. Drei Fliegen kreisten um das weiße Glas der Lampe und wir standen da und schauten auf unsere Fußspitzen.

Endlich kam der Krankenwagen. Sie legten Franz auf eine Trage, nachdem sie ihn abgehorcht hatten, packten ihn ins Auto und fuhren mit ihm ins Krankenhaus. Ich hatte ein Gefühl im Bauch, ich kann euch sagen. Hoffentlich bekamen die den Franz wieder hin, der jetzt mit dem weißen Auto fortgefahren wurde von den weißen Männern und mit Hortig, der auch eingestiegen war.

Jetzt auch fortfahren, zurückfahren in der Geschichte, das Erlebte ungeschehen machen, dem Handgemenge ausweichen, Helmut aus dem Weg gehen, es bringt nichts.

Aber es war geschehen. Die Ferien hatten begonnen und wir wären am liebsten ausgerissen. Vor uns selbst.

„Nichts mit heute Nachmittag. Vielleicht morgen", sagte Grändi.

Wir nickten.

„Erst mal sehen, was mit Franz ist."

Das Wort „Franz" wollte mir nicht über die Lippen kommen. Wir konnten noch nicht reden, wir liefen schweigend nach Hause, hatten unsere Schrammen vergessen und dachten immer und immer wieder an unseren Freund, der jetzt im Krankenhaus liegen musste, weil er der Nachbar war von Helmut Borszwinski.

# Ein schauriges Geheimnis

Als ich am nächsten Morgen Grändi traf, sah es schon nicht mehr ganz so trübe aus. Grändi hatte von den Eltern unseres Freundes gehört, dass Franz gestern gleich genäht worden war und er nur eine leichte Gehirnerschütterung hätte, sonst aber nichts weiter passiert wäre. Eine Woche Ruhe, dann würde er wohl das Krankenhaus verlassen dürfen. Darüber freuten wir uns sehr und unsere Stimmung war fast wieder normal.

Es war so gegen zehn, als wir uns auf den Weg machten zu unseren – ihr wisst schon, wohin. Ist ja eigentlich Quatsch, immer noch so ein Geheimnis daraus zu machen, wo es jetzt jeder weiß, aber es fällt mir immer noch schwer, so ganz offen darüber zu reden, wo wir zwei Jahre keinen Ton von gesagt haben, weil wir uns Verschwiegenheit bis ins Grab geschworen hatten.
Die Sonne hatte sich herausgemacht, es war ja schließlich Sonntag! Der Himmel lachte über uns und es hätte ein ganz schöner erster Ferientag sein können, wenn wir nicht immerzu gespürt hätten, dass einer fehlte. Wir waren vielleicht dreißig Minuten gegangen, bis wir, Grändi, Beno und ich, bei unserer alten Eiche angekommen waren, na und von da war es ja nicht mehr weit.

Als wir aber vor dem Eingang standen, war der plötzlich offen. Die Äste und Bretter, mit denen wir ihn immer getarnt hatten, lagen daneben, das grelle Sonnenlicht fiel in den Eingangsschacht. Verwundert und etwas ärgerlich fragte Grändi, wer in der vergangenen Woche als Letzter herausgekommen wäre. Ich meinte, dass es Beno gewesen wäre – und der meldete sich auch.

„Warum hast du denn den Eingang nicht getarnt, wie wir das immer machen?", fragte Grändi.

„Ich denke, dass ich das getan habe! Das habe ich doch schon so oft gemacht, dass es ganz selbstverständlich ist!"

„So selbstverständlich ist es scheinbar nicht, das siehst du doch! Oder nennst du das getarnt?" Grändi war sauer.

„Aber ich glaube wirklich, dass ich den Eingang, so wie abgemacht, wieder verdeckt habe!"

„Mensch, meinst du, 'n Bauer aus unserm Dorf macht'n auf, damit wir besser rein kommen? Es weiß außer uns niemand davon."

Jetzt war unser Anführer richtig böse.

„Und wenn nun doch jemand anderes den Gang gefunden hat?", verteidigte sich Beno.

„Quatsch, gib schon zu, dass du es vergessen hast. Stell dir vor, du würdest den Gang entdecken! Würdest du ihn, wenn du ihn verlässt, etwa offen stehen lassen, dass ihn jeder gleich findet?"

Das war logisch von Grändi gedacht, hatte aber doch einen Fehler: Wenn jemand den Gang entdeckt hätte und er wäre gerade noch drin, dann musste der Gang ja offen sein. Doch daran dachten wir nicht.

„Nee", sagte Beno.

„Na also. Pass das nächste Mal besser auf, wenn du der Letzte bist, dass so etwas nicht noch mal passiert!"

Ich glaube, Beno wollte noch was entgegnen, aber Grändi war schon mit Hilfe einer Strickleiter, die wir uns gebaut und die wir immer unter einem Stein versteckten hatten, runtergeklettert. Der Eingang und der meiste Teil der Gänge war übrigens gemauert und richtig stabil, er war nur teilweise verschüttet gewesen, so an der Stelle, an der Beno vor zwei Jahren in die Tiefe gefahren war und wir Mühe hatten, ihn wieder heraus zu bekommen. Ich kletterte ebenfalls hinunter und nach mir Beno. Grändi stand im Gang und tastete nach dem Vorsprung, wo wir immer eine Taschenlampe und auch einige Kerzen liegen hatten. Aber Grändi fand nichts.

„Hast du letztes Mal die Taschenlampe hier wieder hingelegt, Beno?"

„Na klar – ist sie denn nicht da?"

„Nichts ist da", nörgelte Grändi, „nicht einmal die Kerzen!"

„Das kann nicht sein!", warf ich ein, „es waren mehrere Kerzen da, ich weiß es ganz genau."

„Das versteh ich nicht!"

Grändi trat aus dem Gang wieder in den Lichtschacht zu uns.

„Was machen wir jetzt?"

Keiner von uns hatte eine Taschenlampe mit.

„Hast du wenigstens Streichhölzer bei dir?", fragte Beno unsern Anführer.

„Immer, doch was nützen die uns?"
„Wenn wir einen geeigneten trockenen Ast finden, können wir den als Fackel benutzen und nach der Lampe und den Kerzen suchen. Sie müssen ja da sein."
„Hm, haste Recht", stimmte Grändi zu. „Und weil wir den ganzen Schlamassel dir verdanken, kannste gleich gehen und was Geeignetes suchen. Aber beeil dich!"
„Okay, bin gleich wieder da."
Beno war sichtlich froh, dass er, wie man so schön sagt, die Scharte gleich wieder auswetzen konnte.

Aber es dauerte ziemlich lange, bis er zurückkam. Erst tauschten wir noch ein paar Vermutungen aus, wo wir die Lampen wohl hingelegt haben könnten, dann traten wir ungeduldig von einem Bein auf das andere und schließlich kletterten wir raus. Beno suchte wohl, wohin unsere Blicke nicht dringen konnten. Als er nach einer Weile immer noch nicht zurückkam, riss uns der Geduldsfaden und wir begaben uns selber auf die Suche nach einem geeigneten Ast. Auch wenn der Wald voller Bäume ist, werdet ihr staunen, wie wenig Äste geeignet sind, als Fackel zu dienen. Also, wir rannten im Wald herum und suchten etwas Passendes.
Schließlich fanden wir eine umgestürzte Eiche, deren kräftige Äste vermodert waren und trocken genug erschienen. Gerade wollten wir zurück, als Grändi rief: „Du Olf, schau mal, was ist'n das da für'n Fahrrad?"
„Wo denn?"
„Na dort, der Drahtesel!"

Das war ja komisch. Mitten im Wald, an einen Stamm gelehnt, stand ein uraltes, schwarzes Fahrrad. Wir rannten zu der Stelle und schauten uns das Ding aus der Nähe an. So ein richtig olles Fahrrad, von oben bis unten verrostet, mit dem du keine hundert Meter fahren würdest, aber fahrbereit mit Luft auf den Reifen.

„Du", fragte Grändi plötzlich, „kennste einen bei uns im Dorf, der sich August Starkse nennt?"

„August Starkse? Nee, nie gehört. Wo steht denn das?"

„Hier, auf'm Karton."

Auf dem schwarzrostigen Gepäckträger stand nämlich ein gelber Karton, ziemlich verschnürt, wie ein Rollschinken. Und darauf stand deutlich zu lesen: August Starkse / Legefeld.

Da gab es keinen Zweifel. Legefeld war unser Dorf, einen August Starkse aber kannten wir beide beim besten Willen nicht.

„Vielleicht hat's den mal gegeben, vor dem Krieg oder so", meinte ich, aber meine Aussage überzeugte mich selbst nicht so richtig – so alt sah die Schrift nicht aus.

„Oder ob August Starkse vielleicht der Absender ist?"

„Wie meinst'n das?"

„Na, dass das Paket von August Starkse kommt und an jemand bei uns im Dorf geht?"

„Ich weiß nicht, das kommt mir mächtig komisch vor. Da müsste dann ja 'ne Adresse drauf sein."

Und die stand nicht drauf. Doch schon wieder wurde ich von Grändi im Nachdenken gestört.

„Schau dir das mal an, Olf!"
Donnerwetter, auf dem Erdboden dicht neben dem Fahrrad lag eine ganze Gallerie Streichhölzer, wohl fünfundzwanzig abgebrannte und ein paar, die noch nicht benutzt waren.
„Wie kannst'n das erklären?", fragte ich Grändi.
„Da hat sich jemand 'ne Zigarette – nee, sieh mal – mehrere angesteckt!" Ich zählte neun Stummel.
„Muss aber ziemlich lange hier gestanden haben!", sagte ich. Und Grändi darauf: „Und kein Freund des Försters sein, hier im Wald zu rauchen! – Übrigens, ich glaube, das war in der letzten Nacht."
„Wie kommste denn darauf?"
„Es muss ziemlich windig gewesen sein, wegen der vielen Streichhölzer. Und wann war's das?"
Ich musste Grändi Recht geben. Wegen der Sache mit Franz hatte ich die letzte Nacht im Bett gelegen und nicht einschlafen können. Und immer, wenn ich am Einschlummern war, schrak ich wieder auf, weil der Wind die Fensterläden an die Hauswand knallte und ich verband den Knall immer mit dem Geräusch des Steins am Kopf von Franz, und war sofort wieder hellwach. Es war eine fürchterliche Nacht.
„Heute Nacht war es sehr windig", bestätigte ich.
„Siehst du. Und deshalb liegen hier auch die ungebrauchten Streichhölzer, weil man in der Nacht nicht merkt, wenn welche rausfallen."
„Du meinst also, das Fahrrad steht seit gestern Nacht hier?" Durch Zufall fiel mein Blick auf den Fahrraddynamo – aber der war ausgeschaltet!

„Mensch Grändi, schau dir das an, der hat dann aber kein Licht angemacht!"
„Tatsächlich!"
„Der Kerl wird doch nicht im Dunkeln durch den Wald gefahren sein?"
„Merkwürdig. Vielleicht hatte er sich verfahren und das Licht war kaputt?" Ich schaltete zur Probe den Dynamo ein und drehte das Vorderrad. Flackernd brannte das Lämpchen auf. „Dann muss der Kerl die Gegend aber verdammt gut kennen! Oder hatte er vor irgendwas Angst und wollte nicht gesehen werden? Hatte er vielleicht gar was zu verbergen?"
Ein dumpfer, harter Knall schreckte uns aus unseren Überlegungen. Wir fuhren herum. Es war ein scharfer Knall, der aus der Erde zu kommen schien und härter klang als der Aufprall des Steins an Franzens Kopf.
„Mensch Grändi, haste das gehört?"
„Klar hab ich das gehört."
„Was war'n das?"
„Das war 'n Schuss! Todsicher war das 'n Schuss!"
„Und der kam aus unseren Gängen! Mensch Grändi – wenn nun Beno ... wir wissen doch nicht, wo Beno ist ... sollte der... komm, wir müssen nachsehen!"
„Ja, müssen wir! Willst du's machen?"
„Ich? Nee – willst nicht du, du bist unser ..."
„Dann gehen wir eben beide, los, Olf!"
Und wir rannten zum Eingang, aber nicht so schnell wir konnten, denn wie Blei zog es unsere Beine nach unten. Uns war ganz schrecklich zumute. Als wir die Strickleiter

runterkletterten, schlotterten meine Knie, wie ich es noch nie erlebt hatte. Ehrlich, ich bin eigentlich kein Angsthase, aber das war doch zu viel. Ich glaube, auch Grändi hatte Angst, ich habe ihn jedenfalls noch nie so verschüchtert gesehen.

Natürlich hatten wir unsere Fackeln vergessen, das merkten wir erst, als wir in den dunklen Gang traten. Also rannten wir noch mal heraus, beide, keiner wollte allein warten, eigentlich froh, ein paar Minuten zum Verschnaufen zu haben, aber wie wir die Leiter wieder hinabstiegen, war die Angst wieder da.

Grändi zündete unsere Fackeln an und sie brannten auch wunderbar, doch das interessierte uns wenig. Durch das Licht war es noch unheimlicher. Eine Taschenlampe hat ruhiges Licht, aber so eine Fackel ist richtig unheimlich, das flackert und huscht, man meint überall etwas zu sehen, wo gar nichts ist. Und der eigene Schatten sieht aus wie ein wackliges Gespenst, das nach dir greift, nur weil die Flamme so zittert und nicht eine Minute stillhält.

Plötzlich war uns, als hätten wir Schritte gehört, hinten, am Ende des Ganges, wo er verschüttet ist. Wir konnten aber nichts sehen, das Licht reichte nicht aus. Die paar Schritte zum großen Saal erschienen mir wie eine Ewigkeit, sie waren furchtbar, denn wir wussten nicht, was uns erwartete.

Grändi fasste den Eisengriff und wuchtete die quietschende Tür auf. Ängstlich wagten wir einen Blick ins Innere der Höhle – und erstarrten. Das Licht unserer Fackeln konnte den Saal nicht genügend erhellen, aber das war auch gar nicht nötig. Was uns zu Tode er-

schreckte, lag dicht vor uns, direkt neben der Tür, in einer großen Blutlache: unser Freund Beno. Sonst war kein Mensch zu sehen, aber das reichte.
Ich war fertig, und Grändi auch.
„Olf, ich renne zur Polizei, bleib du hier!", schrie er und war auch schon fort, hatte mir noch seine Fackel in die Hand gedrückt und mich zurückgelassen an diesem schaurigen Ort.
Ich war wütend und ängstlich zugleich. Am liebsten wäre ich auch zur Polizei gerannt, hätte meine Angst, die mir den Nacken hoch kroch, hier zurückgelassen. Nein, ich habe nicht einmal mehr auf Beno geguckt, der da vor mir lag, ich bin rausgerannt, als Grändi fort war, so schnell ich konnte. Ich bin rausgerannt und hab Beno so liegen lassen, der da lag wie ein Toter, vielleicht war er auch tot. Ich hätte nicht eine Sekunde länger bei ihm bleiben können, es war zu fürchterlich, ich konnte es hier unten einfach nicht aushalten.

Heute, wo ich das Buch schreibe, weiß ich, es war mein Glück, dass ich rausgerannt bin, denn sonst hätte ich euch das alles nicht mehr aufschreiben können von Beno und dem ganzen Verbrechen, das unser Dorf in Atem gehalten hat.
Ich wartete wohl eine dreiviertel Stunde an der großen Eiche, denn da war ich hingerannt, bis Grändi mit unserm Dorfpolizisten zurückkam. Herr Schunzbach ist ein kleiner Mann mit einem runden Bäuchlein und einer Brille im Gesicht. Sein dunkles braunes Haar wird schon langsam grau.

„Guten Tag!", begrüßte ich unseren Polizisten, der menen Gruß kopfnickend erwiderte, denn er war etwas außer Puste, das schnelle Laufen hatte ihn angestrengt und Schweißperlen rollten über sein rotes Gesicht. Er hatte seine Pistole umgeschnallt und seine Taschenlampe mitgebracht. Unterwegs hatte ihm Grändi das Wichtigste erzählt. Als er von den unterirdischen Gängen erfuhr, wollte er erst gar nicht glauben, dass es so etwas in der Nähe unseres Dorfes gab.
„Hm, das sind also die berühmten unterirdischen Gänge von Güntsches Ruh."
Langsam kam er wieder zu Atem. Grändi stieg als Erster hinab, dann quälte sich Herr Schunzbach die Strickleiter hinunter. Plötzlich bekam ich Angst, dass sie sein Gewicht nicht halten könnte, aber wir hatten saubere Arbeit geleistet. Die Strickleiter hielt, nur seine Hosennaht gab ein verdächtiges Geräusch von sich. Schunzbach knipste seine starke Taschenlampe an und zog die kleine Pistole. Noch nie hatte ich so ein Ding aus der Nähe gesehen, hoffentlich war sie gesichert, denn Grändi lief vor ihm.
„Halt du man, du kennst dich hier aus, damit ich eine Hand frei habe!", sagte Schunzbach und drückte Grändi die Taschenlampe in die Hand.
„Hier ist der große Saal!", flüsterte mein Freund, riss die Tür auf und sprang zur Seite. So stand unser Polizist plötzlich in der Türöffnung, drohte mit der Pistole ins Innere und rief so laut, als müsse er sich selber Mut machen: „Hände hoch, Polizei!"
Es kam keine Antwort, nur ein schmales Echo vom Ende des Ganges. Es konnte auch keine Antwort kommen –

und wenn uns nicht so zum Heulen gewesen wäre, hätten wir über die komische Situation bestimmt losgefeixt, denn in dem Raum war kein Mensch, der die drohende Gebärde des Polizisten hätte sehen können. Der Kegel der Taschenlampe suchte über die kahlen Wände, über den staubigen Erdboden, bis zu der furchtbaren Stelle, wo Beno gelegen hatte.

Das durfte doch nicht wahr sein! Beno war fort, spurlos verschwunden. Wo er gelegen hatte, befand sich ein feuchter, dunkelroter Blutfleck. Grändi schaute mich fassungslos an, ich ihn, der Polizist uns beide.
„Wollt ihr mir einen Bären aufbinden? Wo ist denn euer Freund?"
„Das ... das ... wissen wir auch nicht, hier hat er gelegen, wirklich, dort, wo das Blut ..."
Grändi blickte mich strafend an. „Olf, du solltest doch bei Beno bleiben!"
„Wärst du etwa hiergeblieben? Du hättest es bestimmt auch nicht ausgehalten! Wie du fortranntest, bin auch ich ausgerissen, ich hatte Angst, verstehst du, richtige Angst, ich konnte Beno nicht da liegen sehen ..."
Herr Schunzbach steckte die Pistole ein, nahm die Taschenlampe und ging durch den Saal und leuchtete in alle Ecken, ohne etwas Besonderes zu finden.
„Das scheint ja eine ganz merkwürdige Geschichte zu sein! Und ihr seid euch völlig sicher, einen Schuss gehört zu haben?"
„Das war 'n Schuss, oder ich fresse einen Besen", beteuerte Grändi.

„Und der hier lag, das war wirklich euer Freund und kein anderer?"
„Er war's!", pflichtete ich Grändi bei. „Er war's ganz bestimmt, wir haben es ganz deutlich gesehen ..."
„Im unsicheren Schein eurer Fackeln ..."
„Nein, ganz sicher. Wir werden doch unseren Freund erkennen!"
„Bleibt ruhig, ist ja gut. Ich glaube euch ja. Ist nur alles sehr merkwürdig. Nun, ich will sehen, was sich machen lässt. Also der ..., wie hieß er gleich?"
„Beno ..."
„Ich meine mit richtigem Namen?"
„Bernd Novak!"
„Ach der Bernd! Von den Novaks, ach so. – Und wie war er eigentlich verwundet, ich meine, angeschossen?"
Ich schaute Grändi an, der mich.
„Wo? .... Ich weiß gar nicht ..." Ich kam ins Stocken, so etwas Dummes, dass wir nicht genau hingeschaut hatten!
„Er lag hier in 'ner Blutlache und bewegte sich nicht, wir waren so erschrocken, dass wir nicht wagten ..."
Auch Grändi wusste nicht, wie er den Satz zu Ende kriegen sollte.
„Aber Jungs, ihr müsst doch wissen, wo er verwundet war! Das ist doch das Erste! Habt ihr wenigstens gefühlt, ob er noch am Leben ist?"
„Noch am Leben?", fragte ich ganz starr vor Schreck.
„Sie meinen, er ist ..."
„Nichts meine ich – aber man muss ja mit allem rechnen. Ihr müsst doch wenigstens den Puls gefühlt haben!"

Nicht mal das hatten wir getan. Unsere Verzweiflung wurde immer größer. Ach, wäre ich doch nur nicht rausgerannt, sondern hätte mich um Beno gekümmert! Wenn er nun tot war, für immer und ewig tot? Immer und immer wieder dieser eine Satz: Wäre ich nur nicht herausgerannt. Ich konnte nicht mehr klar denken, ich hörte nicht mehr, wonach der Polizist fragte und welche Antwort Grändi darauf gab. Ich sah nur den Blutfleck und wusste auf einmal, dass ich mich nicht um meinen Freund gekümmert hatte.

Erst als Herr Schunzbach mich an der Schulter rüttelte und meinte: „Na, hier unten können wir im Moment nichts weiter machen, hier, Gerhard, die Lampe, lasst uns man wieder in's Dorf", merkte ich, dass ich noch da war, dass meine Beine mich noch zum Ausgang trugen, die Leiter hochkletterten und oben die warme Sonne auf mich eindrang.

„Vielleicht ist alles gar nicht so schlimm", munterte uns der Dorfpolizist auf. „Vielleicht ist er nur leicht verwundet worden oder es war gar nur ein Unfall und er hat sich inzwischen nach Hause geschleppt, das ist ja möglich."

Daran hatte ich noch gar nicht gedacht – und mir schien es eine Rettung zu sein. Ich klammerte mich an diesen Gedanken und sagte mir: Du bist zwar dran schuld, aber es ist noch einmal gut gegangen, alles ist wieder in Ordnung. Beno ist bestimmt zu Hause. Hast noch einmal Schwein gehabt, Olf.

Grändi ging es wohl ähnlich, denn mit jedem Schritt in Richtung unseres Dorfes ließ die furchtbare Beklemmung nach. In Legefeld angekommen, verabschiedete sich der Polizist und sagte, dass er sofort ein Protokoll aufsetzen wollte und dass wir jederzeit, wenn es etwas Neues geben würde, zu ihm kommen sollten und dass er nachher gleich zu den Eltern Novak gehen werde. Und er wischte sich den Schweiß von der Stirn und murmelte: „Eine merkwürdige Geschichte. So etwas hat es in Legefeld noch nicht gegeben, wenn ich mich recht erinnere."

Grändi und ich rannten zu Benos Haus und klingelten. Gleich würden wir wissen, dass unsere Ängste umsonst gewesen waren.
Doch nicht Beno kam heraus, sondern seine Mutter.
„Verzeihung, Frau Novak, wir wollten nur fragen, ob – Beno vielleicht da ist?", fragte Grändi.
„Beno? Ja ist er denn nicht mit euch unterwegs? Ihr seid doch heute Morgen zusammen losgezogen!"
„Das schon, aber wir sind – das heißt, eigentlich ist er ..."
„Nun mal raus mit der Sprache, was ist los, habt ihr euch gezankt?"
Beno war also nicht da, und eigentlich hatte ich es immer gewusst, meine innere Stimme hatte mir von Anfang an gesagt, dass er nicht da sein würde. Ich hatte mich nur beruhigen wollen, aber bei so einem Blutfleck, wer kann da schon zwei Kilometer nach Hause humpeln. Eigentlich hätte das der Polizist auch wissen müssen.
Uns blieb nichts übrig, als Frau Novak die ganze Geschichte zu erzählen. Sie wurde immer blasser und musste sich setzen. Und auch uns wurde wieder ganz schlecht, weil wir beim Erzählen alles noch einmal erlebten.
Wir waren froh, als wir wieder fort konnten.

Doch nach Hause wollten wir auch nicht. Wir hatten zwar Kohldampf, aber wir hätten es nicht fertig gebracht, das Ganze gleich noch einmal unseren Eltern herzubeten. Vielleicht hatte der Polizist inzwischen schon etwas erfahren? Also nichts wie hin zu ihm.

Es war das erste Mal, dass ich in sein Amtszimmer kam. Herr Schunzbach saß an seinem großen Schreibtisch und schrieb irgendwas auf einer Schreibmaschine. An den Wänden standen hohe Regale, in denen sich Akten oder sonst etwas befanden, es machte einen gewichtigen Eindruck. In der Ecke lagen Stapel von Zeitungen. Die Wände waren kahl und nüchtern, ohne irgendein Bild, nur eine Fotografie von irgendeinem großen Mann, dessen Gesicht mir zwar bekannt vorkam, aber mir fiel es nicht ein, wer das war. Eigentlich hätte da wohl unser Präsident hängen sollen, aber wer kümmerte sich bei uns im Dorf schon darum, wer wo an der Wand hing. Vielleicht war es Karl Marx? Oder Karl May? Die Fenster links und rechts vom Schreibtisch, hinter dem Polizisten, waren nicht sehr groß, aber vergittert. Und auf dem Schreibtisch stand neben allerhand Kram eine bogenförmige Schreibtischlampe aus Metall.

Wahrscheinlich schrieb Schunzbach an dem Protokoll, denn wie wir reinstürzten, fragte er: „Wie genau hieß euer Paketmann von dem Fahrrad im Wald?"

„August Starkse!"

Während er diese Buchstaben mit beiden Zeigefingern tippte, schüttelte er den Kopf und murmelte: „Gibt es nicht, noch nie gehört!" Dann schob er die Schreibma-

schine nach vorn, steckte sich eine Zigarette an und fragte: „Ihr wollt mir doch sicher sagen, dass sich euer Freund wieder eingefunden hat?"
Also auch nichts Neues! Schunzbach hatte keine guten Nachrichten für uns. Wir schüttelten verzweifelt den Kopf. „Nichts?"
Er stand aus seinem breiten Stuhl mit den Armlehnen auf, zog an seiner Zigarette und lief schweigend eine Weile durch das Zimmer. Dann brachte er hervor: „Jungs, die Sache scheint komplizierter, als ich erst dachte. Ich kann ein Verbrechen nicht mehr ausschließen. Frage mich nur, wieso da ausgerechnet euer Freund hineingeraten ist. Was hat der mit der Sache zu tun? Wer schießt auf wehrlose Kinder und warum? Es fehlt uns bisher jede Spur oder jeder Anhaltspunkt. Lauter Merkwürdigkeiten, von denen ich nicht weiß, ob sie überhaupt in Zusammenhang stehen. Wer ist dieser August Starkse, den es hier im Dorf nicht gibt, nie gegeben hat? ...Und hat er überhaupt was mit der Sache zu tun? ... Was ist mit dem jungen Novak, ... wie schwer ist er verletzt, ... wo befindet er sich, ... warum gibt es keine Spuren, keine Hinweise ..."
Die Sätze kamen alle stockend, zwischen den Schritten, aus dem Nachdenken. Die Pausen wurden länger. Das tatenlose Schweigen wurde immer bedrückender. Es machte die Vorwürfe, die mich quälten, nur größer.
„Eine Spur!", sagte da Grändi in die Stille hinein, „es gibt doch eine Spur, den Blutfleck, könnte man nicht mit einem Spürhund ..."

Ich hätte Grändi umarmen können für seinen Einfall. Doch der Polizist ernüchterte uns gleich wieder. „Wohl zu viel Kriminalromane gelesen! Denkst du etwa an meinen alten Hasso draußen, der kaum noch Zähne hat und nicht weiß, wie er sich auf den Beinen halten soll?"

„Er wird uns doch noch zeigen können, wohin Beno fortgeschleppt wurde, in welche Richtung der Kerl oder die Kerle gegangen sind, die Spur ist doch noch frisch!", ereiferte ich mich.

„Die Idee ist ja nicht schlecht, aber man braucht den richtigen Hund dazu! Ich kann's von meinem nicht mehr verlangen, leider. Er bekommt nur noch sein Gnadenbrot."

„Dann hole ich eben meinen! Ist zwar auch nicht mehr der Jüngste, aber das wird er schon noch schaffen!", sagte Grändi bestimmt, wartete keine Antwort ab, sondern stürzte zu sich nach Hause, um seine Bella zu holen, mit der wir viele schöne Stunden geteilt und der Grändi manchen Trick beigebracht hatte.

Grändis Einfall machte mir es wieder etwas wohler. Bereitwillig gab ich unserm Polizisten unterdessen Antwort auf seine Fragen, die vor allem die unterirdischen Gänge betrafen. Besonders interessierte er sich für die zweite Höhle am Ende des verschütteten Ganges, aber da konnte ich ihm nicht weiterhelfen. Wir waren da auch noch nicht drin gewesen, weil ein großer Berg Geröll und Erde davor lag und die Tür verschlossen war. Wenn man durch eine Türritze leuchtete, sah man, dass auch das Innere verschüttet war.

Grändi hatte sich sehr beeilt und stand schon bald mit seiner Bella in der Amtsstube.

„Na, dann wollen wir mal. Aber ich verspreche mir nicht viel davon." Herr Schunzbach schnallte wieder die Halterung mit der Pistole um, die er über die Stuhllehne gehängt hatte, warf das Jackett über und stiefelte mit uns zu jenen Gängen, deren Geheimnis nun langsam bekannt wurde.
Wir stiegen runter, Grändi wieder voran, diesmal mit seinem Hund. Unser Dorfpolizist schnaufte mit seiner Taschenlampe hinterher und ich machte das Schlusslicht. Jetzt, wo Schunzbach mit war, schien es mir nicht mehr so unheimlich hier unten wie vor wenigen Stunden. Zwar hatte ich immer noch das komische Gefühl, das mir Angst gemacht hatte, aber ich hoffte doch, dass wir durch Grändis Hund unsern Beno oder wenigstens eine Spur von ihm finden würden.

Wir gingen also wieder in den Saal rein, zu dem Blutfleck an der Tür. Er war schon ziemlich in die Erde eingesickert, aber man konnte ihn doch noch deutlich sehen. Bella, die Beno ja kannte, schnupperte auch gleich und lief dann im Saal hin und her, aber nicht zum Eingang, sondern merkwürdigerweise ganz entgegengesetzt zu einer Stelle, wo nur Wand war, und an der sprang sie bellend hoch.

„Was ist denn mit deinem Hund los, was will er an dieser Wand?", fragte der Polizist verwundert. In dem Gewölbe klang seine Stimme dumpf und ein bisschen hohl, fast wie eine Drohung.

„Vielleicht ist da was", meinte Grändi und ging mit der Taschenlampe zu der Stelle.

„Was soll da schon sein. Kein Mensch kann durch die Wand gehen!" Schunzbach schien ärgerlich zu sein, dass Grändis Hund ihn so an der Nase herumführte.

Doch tat er das wirklich? Grändi tastete an dieser Wandstelle herum, packte Steine, die hervorstanden, und griff in breite Fugen. Plötzlich hielt er einen Stein in der Hand und er konnte gerade noch „Vorsicht!" schreien, da löste sich vor ihm ein Stück aus der Wand und fiel wie eine Falltür mit leisem Krachen nach außen. Besser gesagt, es war eine versteckte Tür, ein zweiter Ausgang! Er war so geschickt getarnt, dass wir ihn all die Jahre nicht entdeckt hatten.

Wir sahen vor uns eine kleine Mulde im Wald, durch die man den Saal verlassen oder betreten konnte. Das war ja nicht zu fassen!

Während wir noch sprachlos durch die plötzliche Öffnung starrten, war Bella schon hinausgelaufen und rannte in eine bestimmte Richtung. Sie sprang so schnell durch die Büsche, dass wir nicht nachkommen konnten.

„Schnell, Bella hat eine Spur!", feuerte uns Grändi an, und Herr Schunzbach ächzte: „'N alter Mann ist kein D-Zug!"

Und dann knallte wieder ein Schuss, der gleiche scharfe Knall wie am Morgen. Uns packte das gleiche Entsetzen. Diesmal waren wir ganz dicht dabei, es war wie ein Blitz, der neben einem einschlägt. Wir mussten mit ansehen, wie Grändis Hund in die Luft sprang, sich überschlug und dann tot liegenblieb. Grändi und ich rannten, was wir rennen konnten, wieder rein in den Saal, denn wir hatten keine Lust, uns eine Kugel ins Fell jagen zu lassen. Den Polizisten hörten wir „Stehen bleiben, Polizei!" brüllen und durch den Wald brechen, sehen konnten wir ihn nicht, wie er nach dem Kerl suchte, der Grändis Hund erschossen und vielleicht auch Beno auf dem Gewissen hatte.

Grändi saß da und heulte. Auch mir wollten die Tränen kommen, aber wohl mehr aus Angst als aus Trauer um Bella. Ich schwor mir innerlich, wenn ich heute gesund nach Hause käme, nie wieder würde ich in die unterirdischen Gänge gehen! In was für eine Sache waren wir da nur hineingeraten!

Der Polizist kam nach einer Weile zurück, verschwitzt, zerkratzt, das Gesicht wie kurz vor dem Explodieren.

„Nichts, ich hab den Kerl nicht gekriegt, nicht mal gesehen. Möcht wissen, wo er sich versteckt hält. Aber eines weiß ich nun sicher. Das Ganze ist kein Zufall. Dahinter steckt ein Verbrechen, ein Verbrechen, das ich aufklären werde."

# Ein komischer Kauz

Was ich euch jetzt erzähle, könnte ich eigentlich noch gar nicht wissen, weil ich es erst viel später erfahren habe. Ich will es aber schon jetzt erzählen, damit ihr nicht durcheinander kommt – und ich auch nicht. Es ist wichtig für den Fortgang der Geschichte.

Ein kurzes Wort zu unserm Dorf. Nichts Besonderes. Ein ganz normales thüringisches Dorf mit einer kleinen hübschen Kirche, einem noch kleineren Dorfteich und Bauernhäusern längs der Straße, mit blumenreichen Vorgärten, großen Toren, mit feldsteingepflasterten Höfen und vielen Gänsen, Hühnern und Spatzen. Die Misthaufen stinken wie überall.
Legefeld ist kein besonders schönes und auch kein großes Dorf, aber es ist unser Dorf. Wie gesagt, die Häuser, teilweise mit braunem Fachwerk und gelbem Putz, stehen großteils an der Dorfstraße, ein bisschen verschachtelt, nicht zu dicht. Diese Straße macht eine große Kurve von oben nach unten zum Dorfteich, der eigentlich nur eine Feuerlöschstelle ist – dort ist auch die Amtsstube des Polizisten – führt weiter zur feldsteingrauen Kirche mit dem typischen geschieferten Zwiebelturm, macht hinter einer steinernen Mauer wieder eine große Kurve und führt bergan, wo die Häuser nicht mehr so dicht stehen. Dort oben, etwas abseits und ziemlich am Ende, steht ein kleines „Haus". Ich setze das in Anführungsstriche, weil's eigentlich kein Haus ist, sondern eine Bruchbude, eine einstöckige Bude mit einer Dachkammer und

einer Dachluke. Die Mauern sind alt und der Putz fällt runter und zeigt, dass das Haus aus Feldsteinen gemauert ist. Die Fenster sind klein, die Läden fast farblos, will sagen, ohne die ursprüngliche Farbe, alles ist tüchtig heruntergekommen. Um das Haus ist ein kleiner Garten, auch ziemlich verwildert. Hier werden wohl alle Arten von Unkraut gezüchtet, wobei die Brennessel Königin ist. Zwei Bäume wachsen da, eine Linde und eine Zwetschge. Aber stellt euch unter dem Zwetschgenbaum bitte keinen normalen Baum vor, denn vor lauter Ästen sieht man keinen Stamm mehr. Dennoch schmecken die Zwetschgen hier am süßesten. Auch die Linde hat mächtig viel Holz, sie ist wohl ein sehr alter Baum und die Äste reichen weit über das Dach hinaus, so dass man, wenn die Dachluke offen wäre, bequem über die Linde ins Innere des Hauses gelangen könnte. Aber die Dachluke ist immer verschlossen, außerdem gäb es wohl drinnen auch nicht viel zu holen.

Hier wohnt ein eigentümlicher Kauz, wie es wohl in jedem Dorf einen gibt, ein Eigenbrödler, klein und untersetzt, immer etwas schmuddlig angezogen, mit einem ständig geröteten Gesicht, in dem eine starke, runde Brille sitzt. Außerdem fällt das breite stopplige Kinn auf, das ein bisschen brutal nach vorn geschoben ist. Dass unter der klobigen Nase immer ein Tropfen sitzt, dafür kann er sicher nichts, aber ich finde das nicht sehr appetitlich. Überhaupt ist es ein komischer Kerl, nicht mehr verheiratet, scheint auch keinen Freund zu haben, denn seit

Urzeiten hockt er allein in dieser Bude. Selten lässt er sich auf der Straße blicken, nur um ein paar Einkäufe zu machen. Er sitzt wohl den ganzen Tag in seiner Stube, liest die Zeitung von oben bis unten, vom Datum bis zur letzten Zeile, auch Bücher. Die im Regal stehen, sind alt, dick und speckig. Bisweilen sitzt er hinter den dreckigen Fensterscheiben und schaut sich das Treiben der Spatzen in seiner Gartenwildnis an.

Dieser komische und sonderbare Mensch ist Ludwig Borszwinski, der Großvater von Helmut, doch beide gehen sich aus dem Weg. Ich erinnere mich nicht, dass ich Helmut jemals bei seinem Großvater gesehen hätte.

Nun weiß ich natürlich nicht im Einzelnen, was der Alte an jenem Morgen tat, bevor der Vater von Franz, Herr Bauer, unser Briefträger, ihm den denkwürdigen Brief ins Haus brachte. Ich stelle es mir so vor:

Der Alte lag in seinem knarrenden Schaukelstuhl und las in einem seiner speckigen Bücher, das er aber packte und schimpfend auf den Boden feuerte. Dabei könnte er, so wie ich ihn kenne, gemurmelt haben: „Oh, diese verdammten Schriftsteller! Ich sage es ja immer, es gibt keine geistesärmeren Menschen als diese blödsinnigen Bücherschreiber! Schade um die Zeit, die man mit dem modernen Zeug vertrödelt. Sollen es doch lassen, wenn sie's nicht können. Die alten, ja, das waren noch welche ...", und er blickte auf sein Regal, wo die schönen Rücken mit Goldprägung ihn anlächelten. „Da ist Leben, da sprudelt und funkelt es, das ist Moral, das ist Anstän-

digkeit. Aber dieses moderne Zeug – pfui Teufel, was ist nur aus der Welt geworden!" Ihr habt sicher auch schon bemerkt, dass Leute, die viel allein sind und keine Freunde haben, häufig mit sich selbst Gespräche führen. Der Alte wird ein paarmal geflucht haben, so laut, dass er das Klingeln des Briefträgers überhörte, denn Franzens Vater stand 'ne Weile vor der Tür, bis er vernehmen konnte, wie der Alte aus seinem Schaukelstuhl ächzte und zur Tür schlurfte, sie einen Spalt öffnete und fragte: „Was issen los? Was gibts denn?"
„Guten Tag, Herr Borszwinski! Der Postbote!"
„Morgen", brummte der Alte, „was wollen se denn nu schon wieder von mir? Das Geld für das lumpige Zeitungsblatt hab ich doch schon bezahlt."
„Nee, nee, Herr Borszwinski. Ich komme nicht wegen Geld. Diesmal nicht. Sie werden es nicht glauben, ich bringe Ihnen einen Brief!"
„Einen Brief? Was hab ich denn da schon wieder verbrochen, dass mir jemand 'n Brief schreibt. Na, zeigen Se her!"
Als vor der Nase des Briefträgers die Tür zuflog, wusste dieser, dass er bei Borszwinski seine Pflicht getan hatte.
Der Alte ging schlurfend in seine Stube zurück, kramte auf dem Schreibtisch vergeblich nach einem Brieföffner, denn vielleicht war eine schöne Briefmarke drauf, eine Blume oder ein Schmetterling. Er zog die Schreibtischfächer auf, kramte weiter, stülpte sie um, wendete die Zeitungen, die auf dem Tisch lagen und nun mit dem Kram aus den Fächern bedeckt wurden, fand keine Schere und

keinen Öffner, schimpfte und riss schließlich mit den dicken Fingern seiner rechten Hand den Briefumschlag auf, der nach beiden Seiten auseinanderfledderte. Seine zittrigen Finger haspelten einen gelblichen Briefbogen hervor, auf dem folgendes stand:

*Lieber Ludwig!*
*Gestern hatte ich leider aus einem wichtigen Grunde keine Zeit, zu dir zu kommen. Nimm mir das bitte nicht übel. Heute, zu deinem 70. Geburtstag, bitte ich dich, mich gegen 15 Uhr zu besuchen. Näheres bei mir. Bis dahin HOLZKOPF!*
*Dein alter Freund Felix*
*PS. Du kannst deine alte Geige mitbringen, damit es gemütlich wird. Verstehst du?*

Das stand wortwörtlich in dem Brief, ich habe es später selbst gelesen, als der Brief mit anderem „Beweismaterial" auf Schunzbachs Schreibtisch lag.

„Richtig, ich hab ja heute Geburtstag! Da bist du nun siebzig Jahre alt geworden, alter Junge, und es gibt tatsächlich Leute, die mit dir feiern wollen ...", könnte der Alte gedacht haben. Und dann wird er sich wohl an die Arbeit gemacht haben, um seine alte Geige zu suchen, die er lange Jahre nicht mehr gespielt hatte.

Er suchte vermutlich zuerst in seinem Zimmer und weil er von Ordnung nicht viel hielt oder andere Vorstellungen davon hatte, war das ein hartes Stück Arbeit. Bald verwandelte sich das schon vorhandene Wirrwarr in ein noch größeres. Er riss den Schrank auf und dabei die Stühle um, zog Schubladen hervor, die er hastig und auch mit Gewalt nicht mehr zubekam, kniete sich schimpfend vor den Schrank und schaute darunter, hob den Stuhl auf, kletterte drauf und schaute auf dem Schrank nach seiner Geige. Er suchte und suchte, aber konnte sie nirgends finden. Er schwitzte und der Staub, den er aufwirbelte, klebte an seinem Körper. Er war schon ganz wütend, als er in der Ecke einen Stapel schmutziger Wäsche durchkramte und darunter tatsächlich den hölzernen Geigenkasten entdeckte.

Vielleicht war es aber auch so: Verzweifelt und als letzte Möglichkeit durchwühlte er den Stapel dreckiger Wäsche in der Hoffnung, darunter die Geige zu finden, aber Fehlanzeige, auch da war sie nicht. „Möglich, dass ich sie in der Bodenkammer habe ..."
Und er öffnete eine kleine, unscheinbare Tür, die man fast gar nicht bemerkte, stand in einer Abstellkammer mit einer Leiter, kletterte diese hoch, um in die Bodenkammer zu kommen, kletterte sie wieder runter, weil es in der Kammer dunkel war, die Linde hing ja über der kleinen Dachluke und er hatte oben kein elektrisches Licht. Also musste er eine Kerze holen, diese in dem Wirrwarr, das er angerichtet hatte, aber erst finden, dazu noch Streichhölzer – man kann sich dieses Durcheinander gut vorstellen. Wie er die Kerze endlich hat, und die Streichhölzer auch, klettert er die Leiter wieder hoch, zündet die Kerze an und befestigt sie auf einem Querbalken unterm Dachstuhl.

Dann ging oben die Sucherei weiter. Ich glaube, in Bodenkammern ist die Ordnung überall sehr großzügig, wenn ich an unsre denke. Ich sehe direkt, was bei dem

Alten so alles rumgelegen haben könnte. Aber schließlich fand er doch seine Geige und er riss den hölzernen Kasten erfreut an sich, kletterte die Leiter hinab und murmelte dabei vielleicht: „Da hab ich dich wieder, alter Freund! Wir haben lange nichts voneinander gehört, wir sind beide älter geworden!"
Wie es sich auch zugetragen haben mag, er wird in der Stube den Kram auf dem Tisch beiseite geschoben und den hölzernen Kasten draufgelegt haben. Dann holte er die Geige raus und auch den Bogen. Plötzlich, wie er das alte, vertraute, zerbrechliche Instrument in der Hand hielt, überkam ihn eine große Freude, wie eine ferne Erinnerung, und er streichelte liebevoll über das alte, verstaubte Holz, das sich glatt seinen faltigen, kräftigen Händen anschmiegte.
Als er seine Geige näher betrachtete und stimmen wollte, fiel ihm auf, dass eine Saite kaputt war.
„Immer die A-Saite, verflixt, immer das A – wo hab ich denn noch eins, wo hab ich es nur hingetan ..."
Das im Geigenkasten dafür vorgesehene Fach war leer. Er ging daher zum Schreibtisch, um eine neue Saite zu suchen. Dabei stolperte er über den Fußschemel und schlug lang hin. Im Fallen versuchte der Alte, sich irgendwo festzuhalten, erwischte aber nur das Tischtuch, und mit ihm zog er eine Vase, die Geige im hölzernen Kasten und all den Kram runter. Die Vase sprang entzwei, ein paar Splitter quetschten sich in seinen Daumen, er merkte das aber gar nicht, weil das Tischtuch um seinen Kopf geflogen war und er bekam es in der Aufregung nicht gleich runter, und er strampelte verwirrt mit Ar-

men und Beinen, stieß dabei an die Geige, die aus dem Kasten fiel und Klagelaute von sich gab.
Als er sich endlich wieder hochgerappelt hatte, rutschte er auf dem Tischtuch, das jetzt über den Scherben und dem anderen Krempel lag, aus und flog mit solcher Geschwindigkeit in seinen Schaukelstuhl, dass der durch die plötzliche Gewichtsverlagerung über sich hinauswuchs, eine halbe Drehung machte und den Alten unter sich einklemmte.
Ich kann mir kein größeres Durcheinander vorstellen. Der alte Borszwinski auf dem Bauch, den umgestürzten Schaukelstuhl über sich wie ein Schneckenhaus, und wie er sich auch wendet, er kriegt das Ding nicht los. Wenn er die Beine anhebt, wird der Kopf auf den Boden gepresst, so dass die Nase breitgedrückt wird. Hebt er aber den Oberkörper an, werden seine Füße eingequetscht. Schließlich kriecht er mit dem Schaukelstuhl auf dem Rücken vorwärts bis zur Wand, wo das verflixte Ding nicht mehr fortrutschen kann.
So brachte er es schließlich fertig, sich hochzustemmen und aus der verhängnisvollen Lage zu befreien. Er keuchte und stöhnte, hielt sich die Knochen und fluchte.
Nur gut, dass der Schaukelstuhl kein Ohrensessel war, sonst wäre er sicher vor Scham im Erdboden versunken.

# Wichtige Nachrichten

Es geschah am gleichen Tag, als nachmittags der alte Borszwinski seine Geige nahm und zu seinem Freund stiefelte. Seit Benos Verschwinden waren inzwischen drei Tage vergangen und noch immer war kein Lebenszeichen oder irgendeine Nachricht von ihm aufgetaucht. Für seine Eltern muss es die Hölle gewesen sein. Und auch wir waren fertig vor Sorgen und Selbstvorwürfen. Beno war spurlos verschwunden, der Blutfleck in der Höhle war das letzte Lebenszeichen unseres Freundes. Jeden Tag waren wir bei Schunzbach gewesen und hatten immer gehofft, er habe endlich Neuigkeiten – aber immer vergeblich.

Als ich an diesem Mittwochmorgen aufstand, kam es mir vor, als hätte ich überhaupt nicht geschlafen, denn ich war hundemüde. Ein schlimmer Traum hatte mir die ganze Nacht keine Ruhe gelassen. Es war ein schrecklicher Traum. Ich war heilfroh, als ich die Augen öffnete und langsam mitbekam, dass alles nur Fantasie war. Ich hatte geträumt, Beno wäre tot. Aber plötzlich war er ganz lebendig vor mir, mit einem großen Hammer in der Hand, den schwang er über dem Kopf, als ob er mich erschlagen wollte. Und immerzu rief er mit einer Stimme, die so anders war: „Du bist daran schuld, dass ich jetzt tot bin, du bist daran schuld, dass ich jetzt tot bin!" Und ich wimmerte um mein Leben und bat ihn um Verzeihung. Ich hätte es doch nicht so gemeint und er sollte mich doch verstehen und er wäre doch mein Freund.

Aber er rief nur: „Du bist schuld an meinem Tod!" Und dann schlug er zu mit dem großen Hammer, mir genau auf den Kopf, dass es einen Knacks gab und ich dachte, jetzt bist du hin – und ich war schweißgebadet, als ich an dieser Stelle aufwachte.
Aber solch einen Traum hatte ich nicht zum ersten Mal. Seit Beno verschwunden war und ich mir wegen meiner Angst, die mich rausrennen ließ, Vorwürfe machte, träumte ich immer so etwas – und die Träume machten mich ganz fertig.
Nach dem Frühstück ging ich zu Grändi und pfiff dort ein paar Mal, bis er seinen Kopf durch die Tür steckte.
„Hallo Olf, was gibt's, haste was erfahren?"
„Nichts, nee – und du?"
„Auch nichts. Es ist zum Verzweifeln."
„Es ist einfach fürchterlich!"
So verflogen jeden Morgen unsere Hoffnungen. Grändi brachte auch nur ein enttäuschtes „Hm" hervor.
„Was hast'n heute vor?", fragte ich meinen Freund.
„Ich? Nichts. Und du?"
„Eigentlich auch nichts."
„Das heißt – ich hab neulich, als meine Bella erschossen wurde, die Taschenlampe, die mir Schunzbach gab, unten liegen gelassen. Kann ja sein, dass er sie wiederhaben will."
„Hm."
„Eigentlich wollt ich sie holen. – Nur ... kommste mit?"
„Du meinst – wenn nun aber ..."
Mir widerstrebte, noch einmal unsere Gänge zu betreten, zu Schreckliches hatten wir dort erlebt.

„Es wird schon nichts passieren", meinte Grändi, hatte aber ebenso wie ich, ich spürte das ganz deutlich, Angst davor. Aber wir machten uns auf den Weg.
„Hast du was von Franz gehört?", fragte ich nach einer Weile.
„Es soll ihm besser gehen."
„Wann soll er denn rauskommen?"
„Weiß nicht. Vielleicht nächste Woche ..."
„Ob Franz schon von Beno weiß?"
„Nehm ich stark an. Wenn's ihm seine Eltern nicht gesagt haben, wird's ein anderer getan haben. Denn das war doch gleich im Dorf rum."
„Hm. Hast wohl Recht ... Wir könnten ihn ja mal besuchen. Haste heute Nachmittag Zeit? Wollen wir mit'm Rad nach Weimar fahren?"
„Okay, können wir machen."
Schließlich erzählte ich Grändi von meinem Traum, der mir immer noch schwer auf der Seele lag.
„Wie kommst du denn darauf, dass du dran schuld bist?"
Hätte ich Grändi meine Träume und Selbstvorwürfe nicht erzählen sollen? Ich druckste erst eine Weile herum, aber dann redete ich mir doch alles von der Leber. Grändi reagierte ganz prächtig.
„Mensch Olf, so kannste das nicht sehen. Klar, Vorwürfe mache ich mir auch, gewaltige sogar. Ich habe mir auch schon gesagt, dass es meine Schuld ist, weil ich Beno so angemeckert und in den Wald geschickt habe. Er war's ja gar nicht, der den Eingang aus Versehen offen gelassen hatte. Das war nicht richtig von mir. Aber ich war einfach in Hektik. Schlimm, dass wir's Beno nicht sagen können."

Grändis Worte taten mir gut. Es war, als hätten wir die Last der Vorwürfe geteilt.

Als wir beim Eingang waren und in die Gänge hinunterstiegen, stellten wir fest, dass wir wieder keine Taschenlampen und auch keine Kerzen mithatten.
„So was Blödes! Sogar die Streichhölzer habe ich vergessen. Hast du welche mit, Olf?"
„Nee, du hast sie doch immer. Weißt du wenigstens, wo du die Lampe liegengelassen hast?"
„Sicher gleich am Eingang. Spätestens im Saal. Da bleibt uns wohl nichts weiter übrig, als im Dunkeln dorthin zu tasten. Oder hast du 'nen besseren Vorschlag?"
Nein, hatte ich nicht. Also mussten wir in der Finsternis suchen. Unten im Gang war es schrecklich dunkel und bald konnten wir gar nichts mehr sehen, denn das Licht vom Eingang fiel nicht sehr weit.
„Grändi, wo biste denn?"
Ich wollte nur die unheimliche Stille unterbrechen.
„Hier, warum?", kam ganz dicht vor mir die Antwort. Wir hatten uns hingehockt und suchten auch mit den Händen den Boden ab. Der Gang war schmal, wenn die Lampe hier lag, mussten wir sie finden.
„Nichts!", entgegnete ich. „Ich wollte nur wissen, wo du bist."
Nach 'ner kleinen Weile fragte Grändi: „Olf?"
„Ja?"
„Haste schon was?"
„Nee, nichts gefunden."

„Was meinst du, wir müssten doch gleich beim Saal sein!"
„Ja, am besten, wir tasten uns an der Wand lang."
Hier unten, wo wir ganz im Dunkeln waren, klangen unsere Stimmen richtig düster und durch das Echo vom Gang ein bisschen unheimlich. Wir waren froh, als wir endlich die Tür erwischten und aufmachen konnten. Hier musste doch gleich Benos Blutfleck sein ... Plötzlich überkam mich eine mächtige Angst, ich weiß auch nicht, wieso. Es war mir so unheimlich, wenn ich mir vorstellte, dass ich jetzt bei dem Blutfleck stand. Am liebsten wäre ich rausgerannt, aber ich wollte Grändi nichts merken lassen.
„Hast du die Lampe schon?", fragte ich deshalb und versuchte, meine Angst zu unterdrücken.
„Hab 'se noch nicht. Such doch auch mit!", antwortete er mit leiser Stimme, die mir verriet, dass auch er ein bisschen Furcht hatte. Ich ließ mich auf die Knie, wie es Grändi gemacht hatte, und suchte auf dem Boden herum. Weil es so unheimlich still war, quatschte ich dabei dummes Zeug und Grändi ebenso. Ich suchte von der Stelle aus, wo ich vermuten konnte, dass da nicht mehr der Blutfleck war, fand aber lange nichts.
„Hast du sie auch wirklich hier gelassen?", fragte ich leise.
„Klar, ganz bestimmt. Wir müssen sie finden!"
„Wenn nicht inzwischen jemand ..."
Ich brachte den Satz nicht zu Ende, weil er mir neue Angst machte. Ich suchte weiter, aber im Dunkeln denks-

te immer, dass du dich im Kreise drehst und immer an der gleichen Stelle suchst.
Und plötzlich hatte ich was in der Hand. Nicht die Taschenlampe, es musste wohl ein Strick sein, der zum Teil im Boden steckte. Ohne nachzudenken, was der hier solle, zog ich dran. Es zog sich ziemlich schwer, doch auf einmal gab es einen Ruck und irgendwas kam aus dem Boden. Was es war, konnte ich nicht sehen, aber es fühlte sich an wie eine Flasche. Bald darauf fand Grändi die Lampe. Wir waren froh, dass wir endlich Licht hatten.
Ich zeigte Grändi meinen Fund. Es war eine ganz alte Flasche aus dunklem Glas, unten viereckig und oben mit einem dünnen Hals, um den der Strick geknotet war.
„Komisch, wer bindet denn einen Strick um so 'ne olle Flasche!", meinte Grändi.
Doch da entdeckte ich etwas in der Flasche.
„Du, Grändi, das ist scheinbar 'ne ganz besondere Flasche, da ist 'n Zettel drin, vielleicht ist das 'ne Flaschenpost!"
Wir popelten in der Öffnung der Flasche herum, konnten den Zettel aber nicht heraus bekommen. Deshalb wollten wir rausrennen, um uns ein Stöckchen zu suchen.
Aber wie ich die Eichentür öffnete, war es mir, als leuchte hinten am Ende des Ganges das Licht von einer Taschenlampe. Und gleich darauf sah ich es noch einmal – und das Licht kam direkt auf uns zu.
Ich brauchte es Grändi gar nicht sagen, der hatte es auch bemerkt und blitzschnell seine eigene Lampe ausgeknipst.
„Mensch Grändi, was issen das?", flüsterte ich.

„Still! Hab doch auch keine Ahnung."
„Der kommt doch auf uns zu!" Jetzt hörten wir auch die Schritte, noch leise, aus der Ferne, aber doch deutlich und bestimmt.
„Grändi, Grändi, was machen wir jetzt? Komm, lass uns rausrennen!"
„Dass er uns beim Eingang sieht? Quatsch, dann lenken wir ihn erst recht auf uns. Komm, wir verstecken uns im Saal!"
So leise wie möglich schlossen wir wieder die Tür, drückten uns in die Höhle und lauschten nach draußen. Bald hörten wir die Schritte deutlich, die immer näher kamen. Ich brauch euch nicht zu sagen, wie uns zu Mute war. Mein Puls donnerte, als wenn ein beladener Güterzug über eine Brücke fährt, und ich meinte, man könne ihn bis draußen hören.
Die Schritte wurden immer lauter, noch wenige Meter und er musste bei der Tür sein. Erst hier drinnen wurde uns klar, dass wir ja gefangen waren, denn was wollten wir machen, wenn der Kerl hier rein käme? Grändi tastete verzweifelt die Wand ab, um den zweiten Ausgang zu finden, aber im Dunkeln suchte er vergeblich – und Licht wollte er nicht machen, weil wir die Tür in der Eile nicht ganz geschlossen hatten. Mir lief der Schweiß von der Stirn. Ich hörte Grändi tief atmen, als der Lichtschein der Taschenlampe im Türspalt sichtbar wurde.
Und dann – wurde die Tür geöffnet. Wir beide standen starr an der Wand. Und dann kam jemand in den Raum und blendete uns mit der Lampe und wir standen wie angewachsen und konnten uns nicht bewegen. Ich glau-

be, auch wenn ich nicht geblendet gewesen wäre, hätte ich mich doch nicht rühren können. Plötzlich versagten mir die Beine.
Und dann sagte eine Stimme, die wir nur allzu gut kannten: „Donnerwetter! Wen treff ich denn hier?"

Grändi und ich atmeten auf, denn wir hatten die Stimme sofort erkannt, sie gehörte Helmut, Helmut Borszwinski. Und in dieser Lage waren wir froh, dass er es war und nicht der Verbrecher. Der Schreck war uns wirklich in die Glieder gefahren, doch es ist erstaunlich, wie schnell man sich davon erholen kann.

„Mensch, was fällt denn dir ein, uns so 'nen Schrecken einzujagen!", sprudelte Grändi hervor.

„Ich werd mir doch wohl noch die Gänge anschauen dürfen, wo jetzt alles drüber spricht. Wollt ihr mir das etwa verbieten?"

„Die sind unser Geheimnis und gehen dich gar nichts an!", entgegnete ich.

„Ihr glaubt, ihr habt sie für immer und ewig gepachtet?"

„Wir haben sie entdeckt!"

„Das habe ich mittlerweile auch mitbekommen. Alle Achtung, da habt ihr ja was Tolles gefunden, ehrlich! – Ist das die Stelle, wo Beno erschossen wurde?"

Es durchfuhr mich kalt. „Das geht dich gar nichts an. Außerdem wurde er nur angeschossen."

„Was noch nicht raus ist. Wollt mir's ja nur mal ansehen."

Wenn Helmut sprach, fiel mir auf, dass es irgendwie anders klang. Seine Stimme schien hier unten nicht so gemein und brutal, er ließ direkt mit sich reden. Täuschte ich mich oder hatte er sich wirklich etwas geändert? Um das rauszubekommen, fragte ich möglichst gnädig: „Wie kommt's denn, dass du hier unten bist?"

„Ich wollt mir die Dinger mal ansehen. War neugierig drauf. Ist doch klar, ganz Legefeld spricht davon. Ist'n prächtiger Gang, länger als ich dachte, und die beiden Höhlen sind auch nicht übel."

„Die eine", verbesserte Grändi, „denn die andere haste ja nicht gesehen."

„Natürlich hab ich die gesehen, da hinten, ich war doch drin."

„Du warst drin? War sie etwa offen?"

„Klar! Ich hab sie mir angeschaut."

„Das gibts doch nicht! Mensch, die ist doch seit Jahr und Tag verschlossen, außerdem siehste durch die Ritzen, dass sie auch innen verschüttet ist!"

„Nee, da war nichts verschüttet. Und die Tür war offen!"

„Das kann nicht sein. Das kann überhaupt nicht sein!"

„Wetten?" Wir rannten nach hinten zur zweiten Höhle und ich dachte mir, der Helmut schneidet nur auf und erzählt uns Märchen.

Wir sahen sofort, dass jemand viel von dem Schutt aus dem Gang geschafft hatte, die Tür lag frei. Als ich sie aber aufreißen wollte, war sie verschlossen. Doch als wir durch die Ritzen leuchteten, sahen wir, dass innen der Raum wirklich leergeräumt war. Auch hier waren Schutt und Erde fortgeschafft worden, wir sahen deutlich noch Sand- und Geröllspuren, die nach vorn zum Eingang liefen und sich unterwegs verloren.

„Ich könnte schwören, dass die Tür eben noch offen war!", meinte Helmut. Wir leuchteten das alte Schloss an, es war nichts Sonderbares zu erkennen. Die Tür ging nicht auf. Aber das war leicht zu erklären, sicher hatte Helmut die Tür fest zugeschlagen und das Schloss war zugeschnappt.
„Vielleicht ist mir beim Zumachen die Tür ins Schloss gesprungen. Kann ja sein." Helmut sagte das so ganz schlicht, ohne irgendwelche Hintergedanken, wir mussten es ihm wohl oder übel glauben.
„Hm, können wir nichts machen. Ich kann ja zu Hause mal nachsehen, ob ich 'nen geeigneten Schlüssel oder Dietrich finde", meinte Grändi.
Und ich sagte: „Na, heute können wir nichts mehr machen. Kommste mit ins Dorf, Helmut?"
Eigentlich wollten wir ihn los sein, denn wir wollten das Geheimnis unserer Flasche ergründen.
„Nee, ich will mich noch 'n bisschen umsehen. Wenn ihr nichts dagegen habt ... Übrigens, habt ihr was gehört, wie's Franz geht? Tut mir Leid, vorigen Samstag. Bin total ausgerastet."
Grändi und ich guckten uns an.
„Franz geht's schon wieder besser. Wird wohl nächste Woche rauskommen. – Also, machs gut."
Wir trauten unseren Ohren nicht. War das wirklich Helmut Borszwinski?

Ich nahm die Flasche und ging mit Grändi zum Ausgang. Wir kletterten hoch, suchten ein kleines Hölzchen und machten uns daran, den Flascheninhalt herauszubekommen. Als wir das Papier endlich in den Händen hielten, verschlug es uns die Sprache, denn es war ein ganz alter Zettel, schon tüchtig vergammelt, aber mit einem ganz wichtigen Inhalt. Es war eine Zeichnung von unseren Gängen, alles war genau aufgemalt, der Einstieg und der Gang, der Saal auf der linken Seite, sogar der zweite Ausgang und – die zweite Höhle am Ende des Ganges. Aber eines war sehr merkwürdig: Das Papier war an der Stelle, wo der Gang verschüttet war, abgerissen, man sah aber deutlich, dass es ursprünglich weiter ging. Auch ein Schriftfeld befand sich unten in der Ecke – und auch davon war ein Stück abgerissen. Da standen Buchstaben und Zeichen, wohl in irgendeiner Geheimsprache, ich male es euch auf:

„Mensch Olf, das ist ja 'n toller Fund!", schoss Grändi hervor und fügte dann hinzu: „Wenn das nicht 'n Plan für 'ne Schatzsuche ist! Wir müssen unbedingt die Geheimsprache rauskriegen!"

„Auf alle Fälle wissen wir nun, dass auch andere Interesse an unseren Höhlen haben! Und vielleicht kriegen wir jetzt heraus, aus welchen Gründen ..."
„Ob uns das hilft, Beno wiederzufinden?", unterbrach mich Grändi und sprach damit aus, was ich gerade sagen wollte.
„Wir müssen auf alle Fälle damit zu Schunzbach, denn das wird ihn sicher weiterbringen!"
„Okay, heute Nachmittag, gleich nach dem Mittagessen gehen wir hin!"
Ich warf ein: „Eigentlich wollten wir doch zu Franz ..."
„Nee, das ist jetzt wichtiger. Zu Franz können wir morgen noch fahren. Jetzt aber müssen wir so schnell wie möglich Beno finden, wer weiß, in was für 'ner Verfassung er ist."
Und damit machten wir uns auf den Heimweg.

# Ein merkwürdiger Brief
# und was danach geschah

Nach dem Mittagessen gingen wir gleich zu unserem Dorfpolizisten. Herr Schunzbach saß wieder hinter seinem Schreibtisch mit dem Aktenkram, die verbrauchte Luft stank nach Zigarettenrauch.
„Guten Tag, Herr Schunzbach!"
„Oh, großer Besuch! Was wollt ihr denn hier?"
„Wir wollten wissen, ob's schon was Neues gibt!"
„Im Fall Bernd Novak? Da muss ich euch leider enttäuschen. Keine Neuigkeiten! Der Junge ist noch immer spurlos verschwunden. Ich habe meine Kollegen in der Stadt eingeschaltet, aber wie auch bei uns – bisher Fehlanzeige."
„Das versteh ich nicht. Beno kann doch nicht einfach so verschwunden ..."
„Das muss nicht unbedingt ein schlechtes Zeichen sein! Wir bleiben an dem Fall dran. Ich kann euch nicht in Details einweihen, habe aber Grund zu der Annahme, dass sich bereits in allernächster Zeit ... Ihr werdet sehen."
„Hat man denn schon Verdächtige oder wenigstens Leute, die infrage kommen könnten?", unterbrach ich ihn.
„Nichts dergleichen, leider. Was wir brauchen, ist Geduld. Wir müssen darauf warten, dass der Verbrecher einen Fehler macht und sich so zu erkennen gibt. Vorher können wir leider kaum etwas unternehmen."
Herr Schunzbach zündete sich eine neue Zigarette an.
„Aber wenn nun Beno schwer verwundet ist und wir warten und warten, ohne dass er ärztliche Hilfe bekommt ..."

„Jungs, macht euch darüber kein Kopfzerbrechen. Sicher, die Ungewissheit ist schrecklich, doch glaube ich, wenn der Junge ernstlich krank wäre, hätte man ihn schon irgendwie ins Krankenhaus gebracht. So unmenschlich kann niemand sein, das Leben eines unschuldigen Jungen leichtsinnig zu gefährden. Außerdem würde ein schwerer Straftatbestand dazu kommen. Eben weil wir ihn noch nicht haben, glaube ich, dass es ihm so schlecht nicht gehen kann. – Wenn wir nur einen kleinen Anhaltspunkt hätten ... und da brauche ich auch eure Hilfe! Falls ihr irgendetwas erfahrt, was uns weiterbringen kann, müsst ihr mir das unverzüglich melden. Verstanden?"

„Vielleicht ..., vielleicht hätten wir da schon was!", antwortete Grändi und zog den Plan aus der Flasche hervor.

„Wir haben diesen Plan heute Morgen in der Höhle gefunden, dort, wo Beno verwundet wurde!"

„Er war in der Erde verbuddelt", fügte ich hinzu.

„Wie? Was?" Schunzbach brauste los. Er richtete sich etwas in seinem Stuhl auf und schaute uns empört an. „Ihr wart wieder in der Höhle? Was hattet ihr dort zu suchen? Hatte ich euch nicht ausdrücklich verboten, dorthin zu gehen und euer Leben zu gefährden?"

„Ich hatte Ihre Taschenlampe, die Sie mir unten gegeben hatten, dort vergessen." Grändi stellte sie auf den Schreibtisch.

„Was – Taschenlampe! Und wenn es euch nun an den Kragen gegangen wäre? Ihr sollt euch dort nicht mehr rumtreiben, das ist zu gefährlich! Endgültig! Habt ihr mich verstanden?"

„Der Verbrecher wird sich doch dort nicht mehr sehen lassen. Man würde ihn doch sicher gerade an dieser Stelle suchen!", verteidigte uns Grändi. „Außerdem haben wir die Höhlen entdeckt, sie sind unser Geheimnis."
„Ich verstehe euch ja. Natürlich reizt es euch, wieder dorthin zu gehen. Aber bevor die Sache nicht geklärt ist, muss ich euch ernsthaft untersagen, noch einmal dorthin zu gehen!"
Das war 'n ziemlich harter Schlag für uns und wir hofften, dass der Verbrecher schon bald gefunden würde. Auch deshalb.
Der Polizist hatte sich inzwischen sehr gespannt unseren Plan angeschaut. Der musste ihn wohl sehr interessieren, denn kaum war die eine Zigarette aufgeraucht, zündete er sich mit nervösen Fingern die nächste an.
„Kinder, wisst ihr, was ihr hier gefunden habt?"
„Klar wissen wir das."
„Und diese Zeichnung habt ihr in der ersten Höhle gefunden, dort, wo euer Bernd gelegen hat?"
„Genau da. In einer Flasche."
„In einer Flasche, so, so. Ein geheimer Plan von den unterirdischen Gängen und uralt. Also, wenn das kein Anhaltspunkt ist!"
„Wie ... Vielleicht hilft er, Beno zu finden?"
„Nicht so voreilig. Keine falschen Hoffnungen. Erst müssen wir das Schriftfeld hier unten in der Ecke lösen. Das wird uns sicher weiterhelfen. Also, erst einmal vielen Dank dafür!" Und damit legte er den Plan zu den Akten. Ich schaute Grändi an, der das einfach so geschehen ließ, und war sauer, dass er nichts dagegen unternahm.

„Herr Schunzbach, Sie können uns doch nicht den ...", wollte ich protestieren, aber da klopfte es plötzlich sehr laut an der Tür und gleich darauf trat der Vater von Franz in die Stube, unser Briefträger.
„Guten Tag, Herr Schunzbach! Ach, wen haben wir denn da? Grüßt euch, Jungs!"
„Guten Tag, Herr Bauer. Na, wie geht es Ihrem Sohn?"
„Besser, Gott sei Dank besser. – Ja, Herr Schunzbach, ich war heute Morgen schon mal da, aber da war hier abgesperrt. Ich wollte den Brief nicht einfach in den Kasten stecken, weil ich annehme, dass er sehr wichtig für Sie ist. Sie sagten mir doch Anfang der Woche, wenn ich zufällig einen Brief von oder an einen gewissen August Starkse fände, dann solle ich den Brief unverzüglich zu Ihnen bringen, weil er für die Aufklärung des Verbrechens äußerst wichtig sei. Nun, Herr Schunzbach, wir haben Glück – hier, ein Brief von August Starkse!"
„Von August Starkse?"
Wir waren sprachlos.
Eine gute Idee von unserem Polizisten, den Briefträger einzuschalten! Der Brief, den Herr Bauer hervorfingerte, war ein ganz normaler Brief, nichts Auffälliges, mit Schreibmaschine geschrieben. Der Polizist nahm ihn in die Hand, wendete ihn und las: „Absender: August Starkse – mehr nicht!" Und dann fragte er sich quasi selbst: „Und an wen ist er geschrieben?"
Und er drehte den Umschlag um: „An Herrn Ludwig Borszwinski, Legefeld."
„Was?", schrien Grändi und ich gleichzeitig, „an den alten Borszwinski?"

„Ja, ja, an den alten Borszwinski", nickte der Briefträger. „Der hatte heute Morgen noch einen Brief. Jahrelang schreibt ihm kein Mensch und dann gleich zwei Mal."
„Wie – noch ein Brief?", fragte Schunzbach gespannt. „Und von wem?"
„Na, geht mich eigentlich nichts an! – Aber weil's so wichtig ist für die Ermittlungen, hab ich nachgesehen. War aber kein Absender drauf, nur die Anschrift."
„Merkwürdig, dass er plötzlich so viel Post bekommt."
„So merkwürdig ist das gar nicht", meinte Herr Bauer. „Wenn ich richtig informiert bin, muss der Alte in diesen Tagen Geburtstag haben, einen runden ..."
„Können Sie den Brief aufmachen?", fragten wir den Polizisten, der den Umschlag immer noch in der Hand hielt. Wir waren sehr aufgeregt. Vielleicht würde sich in wenigen Sekunden das Verbrechen aufklären.
„Ich darf eigentlich nicht gegen das Briefgeheimnis verstoßen. Aber wir haben ein Verbrechen vorliegen. Es geht um Leben und Tod des Bernd Novak aus unserem Dorf. So werde ich, unter Zeugen, den Brief öffnen, im Namen des Gesetzes. Wahrscheinlich haben wir den ersten Ganoven!"
„Den ersten?", fragte ich verblüfft. „Glauben Sie etwa, dass es mehrere sind?"
„Der Brief beweist es! August Starkse ist der eine, der andere könnte jener ..., doch erst wollen wir mal den Brief lesen."
Mit einem kleinen Messer öffnete er den Umschlag und zog einen Bogen Rechenpapier hervor, auf dem mit Schreibmaschine geschrieben stand:

Lieber Ludwig,

leider konnte ich gestern Abend nicht zu dir kommen und den Jungen abholen. Es ist etwas Unangenehmes dazwischen gekommen. Aber heute Abend hole ich den Bernd Novak ab. Ich hoffe, er ist wohlauf. Sorge aber dafür, dass er nicht zu laut werden kann und bereite alles vor. Ansonsten das Übliche.

August

Wir standen wie versteinert, als diese Worte an unsere Ohren drangen. Noch heute habe ich keines vergessen und höre noch immer den Klang, mit dem Schunzbach den Brief vorlas. Eine unbändige Freude ergriff uns. Beno lebte! Und wir wussten nun auch, wo er zu finden war! Seine Befreiung war nur noch eine Sache von Stunden!
„Donnerwetter, das hätte ich nicht gedacht. Ausgerechnet der alte Borszwinski."
Unser Dorfpolizist legte den Zettel vor sich auf den Schreibtisch und strich ihn glatt. „Wie gut, dass es anständige Postboten gibt!"
„Hab doch nur meine Pflicht getan ... Will ja auch, dass der Junge bald wieder da ist."
„Gott sei Dank, Beno lebt noch!", sagte ich.
„Natürlich!", sagte Schunzbach darauf, „hab ich auch nie bezweifelt. Nun müssen wir ihn nur noch da rausholen. Wenn das man gut geht. Noch schwebt er in großer Ge-

fahr. Ich fürchte, der Alte ist unberechenbar – hoffen wir, dass der Brief keine Finte ist ..."
„Wie meinen Sie ..."
„Eine Ablenkung, ein Bluff, kann doch sein. Vielleicht ist der Junge gar nicht bei dem Alten, sondern ganz woanders, wer weiß das schon. Aber wir wollen uns darüber jetzt keine Gedanken machen. Erst einmal haben wir etwas in der Hand und darüber müssen wir froh sein. Ich denke, ich hole für die Aktion Verstärkung."
Er griff zum Telefon und rief seine Polizeihelfer aus unserm Dorf an, dass sie sofort zu ihm kommen sollten. Ich fieberte vor Aufregung, wäre am liebsten gleich losgerannt, um Beno zu befreien.
Als der Polizist den Hörer wieder auflegte, fragte Grändi: „Wir dürfen doch mit, wenn es zum alten Borszwinski geht?"
„Ihr?", meinte Herr Schunzbach. „Ausgeschlossen! Euch können wir dabei wirklich nicht gebrauchen!"
„Aber ...", wollte ich einwenden, doch der Polizist ließ mich nicht zu Wort kommen.
„Jungs, ganz unmöglich. Die Sache ist viel zu gefährlich. Außerdem könntet ihr uns dabei alles vermasseln. Das ist Aufgabe der Polizei und kein anderer hat dabei etwas zu suchen, auch ihr nicht."
Es fiel uns schwer, das einzusehen. Aber der Polizist redete so bestimmend, dass wir keine Widerrede wagten. Auch Franzens Vater sagte: „Nee, nee, Jungs. Das ist nichts für euch. Geht nur nach Hause und überlasst das Herrn Schunzbach und seinen Leuten. In ihren Händen ist die Aktion gut aufgehoben."

„Wenn wir den Jungen gefunden haben, bekommt ihr sofort Bescheid. Ist doch klar. Nun ab nach Hause! Und drückt uns die Daumen."

Geknickt verließen wir die Amtsstube. Irgendwie gefiel uns die Sache nicht. Wir wussten, wo Beno war, und mir schien, jede Stunde, in der er gefangen war, ohne dass etwas passierte, könnte eine zu viel sein. Eine innere Unruhe trieb mich, Grändi zu sagen: „Wollen wir das wirklich der Polizei überlassen?"

„Hm. Ich hab da 'ne Idee, weiß aber nicht so recht, ob's auch 'ne gute ist ..."

„Denkste also wie ich?"

„Wenn wir, ohne auf die Polizei zu warten, auf eigene Faust versuchten ..."

Grändi sprach den Satz nicht zu Ende, aber ich wusste schon, was er meinte.

„Du denkst, wir gehen sofort zum Haus des alten Borszwinski und machen ihn fertig?"

„Das sollte uns doch nicht schwerfallen", meinte Grändi siegessicher.

„Und wir suchen Beno und befreien ihn?"

„Wenn Schunzbach kommt, ist alles erledigt. Wir überreichen ihm den Alten und haben unseren Freund wieder!"

Der Gedanke begeisterte uns, aber dennoch hatten wir dabei ein ungutes Gefühl, weil der Dorfpolizist uns so ins Gewissen geredet hatte. Was, wenn etwas schief ging?

„Wir brauchen aber was, um den Alten zu fesseln", sagte ich zögernd, um meine Unsicherheit zu überwinden.

„Ich denke, 'ne Wäscheleine tut's! – Habt ihr bei euch eine, die gerade nicht benutzt wird, Olf? Denn meine Mutter hat heute große Wäsche."
„Klar. Bin gleich zurück!"
Und ich rannte los. Ich kam ganz außer Atem zu Hause an und meine Mutter fragte erstaunt, was denn los sei. Aber ich beruhigte sie, stieg auf den Boden und knüpfte die Leine los, steckte sie unter mein Hemd, damit man sie nicht sah, und stieg wieder herunter. Ich wollte schon losflitzen, da fiel mir ein, dass wir vielleicht meinen Hirschfänger gut gebrauchen könnten, falls der Alte bewaffnet war, und holte ihn. Dabei entdeckte ich Vaters Taschenlampe. Und weil Mutter in der Küche war und es nicht bemerken würde, steckte ich sie schnell noch ein, man weiß ja nie.
Grändi freute sich, dass ich an die Taschenlampe gedacht hatte und wir begaben uns ans Ende des Dorfes, zum Haus des alten Borszwinski.
„Du, Grändi, weißte schon, wie wir's am gescheitesten anfangen?"
„Wir überrumpeln ihn und nehmen ihn gefangen."
„Wenn er sich aber wehrt und brüllt und wild um sich schlägt?"
„Macht nichts. Ich halte den Kerl fest und du bindest ihn mit der Leine. Soll er doch brüllen, hier draußen hört ihn niemand!"
„Okay. Also, an die Arbeit!"
Wir waren bei dem Haus angekommen, hatten uns dabei mehrmals umgeschaut, ob uns auch niemand beobachtete, denn ganz geheuer war's uns nicht.

„Wie gehn wir denn am besten rein?", fragte ich mit klopfendem Herzen.
„Durch die Tür natürlich", sagte Grändi, ebenfalls etwas zaghaft. „Wir schleichen ganz leise rein, dass er uns gar nicht hört und machen ihn fertig."
Die Taschenlampe hatte ich in die Hosentasche gesteckt. Nun zog ich die Leine hervor und nahm sie in die linke Hand, um die rechte frei zu haben. Wir schlichen zur Tür und Grändi drückte ganz vorsichtig die Klinke herunter.
„Mensch, Olf, die Tür ist abgeschlossen!"
„So'n Mist. – Ob wir klingeln, damit er raus kommt?"
„Anders geht's wohl nicht ... Da müssen wir ihn aber gleich bei der Tür überrumpeln."
Ich suchte den alten Klingelknopf und drückte drauf, hörte aber nichts.
„Ob die überhaupt geht?"
„Probier's noch mal!"
Im Haus blieb alles still.
„Dann müssen wir ihn eben rufen!"
Wir klopften kräftig an die Tür und riefen nach ihm, verbargen uns aber gleich seitwärts, so dass er uns nicht sofort sehen konnte.
Nichts geschah.
Wir polterten an die Tür, erst mit den Fingern, dann mit den Fäusten, waren selber über den Lärm, der Tote aufwecken musste, erschrocken, doch kein Borszwinski kam heraus.
„Ob er überhaupt da ist?"
„Der geht doch nie fort. Am Nachmittag schon gar nicht."
„Aber weil's doch wegen Beno ist ..."

„Wir müssen unbedingt ins Haus kommen. Vielleicht ist irgendein Fenster offen."
Wir schlichen um das Haus, durch das hohe Gras, in dem unsere Spuren zurückblieben. Aber alle Fenster waren verschlossen.
„Sollen wir's doch lieber lassen?", fragte ich Grändi.
„Quatsch, wo wir nun mal hier sind. Wer weiß, wie es Beno geht! Er braucht unsere Hilfe."
„Aber wie reinkommen?"
„Da müssen wir halt ein Fenster einschlagen."
„Aber die sind doch so klein, da kommen wir niemals durch!"
„Wenn wir eine Scheibe eingeschlagen haben, kommen wir an den Riegel!"
„Hm. Also gut."
Ich suchte nach einem größeren Stein, was bei der Wildnis so gut wie unmöglich war, aber dann fiel mir mein Hirschfänger ein und Grändi schlug mit dem Griff eine Scheibe kaputt. Es machte einen tüchtigen Krach. Wenn der Alte noch im Haus war, musste er ihn bestimmt gehört haben. Wir bückten uns erschrocken ins Gras und warteten ein paar Sekunden ab, aber es tat sich noch immer nichts. Wahrscheinlich war er doch nicht da.
Grändi stand als Erster auf und machte sich an dem Riegel zu schaffen.
„Das ist jetzt ein Kinderspiel!"
Aber aus dem Kinderspiel wurde harte Arbeit, die nichts einbrachte. Das Fenster musste jahrelang nicht geöffnet worden sein, der Griff war total verrostet und war nicht mehr zu drehen. Grändi lief der Schweiß von der Stirn,

dann auch mir, als ich es ebenfalls versuchte und mit dem Griff des Hirschfängers dagegenhämmerte. Wie ich mir den Schweiß von der Stirn wische, fällt mein Blick zufällig aufs Dach, und da sehe ich, dass die Dachluke offensteht.

„Mensch, Grändi, sieh doch mal, da! Das darf doch nicht wahr sein, die Dachluke ist offen!"

„Tatsächlich – wie find ich denn das! Über die alte Linde müssten wir doch bequem nach oben kommen! Los, Olf!"

Und wir stiegen in den Baum, der sich vorzüglich zum Klettern eignete. Grändi natürlich vornweg. Ich hatte das Seil unten beim Baum gelassen, weil es mich beim Klettern nur behinderte und wir es sowieso nicht mehr brauchten, denn der alte Borszwinski war mit Sicherheit nicht im Haus. Nur ein paar Minuten und wir waren oben und ließen uns durch die Dachluke auf den Dachboden gleiten. Es war ziemlich düster hier drinnen und anfangs konnten wir gar nichts erkennen, weil sich die Augen erst an das Gerümpel gewöhnen mussten, das uns entgegenstarrte: Koffer und Kisten, alte Möbel, Lumpen, Flaschen – ein Chaos, wie es zu dem Alten passte.

„Was meinst du, ob Beno hier oben ist?", fragte Grändi.

„Kann ich mir nicht vorstellen. Wo soll denn hier noch Platz für ihn sein? Außerdem würde er ihn wohl nicht hier rauf bekommen!"

Und ich zeigte auf die Leiter, die vom Boden hinab in eine kleine Kammer führte.

„Also, steigen wir runter! Gut, dass du die Taschenlampe mithast. Ist ganz schön finster. Hoffentlich ist Beno überhaupt noch im Haus."

„Wieso?"

„Na, wenn der Alte ausgerückt ist? Vielleicht hat er ihn fortgebracht! Ist doch alles denkbar!"

„Hoffentlich nicht!" Seit ich den Inhalt des Briefes kannte, den Brief von August Starkse, war mir ein Stein vom Herzen gefallen, denn nun wussten wir, dass Beno noch lebte. Und ich brauchte mir keine Vorwürfe mehr machen, dass ich an seinem Tod schuld sei. Das war ein ungeheuer erlösendes Gefühl, denn immer diese Ungewissheit, wenn du in der Nacht munter wirst, wenn du früh aufstehst und es den ganzen Tag nicht los bekommst, das ist entsetzlich.

Wir kletterten die Leiter hinunter, die in die Abstellkammer führte, in der ebenfalls Gerümpel herumstand. Auch hier war es düster und wir konnten den Lichtschalter nicht finden, sahen nur im Schein meiner Taschenlampe die Tür zur Stube – und hinter der meinten wir, ein Geräusch gehört zu haben.

Grändi öffnete die Tür und ich stand dicht hinter ihm und leuchtete mit der Lampe in die Stube.

Dort in der Stube steht ein Mann, der eine Pistole in der Hand hält, die auf uns gerichtet ist. Und plötzlich blitzt sie auf und es gibt einen fürchterlichen Knall, so wie damals, als Grändis Hund erschossen wurde, nur viel lauter, und nur ein paar Zentimeter neben uns geht ein Schuss in die Wand – oder hat er uns gar getroffen? Wir können es vor Schreck nicht gleich feststellen. Ich lasse die Taschenlampe fallen und wir stehen beide wie erstarrt.

Gott sei Dank, wir wurden nicht getroffen, aber um ein Haar hätte es uns erwischt, es war nur knapp daneben. Der Mann in der Stube war kein anderer als Herr Schunzbach. Und nachdem der Schuss losgegangen war, kamen plötzlich von draußen noch drei Männer reingestürmt, mit den Händen fuchtelnd, als hätten sie auch eine Pistole, das waren die Zivilen. Herr Schunzbach knipste das Licht an und sein Gesicht war vor Zorn verzogen.

„Ihr? Was fällt euch ein, hier den Helden zu spielen!", brüllte er. „Seid ihr denn ganz und gar verrückt geworden? Um ein Haar und ich hätte einen von euch erwischt! Hatte ich euch nicht ausdrücklich verboten, mir in die Quere zu kommen!"

Er brüllte, aber wir sahen deutlich, dass auch er ganz erschrocken war, genau wie seine Mitstreiter, die wortlos hinter ihm standen.

„Wir ... wir ... wir wollten doch nur Beno suchen!", stammelte Grändi eingeschüchtert, aber sichtlich erleichtert, dass er nicht getroffen war.

„Beno suchen! Ihr Dummköpfe! Euer Leben habt ihr riskiert und zudem vielleicht die ganze Aktion verdorben! Und? Habt ihr ihn denn gefunden?"

Wir schüttelten den Kopf.

„Den alten Borszwinski habt ihr verjagt und nun können wir zusehen, wo wir ihn wieder aufspüren!", polterte

Schunzbach zornig, „ihr mit eurer verdammten Abenteuerlust, nichts als Dummheiten im Kopf!"
Da legte ihm der eine Zivile die Hand auf die Schulter und sagte: „Ist schon gut, Kollege. Beruhige dich! Ist doch noch mal gut gegangen. Wollten doch bloß ihren Freund befreien, die Jungs. Kann man doch verstehen."
„Herr Borszwinski war auch schon fort, als wir kamen!", beeilte ich mich zu sagen, um die Fürsprache des einen auszunutzen. Der Zivile sagte auch gleich: „So? Der war schon fort? Na, dann ist ja alles gar nicht so schlimm. Da sind wir alle mit dem Schrecken davongekommen."
„Aber was hätte nicht alles passieren können!", knurrte Herr Schunzbach immer noch zornig, aber bereits etwas versöhnlicher, „ich hätte die Verantwortung gehabt, wenn den Jungs etwas zugestoßen wäre!"
„Freilich, du hast ja Recht. Zum Glück ist alles gut gegangen und wir wollen froh darüber sein. Aber ihr, Jungs", und er blickte uns ziemlich ernst, aber mit einem halb zugekniffenen Auge an, „macht solche Dummheiten nicht noch mal! Die Sache ist kein Abenteuerspiel! Hier gibt es richtige Verbrecher – und da heißt es für euch: Hände weg! Verstanden?"
Wir nickten beide und waren froh, dass der Zivile ein gutes Wort für uns eingelegt hatte.
Auch unser Dorfpolizist schien endlich wieder beruhigt, denn er sagte mit versöhnlicher Stimme: „Na gut. Vergessen wir das. Aber von jetzt an endlich die Finger davon! Keine eigenen Erkundungen mehr! Verstanden? Und nun, ab nach Hause!"

„Aber ...", wir wagten nicht, etwas dagegen zu sagen und gingen ziemlich niedergeschlagen aus dem Haus, weil wir nun nicht bei der Suche nach Beno dabei sein konnten.

Diese Traurigkeit muss uns der eben schon erwähnte Zivile wohl angesehen haben, denn er sagte: „Aber Karl, sei doch nicht so! Warum sollen die Kinder jetzt nach Hause? Sie wollen doch sicher auch nach ihrem Freund suchen! Und sie stören doch nicht, weil der Alte fort ist. Es ist doch jetzt völlig ungefährlich. Oder hast du einen bestimmten Grund, dass du sie fortschickst?"

„Hm, einen bestimmten Grund nicht. Ich dachte nur – naja, eigentlich könnt ihr bleiben, also ..."

„Danke, danke, lieber Herr Schunzbach, wir werden auch ganz bestimmt ..."

„Ist schon gut. Also, der Alte war schon fort, als ihr kamt?"

„Ja, wir haben geklingelt, gerufen, geklopft, aber niemand meldete sich, auch nicht, als wir die Fensterscheibe eingeschlagen haben."

„Die Fensterscheibe?"

„Um den Riegel zu öffnen, denn die Tür bekamen wir nicht auf. Aber der Riegel des Fensters war auch verrostet."

„Ihr wolltet durchs Fenster einsteigen?"

„Um Beno zu suchen! Er muss doch hier im Haus sein!"

„Einfach in ein fremdes Haus einsteigen! Das ist Einbruch!" Schunzbach runzelte die Stirn und schien schon wieder zornig zu werden. Aber plötzlich veränderte sich sein Gesicht und er fragte: „Wie um Himmelswillen seid ihr aber dann ins Haus gelangt?"

„Hm. Eigentlich ganz einfach", sagte Grändi zögernd und fügte hinzu: „Die Dachluke, die sonst immer zu ist, stand offen. Und da sind wir über die alte Linde hinaufgeklettert und eingestiegen."

„So, so ...", sagte Herr Schunzbach. „Und, habt ihr euren Freund überall gesucht?"

„Wir wollten erst hier unten suchen, aber dazu kamen wir ja nicht", meinte Grändi.

„Und was hättet ihr gemacht, wenn plötzlich der Alte aufgetaucht wäre?", fragte einer der anderen Zivilen.

„Wir hatten eine Wäscheleine mit und hätten ihn gefesselt", antwortete ich.

„Und wohl an den Marterpfahl gebunden und skalpiert?", fragte der freundliche Zivile und zeigte auf meinen Hirschfänger.

„Genug der Worte", unterbrach unser Dorfpolizist das Gespräch, „wir müssen handeln, ehe Borszwinski zurückkommt. Du gehst vor die Tür und beobachtest, ob er etwa kommt, aber lass dich dabei nicht sehen!"

Der Angesprochene nickte und verließ den Raum. „Und wir schauen uns mal in der Wohnung um. Ihr, Jungs, haltet euch zurück!"

So wurden wir Zeugen, wie die Polizei die Suche nach einem Verschwundenen anpackt.

Die Stube war trotz des großen Durcheinanders leicht zu überschauen. Von Beno keine Spur. Einer der Zivilen

klopfte sogar den Fußboden ab, ob er etwa hohl klänge. Aber auch das war nicht der Fall. In der kleinen Kammer nebenan, wohl das Schlafzimmer des Alten, fanden sie ebenfalls keine Hinweise. Sollte Beno doch schon fortgeschafft worden sein?
Als letzte Möglichkeit blieb das Chaos auf dem Dachboden. Also kletterten wir nach oben. Auch die Polizisten hatten Taschenlampen mit und in deren Schein durchstöberten sie alle Winkel. Es stand hier so viel Zeug herum, dass es eine Weile dauerte. Doch dann sahen wir plötzlich eine große Truhe, auf der ein paar Lumpen lagen, so, als wären sie schnell drauf geworfen worden. Als die weggenommen wurden, sahen wir, dass in diese Truhe wohl mit einem Beil oder mit einem Stemmeisen Kerben und Löcher eingeschlagen waren, sehr grob, wie in großer Eile. Doch nicht etwa, um Luft hineinzulassen? Ich musste unwillkürlich an eine Pappschachtel denken, in der ich meine Maikäfer gefangenhielt.
Wir rissen den Deckel hoch und was sahen wir? Es war unfassbar. Uns durchfuhr ein wilder Schreck. Ein zusammengeschnürtes Bündel lag da, kaum menschenähnlich, reglos, blutverkrustet. Es war Beno.
Bernd, unser Freund, Bernd Novak lag da und wir hatten ihn endlich wiedergefunden. Aber in welchem Zustand! Als die Männer ihn vorsichtig heraushoben und die Fesseln lösten, stellten sie fest, dass Beno ganz heiß war und ohne Besinnung.
„Er muss sofort ins Krankenhaus! Geknebelt ist er auch noch. Und das linke Bein – sieht aus wie eine Schusswunde ..."

Herr Schunzbach löste behutsam den blutverkrusteten Lappen, der um das linke Bein gewickelt war. Es sah schlimm aus, ich musste mich wegdrehen, der Anblick war unerträglich. Es war erschütternd zu sehen, wie unser Freund zugerichtet worden war. Doch freuten wir uns natürlich riesig, ihn überhaupt wiederzuhaben, vor allem, dass er noch lebte. Und mit Gewissheit dachten wir: Im Krankenhaus kriegen sie ihn schon wieder hin, er muss nur schnell nach Weimar in die Obhut der Ärzte.

Einer der Zivilen war gleich losgerannt, um einen Krankenwagen zu rufen. Unterdessen verband unser Dorfpolizist notdürftig die Wunde und massierte zusammen mit dem anderen die Glieder, damit das Blut wieder richtig fließen konnte. Beno fantasierte, warf den Kopf hin und her und Schweiß brach hervor, aber richtig zu Bewusstsein kam er noch nicht.

Vorsichtig transportierten wir Beno die schmale Leiter hinunter, was nicht so einfach war. Der an der Tür Wache stand, musste zu Hilfe kommen. Unvorstellbar, wie der Alte ihn allein hier nach oben gebracht hatte. Unten betteten wir Beno auf den Fußboden, legten aber eine Decke drunter. Wenn doch nur bald das Krankenauto käme!

„Den Jungen haben wir ja nun wieder, Gott sei Dank. Aber wie weiter?", fragte der eine Zivile.

„Ich hoffe, dass der Alte nicht durch das Krankenauto abgehalten wird, sondern uns ins Netz geht", antwortete Herr Schunzbach.

„Und auch der August Starkse!", setzte ich hinzu.

„Wieso August Starkse?"

„Weil er mit drin steckt, denn er schrieb ja den Brief ...",
erinnerte Grändi.
„Richtig. Glaube aber kaum, dass wir den erwischen. Der wird sicher Wind von der Sache bekommen haben, so gerissen, wie der ist ..."
Woher wollte Schunzbach das eigentlich wissen, wo er ihn doch gar nicht kannte? Doch unser Gedankenaustausch wurde durch das Krankenauto unterbrochen, das mit großer Geschwindigkeit vorfuhr. Die Sanitäter packten unseren Freund auf eine Trage, nahmen den einen Zivilen mit, der für uns ein gutes Wort eingelegt hatte, und brausten davon. Nun fuhr der zweite von uns ins Krankenhaus. Aber diesmal waren wir froh, denn Beno lebte, und im Sophienhaus war er jetzt bestimmt am besten aufgehoben.
„So, Jungs, das war's für euch. Jetzt aber ab nach Hause. Wir bleiben hier und warten auf den Alten. Dabei können wir euch wirklich nicht gebrauchen."
Schunzbach warf sich in Positur.
„Ist auch zu gefährlich!", fügte der andere hinzu, „wir wissen nicht, ob wir von der Schusswaffe Gebrauch machen müssen. Euern Freund habt ihr ja gesehen und wisst, dass er lebt. Wir können nur hoffen, dass er bald wieder auf die Beine kommt."
„Eines muss euch aber klar sein", fügte Schunzbach hinzu, „ihr dürft im Augenblick noch niemandem sagen, dass wir den Bernd Novak hier gefunden haben. Das wäre im Dorf wie ein Lauffeuer rum und wir würden vergeblich auf den Alten warten. Ist das klar?"

„Sie können sich auf uns verlassen, Herr Schunzbach!", antwortete Grändi. „Wir wollen doch auch, dass die Geschichte so schnell wie möglich aufgeklärt wird und die Verbrecher hinter Schloss und Riegel kommen."
„Na dann – macht euch auf die Socken!"
„Viel Glück!", murmelte ich noch, dann drückten wir uns nach draußen und hörten, wie einer die Tür mit einem Dietrich hinter uns wieder verschloss. So hatten sie die Tür wohl auch aufgeschlossen.

Grändi und ich gingen ein Stück die Dorfstraße hinunter, ziemlich unentschlossen, beinahe stockend, weil uns die ganze Sache stank, dass wir bei der Festnahme des Alten nicht dabei sein durften. Außerdem brannte uns die Neuigkeit, dass Beno wieder da war, auf der Seele, aber wir mussten ja den Mund halten. War ja alles einzusehen, aber ...
Wie wir so dahinschlenderten und ich mir das eben Erlebte durch den Kopf gehen ließ, sagte Grändi plötzlich:
„Ich hätte nicht übel Lust, bei der Geschichte dabei zu sein und zu sehen, wie sie den Alten festnehmen."
„Klar, hätte ich auch, aber geht ja nicht."
„Nee, geht nicht. Es sei denn, wir beide kommen ihnen zuvor."
„Wie meinst'n das?"
„Herr Schunzbach wartet drinnen im Haus auf den Alten, wir sehen ihn doch viel eher ..."
„Du hast Ideen! Hast du schon alles vergessen? Mir sitzt der Schreck noch in den Gliedern! Lass die Finger davon!"

„Ich überleg ja nur ... Ist aber eigentlich ganz einfach. Und ganz ungefährlich. Da kann eigentlich gar nichts schief gehen."
„Schunzbach geht in die Luft, wenn wir uns noch mal einmischen!", warnte ich.
„Das glaube ich nicht. Der kann doch nur froh sein, wenn wir ihm die Arbeit abnehmen! Wir überrumpeln den Alten, wenn er ahnungslos anmarschiert kommt!"
„Ich weiß nicht ..."
„Mensch Olf, das ist eine einmalige Gelegenheit. So was kommt nie wieder. Morgen steht's in der Zeitung: Jungen überwältigten den Verbrecher von Legefeld."
„Darauf kann ich verzichten!"
„Was ist denn mit dir los! Lass es uns wenigstens versuchen. Wenn wir sehen, es klappt nicht oder wird zu gefährlich, lassen wir die Hände davon ... Wo haste denn das Seil?"
„Das liegt, glaube ich, noch beim Baum."
„Na los!"
Wir holten leise und vorsichtig das Seil, duckten uns ganz tief, um nicht von innen gesehen zu werden, aber ich hatte ein ganz komisches Gefühl, mir schmeckte die Sache nicht. Doch ich wollte Grändi nicht enttäuschen, der ganz besessen von seiner Idee war.
Wir waren wohl fünfzig Meter vom Haus des Alten entfernt. Hier am Dorfende war kein Mensch. Um aber vom alten Borszwinski und von den Polizisten im Haus nicht gesehen zu werden, suchten wir uns ein kleines Gebüsch und versteckten uns darin. Der Alte musste, wenn er in sein Haus wollte, die Dorfstraße entlang kommen. Und

wenn wir rechtzeitig aus dem Gebüsch rausspringen und ihn fertig machen würden, könnten die Sträucher uns Deckung geben, so dass wir vom Haus aus nicht gesehen werden konnten.

Wir warteten in dem Gesträuch ziemlich lange und es wurde langsam ungemütlich, denn Käfer und Ameisen krabbelten an uns rum, doch wir konnten nicht viel machen, wenn wir uns nicht verraten wollten.

„Ob der Alte überhaupt hier lang kommt?", fragte ich Grändi nach einer Weile.

„Meinste, er kommt von woanders?"

„Ob er überhaupt kommt? Vielleicht bleibt er irgendwo über Nacht. Wenn der nun Wind von der Sache bekommen hat?"

„Woher denn – nur Geduld, er wird schon kommen."

Die Zeit wollte nicht vergehen. Es war wirklich ungemütlich in dem Gebüsch und langsam taten mir die Knochen weh. Wir konnten uns ja kaum bewegen.

„Siehste schon was?"

Wir blickten in verschiedene Richtungen.

„Nee. Und du?"

„Auch nichts. Jetzt könnte er aber wirklich langsam kommen! Wir warten bestimmt schon 'ne Stunde."

„Mindestens."

Wieder vergingen qualvolle Minuten.

„Wenn er jetzt nicht bald kommt, muss ich raus. Ich kann nicht mehr sitzen!"

Meine Beine waren eingeschlafen und ich massierte sie, um wieder Gefühl hinein zu bekommen. Ich hatte keine Lust mehr.

„Lass es sein, Grändi. Es hat keinen Zweck. Sicher ist was dazwischen gekommen. Der Alte geht doch nie so lange fort. Los, gehn wir nach Hause." Auch Grändi wurde es zu langweilig und er wollte schon aufgeben, als er mich plötzlich am Arm riss.
„Du, Olf, er kommt!"
„Wo – von dort?"
Ich fasste unwillkürlich fester nach dem Seil. Der Alte kam aus einer ganz anderen Richtung, als wir gedacht hatten.
„Mist, er kommt nicht an uns vorbei – wenn er noch etwas näher ist, stürzen wir raus, ich packe ihn und du bindest ihn!", flüsterte mir Grändi zu.
Der Alte wackelte verträumt auf sein Haus zu, den Blick zu Boden gerichtet, in der Hand einen Geigenkasten. Er war wirklich ziemlich weit von uns entfernt.
„Los, Olf!" Wir rannten los und stürzten uns auf den Alten, der ganz verdutzt stehen blieb und vor Schreck die Geige fallen ließ. Das hatte er sicher nicht erwartet. Er kam nicht dazu, nach irgendeiner Waffe zu greifen, denn Grändi und ich hatten ihn fest gepackt und ließen ihn nicht mehr los. Und dann nahm ich das Seil und wollte ihn fesseln. Grändi hielt ihn in diesem Moment allein. Ich wollte ihm gerade die Füße zusammenbinden, da machte er sich plötzlich los, mit einer Gewandtheit, die wir ihm niemals zugetraut hätten. Er schubste Grändi um, der über mich stolperte und auch mich zu Boden riss, dann rannte er los, auf sein Haus zu. Grändi und ich lagen wie versteinert auf dem Boden.
„So ein Mist! Los, hinterher!"

Doch der Alte war schon ein Stück gelaufen, kam zur Tür, hatte während des Laufens seinen Schlüssel hervorgekramt und schloss die Tür auf, ehe wir ihn erreichen konnten. Er riss die Tür auf, da waren wir noch zehn Meter entfernt, und knallte sie wieder zu – und da knallte es noch einmal, von einem Schuss nämlich, der uns wieder in die Glieder fuhr, schlimmer als vorhin. Vor Schreck drehten wir um und rannten ins Dorf, rannten fort vor dem sicherlich fürchterlichen Gebrüll unseres Dorfpolizisten, rannten weg vor der Festnahme des alten Borszwinski, falls die überhaupt noch nötig war.

## Wie ein sonniger Ferientag ein schlimmes Ende nimmt

Beim Frühstück am nächsten Morgen ging mir alles Mögliche durch den Kopf, die Eltern merkten meine Unruhe, fragten mich aber nicht – und ich war ihnen dankbar dafür. Sicher dachten sie, dass der schlimme Zustand, in dem wir Beno gefunden hatten, mich so fertig machen würde. Ich hatte ihnen am Abend natürlich alles erzählt. Wenigstens in groben Zügen. Um die Einzelheiten der Festnahme, die Strafpredigt des Polizisten, überhaupt unser Verhalten hatte ich mich ein bisschen herumgemogelt.
Was mich wirklich beunruhigte: Wie würde es Beno gehen, der jetzt im Krankenhaus lag? Was war mit dem alten Borszwinski? Und was hatte Grändi, das er mir unbedingt zeigen wollte?
Als wir uns gestern trennten, machte er ein paar merkwürdige Andeutungen, auf die ich mir keinen Vers machen konnte. Er hatte gefragt, ob ich am Morgen gleich kommen könnte, denn er habe ein Geheimnis. Und darauf war ich natürlich mächtig gespannt. Obwohl ich von Geheimnissen und Überraschungen so langsam die Nase voll bekam.
„Übrigens haben sie gestern den alten Borszwinski geschnappt und ins Gefängnis gebracht", murmelte mein Vater, ohne die Zeitung aus der Hand zu legen. Ich war hellwach.
„Er lebt also noch. Ist er verwundet?"

„Es geht ihm sehr fidel, wie ich hörte. Unser Polizist hat nur einen Warnschuss abgefeuert. Der Alte war so erschrocken, dass er sich ohne Gegenwehr fesseln ließ, aber ..."
Vater legte die Zeitung zur Seite.
„Ja?"
„Was ihr euch geleistet habt! Ich sollte dir eigentlich das Fell über die Ohren ziehen!"
„Wir wollten doch nur ..., es ging doch um Beno, wir hatten solche Angst ... wir konnten es nicht erwarten!"
„Es geht vor allem auch um dich, verdammt noch mal! Du bist unser Sohn! Und es kann uns nicht gleichgültig sein, wie riskant du dein ..."
„Entschuldige, ich weiß, aber in mir war so eine Unruhe, weil ich wegen Beno so ein schlechtes Gewissen hatte ..."
„Das haben wir dir schon angesehen! Man kann aber nicht einen Fehler durch einen anderen korrigieren!"
Vater stand auf.
„Ich hoffe, es war dir eine Lehre!" Und Mutter dazu: „Bitte, Olf, sieh dich vor!"

Mir war ganz flau im Bauch, als ich das Haus verließ, und ich war froh, an der frischen Luft zu sein und zu Grändi laufen zu können. Der wartete schon auf mich.
„Hallo Olf, grüß dich. Haste schon gehört, der alte Borszwinski ist eingelocht!"
„Ich weiß, mein Alter hat mir schon die Leviten gelesen."
„Und den August Starkse haben sie nicht gekriegt. Muss wohl Wind davon bekommen haben!"

„Schade. Doch was gibt's denn so Geheimnisvolles, wo gehen wir hin?"
„Hoch auf meine Bude. Gehört ja eigentlich meinem großen Bruder, aber wenn er auf Arbeit ist, darf ich rein."
„Ist ja mächtig großzügig!"
„Auf meinen Bruder lass ich nichts kommen!"
Grändi ging voran, die Holztreppe hoch und in die kleine Stube, die nicht sehr ordentlich, aber gemütlich war. Auf dem kleinen Nachttisch, der als Tisch diente, weil der eigentliche Tisch vollgepackt war, lag ein kleines, ziemlich abgegriffenes Heft mit der typischen Rundung, die verriet, dass es oft in der Gesäßtasche steckte. Es war aufgeblättert, mit einem Stift drin, doch Grändi schlug es beim Eintreten schnell und ein bisschen erschrocken zu.
„Was issen das?", fragte ich ihn neugierig.
„Ooch, nüscht ..."
Grändi bekam einen roten Kopf. Sollte sich darin das angekündigte Geheimnis verbergen?
„Sag schon!", drängelte ich ihn. Ich merkte, dass er sich innerlich überwinden musste.
„Ach, manchmal schreib ich da was rein, wenn's mir gerade so ist."
„Ein Tagebuch?"
„Nee. Geschichten – oder mal 'n Gedicht."
„Gedichte?", fragte ich erstaunt, „Grändi, du bist ein Dichter?"
„Quatsch. Aber vielleicht werd ich mal einer. Es macht mir eben Spaß. – Gestern Abend zum Beispiel fiel mir was ein und ich hab's schnell aufgeschrieben, bevor es wieder weg war ..."

„Ein richtiges Gedicht?"
„Na ja, eigentlich ist es noch nicht fertig, weiß nicht ..."
„Ach, zier dich nicht so, Grändi, lies vor, das interessiert mich!"
Ich gab keine Ruhe.
„Wirklich?"
„Kannste mir glauben. Hab mich ja auch schon mal hingesetzt ..."
Grändi nahm das Heft, öffnete es an der Stelle, wo der Bleistift drin steckte und strich es glatt.
„Die Überschrift heißt: An einen Schmetterling."
„An einen Schmetterling? Du – ein Naturgedicht?"
„Willste 's nun hören oder nicht?"
Grändi wollte das Heft schon aus der Hand legen.
„Entschuldigung."
Die Stimme meines Freundes Grändi, der sonst zu jedem Abenteuer bereit ist, klang richtig würdevoll.
„Also noch mal.
An einen Schmetterling.
Du schwebtest und dein leiser Flügel
berührte zärtlich feines Gras ..."
Er machte eine Pause.
„Und?"
„Weiter bin ich noch nicht. Wie gefällt es dir denn?"
„Och, gar nicht schlecht, 'n bisschen kurz, es müsste weitergehen!"
„Kommt ja noch. – Willste mitmachen?"
„Ich? Ja – wenn du meinst."
„Klar. Also, pass auf. Wir brauchen jetzt 'nen Reim auf Flügel."

„Zügel."
„Prima! Zügel, aber das passt irgendwie schlecht, ist ja kein Pferd! Was anderes."
Ich ging in Gedanken das Alphabet durch. „Bügel?"
„Hm. Bügel ginge zwar, aber 's gibt keinen Sinn."
„Kugel?"
„Was meinste denn damit, Kugel, was soll 'n das sein? Meinste vielleicht Kügelchen?"
„Das meine ich, Wasserkügelchen, Tautropfen, so was passt doch!"
„Und was machst du mit dem „chen"?"
„Das bringste in die nächste Zeile, ist doch modern so was, so werden doch heute Gedichte gemacht."
Grändi fragte unsicher: „Du meinst wirklich, das kann man machen?"
„Na klar! Da klingt dein Gedicht sogar noch ganz neumodisch!"
Meine Meinung überzeugte ihn schließlich, er dachte ein paar Minuten nach, drehte den Bleistift zwischen seinen Fingern, kratzte sich hinterm Ohr und kritzelte dann zwei Zeilen aufs Papier.
„Ich hab's! Pass auf!
Du schwebtest und dein leiser Flügel
berührte zärtlich feines Gras,
welches von Wasserkügel-
chen fein besaß. – Na, wie findest du das?"
„Schön, gefällt mir, klingt gut, richtig poetisch. Aber sag mal, das letzte Wort, ob das richtig ist?"
„Was meinste denn?"
„Na – besaß!"

„Das reimt sich auf Gras und ist irgend so eine konjunktierte Form des Perfekts oder so, haben wir doch erst vor kurzem bei Montag gehabt."
Da hatte ich wohl geschlafen.
„Ach so, kann sein, das soll also bedeuten, du willst also sagen, das Gras war von Tautropfen besessen ..."
„Genau, so meine ich es!"
Grändi war froh, dass ich endlich kapierte.
„Na, dann ist es prima. Ja, dann kannst du es so lassen."
„Gut, dann zur nächsten Strophe ..."
„Wie viele willste denn machen?"
Grändi dachte nach. „Weiß ich noch nicht, was mir eben einfällt, zwanzig vielleicht, oder dreißig, es soll 'n richtig schönes langes Gedicht werden."
„Das ist aber viel! Und das willst du alles über 'n Schmetterling machen?"
„Na klar, über 'n Schmetterling, die Sonne, die Natur, was meinste, was man da alles schreiben kann. Also ...", plötzlich wurde er traurig, „und über meine Bella auch." Dann aber schüttelte er den traurigen Gedanken fort, dachte nach, schrieb, machte wieder eine Pause, länger als vorhin, kritzelte wieder was hin, strich es durch, setzte was darüber und sagte schließlich: „So, die zweite Strophe ist auch fertig."
„Donnerwetter, das geht bei dir aber schnell. Du bist ja ein Schnelldichter! Los, lies vor!"
„Die erste noch mal mit?"
„Nee, die kenne ich jetzt."
„Also:
Du schautest von einer Gabel

aus Gräsern in die Luft
und rochst mit deinem Schnabel
die frische Frühlingsluft. – Nun?"
„Zu viel Luft!"
„Was?"
„Die Strophe hat zu viel Luft. In der zweiten Zeile Luft und in der vierten wieder, das ist zu viel. Das kannste nicht machen."
„Stimmt! Hm. Weißt du denn einen anderen Reim auf Luft?"
„Da gibt's doch sicher was – Schuft!"
„... du rochst mit deinem Schnabel – einen Schuft, nee, das gefällt mir nicht. Schuft ist nicht gut."
„Und wie wäre Kluft?"
„Schon besser. Das ginge ... Augenblick, gleich hab ich's. Du schautest von einer Gabel
aus Gräsern in die Luft
und schautest mit deinem Schnabel
in eine tiefe Kluft ...
Mit dem Schnabel sehen? Ich weiß nicht."
„Nee, das Ideale ist das nicht."
„Was gibt's denn noch, was sich reimt ..."
„Luft – Kluft – Schuft – Duft, Duft! Das müsste doch gehen!"
Grändi griff meinen Vorschlag gleich auf: „Ja, das geht bestens, pass auf – und so bleibt das Gedicht jetzt:
Du schautest von einer Gabel
aus Gräsern in die Luft
und rochst mit deinem Schnabel
der Blumen feinen Duft. – Gut, so geht's!"

Irgendwie war mir der Schnabel des Schmetterlings von Anfang an nicht geheuer, deshalb fragte ich jetzt: „Sag mal, Grändi, haben Schmetterlinge eigentlich einen Schnabel?"

„Warum denn nicht? Sie riechen doch die Blumen. Meiner Meinung nach ist ihnen bestimmt ein Schnabel gewachsen."

„Ich weiß nicht, irgendwie klingt es komisch. Kannste nicht mal nachsehen?"

„Na, wenn du meinst!" Grändi ging zum Regal seines Bruders und holte ein schweres, buntbebildertes Buch heraus, das die Natur wissenschaftlich auseinanderklamüserte.

„Du, Olf, kennst du einen Schmetterling, der sich MELILOTUS nennt?"

„Nie gehört."

„Oder TRIGANELLA? Oder MEDICAGO-HIPPOCREPIS -COROMILLA oder TRIFOLIUM oder SA-RO-TH-MUS oder ..."

„Hör auf, hör auf!", unterbrach ich ihn erschrocken. „Keinen kenne ich, keinen einzigen. Aber vielleicht haben sie es auch nur wieder kompliziert ausgedrückt, was wir Pfauenauge oder Kohlweißling nennen, diese verdammten Wissenschaftler, sollen doch deutsch reden und schreiben, damit es die Allgemeinheit kapiert. Aber das wollen sie wohl nicht."

Ehrlich, das regt mich immer auf. Geht jetzt auch in der Schule schon los. Es heißt nicht Vergangenheit, sondern Präteritum! Ich höre Montags Tonfall. Aber Grändi setzte schon fort: „Halt, hier kommt auch was Deutsches, na

endlich, also, pass auf: Blüten in Dolden. Die Traube zuweilen nur zweiblütig ... Blüten in Trauben ... Alle Staubfäden verwachsen ..."
„Was soll denn das? Verstehst du's?"
„Keine Ahnung ... und von Schnabel steht überhaupt nichts. Weißte was? Ich frag meine Mutter!"
Und er rannte die Treppe hinunter. Ich blätterte die bunten Seiten durch, sehr kompliziert, wirklich, und las die fettgedruckte Überschrift: SCHMETTERLINGSBLÜHER.
Von unten klang ein schallendes Gelächter von Grändis Mutter herauf. Also wohl doch keinen Schnabel. War mir ja gleich komisch vorgekommen. Grändi brauchte nichts zu sagen, ich sah es ihm an. Deshalb tröstete ich ihn: „Hat aber trotzdem großen Spaß gemacht. Vielleicht dichten wir mal wieder zusammen. Kannst es ja mit Rüssel probieren. Da passt Schüssel – oder Schlüssel ... Und das war dein Geheimnis?"
„Mein Geheimnis? Wie meinste denn das?"
„Du sagtest mir gestern Abend, wie wir auseinander gingen ..."
„Ach das! Nee, Mensch Olf, das hätt ich ja fast vergessen! Du hast mich ganz durcheinander gebracht, weil du mein Gedicht hören wolltest. Nee – was ganz anderes, pass auf!" Und er ging wieder an das Regal, stellte sich auf die Zehenspitzen und klaubte von ganz oben zwischen zwei mächtig dicken Büchern einen Zettel hervor.
„Und? Was sagst du?"
„Mensch Grändi!" Es war eine haargenaue Kopie von dem Plan der unterirdischen Gänge, den wir in der Höh-

le gefunden hatten und Schunzbach abliefern mussten. Oder war es gar der Plan selbst?
„Wie haste denn das gemacht? Ist das etwa der Plan?"
„Eine Abschrift – gestern Mittag, gleich nachdem ich nach Hause kam."
„Anstelle deines Mittagessens! Wie kamst du bloß auf die Idee, von dem Plan 'ne Abschrift zu machen?"
„Du kennst mich doch. Man weiß ja nie. Außerdem hab ich so was mal in 'nem Buch gelesen, wo auch ein Geheimplan eine wichtige Rolle spielte. Der war gestohlen worden und der Besitzer hatte sich keine Abschrift gemacht. Da hat den Schatz schließlich der geholt, der den Plan gemaust hatte, und dem er eigentlich gehörte, der ging leer aus. Das war mir eine Lehre! – Ich hatte ja keine Ahnung, dass Schunzbach den Geheimplan einbehalten würde! War mächtig froh, dass ich mir die Mühe gemacht habe!"
„Mensch, Grändi, du bist einfach Klasse. Das war wirklich die beste Idee der letzten Jahre!"
Als ich mir den Plan genauer anschaute, sah ich, dass ihn Grändi auf Butterbrotpapier abgemalt hatte, er also so genau wie das Original war. Es fiel mir wieder auf, dass der Plan merkwürdigerweise an der Stelle abgerissen war, wo der Gang verschüttet war. Gern hätten wir gewusst, ob die Gänge noch weitergingen, vielleicht noch weitere Räume unter der Erde waren. Wie gesagt, die zweite Höhle, in der wir noch nicht drin waren, war auch aufgemalt, sie war fast so groß wie vorn der große Saal mit dem versteckten zweiten Ausgang. Weil von dem Schriftfeld mit Sicherheit ein Stück fehlte, mussten wir

einfach vermuten, dass die unterirdischen Gänge größer und gewaltiger waren, als wir bisher erkundet hatten.
„Hast du 'ne Ahnung, was das heißen könnte?"
„Nee, ich hab noch nicht viel rausbekommen", erwiderte Grändi. „Habe zwar gestern Abend noch 'ne Weile überlegt, aber bis auf das untere Wort HOLZKOPF ..."
„HOLZKOPF?"
„Wenn du die Buchstaben rückwärts liest, steht da HOLZKOPF."
„Und was heißt das? Und was soll das Plus- und Minuszeichen?"
„Weiß ich auch noch nicht. Holz – das klingt nach Wald, aber Kopf? Kopf der Bande? Oder – oben?"
„Ob das nur ein Kennwort ist wie ‚Rotes U'?", fragte ich.

„Vielleicht, kann schon sein. Aber lassen wir den Holzkopf erst mal beiseite, schauen wir uns die oberen Zeichen an."
„Meine Güte, ist das ein Durcheinander. Wo soll man da anfangen!"

Wir grübelten nach einer Lösung. Schon wollte ich aufgeben, aber Grändi war eisern.

„Nur nicht gleich den Mut verlieren, Olf. Wir müssen langsam vorgehen. In der ersten Zeile fällt auf, dass zwischen den Buchstaben je ein Zeichen steht. Ob das Selbstlaute sind?"

„Könnte sein! Ich zähle fünf Zeichen – fünf Selbstlaute, klar!" Wir probierten alles aus, aber es ergab keinen Sinn.

„Komisch, in der ersten Zeile stehen nur Punkte, ein Strich und ein Kreis oder ist das ein ‚I' oder ein ‚O'?"

„Und in der zweiten Zeile kommen die komischen Dreiecke – drei, ist damit vielleicht die Zahl gemeint?"

Langsam bekam ich Spaß an der Rätselei. „Überhaupt, die Zahlen. Ob damit die Reihenfolge im Alphabet gemeint ist?"

Grändi zweifelte. „Das scheint mir zu einfach. Es könnte auch ein eigenes Alphabet mit einem anderen Schlüssel benutzt worden sein. Aber probieren wir ..."

In Grändis zerfleddertem Heft sammelten sich nach der Zeile „der Blumen feinen Duft" zunächst die Buchstaben

SIC BJ A BO
TIF V CB RIB O RIEB.

„Das gibt keinen Sinn. Oder ist chinesisch. Oder 'ne andere Sprache. Sic – das klingt irgendwie griechisch – oder englisch, das A und O ja auch ..."

„Das glaub ich nicht. Holzkopf ist doch auch deutsch."

„Richtig: Holzkopf! Das ist ja rückwärts, los probieren wir!"

Auf's Papier kam jetzt die Buchstabenfolge:

CIS JB A OB
FIT V BC BIR O BIER.
„Das klingt schon besser. Cis, das hab ich irgendwie schon gehört, und Bier, sogar fast zweimal – Bir o Bier...!" Mir schien diese Variante schon eher verständlich. Doch Grändi meinte: „Ich weiß nicht, mir sieht das sehr nach einem anderen Schlüssel aus, die vielen ‚I' – wenn das man nicht ein ‚E' ist, das ‚E' ist der häufigste Buchstabe in unserer Sprache."
Mir schoss es plötzlich durch den Kopf. „Wenn das ‚I' nun ein ‚E' ist – vielleicht sind dann alle Buchstaben um die gleiche Zahl versetzt? Das ‚E' steht vier Buchstaben vor dem ‚I', vielleicht müssen wir bei allen Buchstaben vier zurückzählen? Steht nicht auch bei ‚Holzkopf' beim ‚H' gleich ein Minus?"
„Mensch Olf, du könntest Recht haben! Lass es uns versuchen!"
Wir überlegten und zählten, nahmen die Finger zu Hilfe, denn es ist gar nicht so leicht, das Alphabet rückwärts zu sagen. Ihr könnt es ja mal probieren! Schließlich stand auf dem Papier:
Y (wir hatten uns für die zweite Variante entschieden, vom ‚C' vier zurückgezählt, und da das Alphabet da schon zu Ende ist, hinten wieder angefangen)
Also: YEO FX W KX
BEP R XY XEN K XEAN.
„Ich weiß nicht, Grändi, das ist mir zu viel Ge-ixe, da war mir das ‚Bier' lieber."
„Wir sind bestimmt auf einem Holzweg. Es muss ein anderes Alphabet sein."

Je mehr wir uns Gedanken machten, um so verwirrter wurden wir. Schließlich meinten wir, dass dafür nicht nur ein anderes, sondern mindestens zwei oder drei Alphabete benutzt wurden.

„Es hat keinen Zweck, wir kommen nicht weiter!", sagte Grändi schließlich verzagt, „wir müssten einen haben, der was davon versteht!"

„Und der dicht hält!"

„Natürlich! – Sag mal, hat sich nicht Franz mal damit beschäftigt?"

„Franz? Ich weiß nicht – oder doch, sagte er nicht, dass ... und Zeit hat er auch zum Knobeln! Wir wollten heute Nachmittag sowieso nach Weimar ins Krankenhaus fahren!"

„Und Beno können wir auch gleich besuchen! Ist dein Fahrrad in Ordnung?"

„Na klar, alles okay!"

„Dann machen wir's doch so! Gleich nach dem Essen fahren wir los! Also – bis gleich!"

Nachdem ich Grändi gesagt hatte, dass ich ihn abhole, trollte ich mich auf den Weg zum Mittagessen. Mutter hatte mein Leibgericht gemacht: Kartoffelpuffer. Ich hörte erst auf, als wirklich nichts mehr rein ging. Ich war so voll, dass ich überhaupt keine Lust hatte, jetzt aufs Rad zu steigen, aber ich hatte es ja Grändi versprochen, außerdem wurde es höchste Zeit, dass wir uns mal im Krankenhaus sehen ließen.

Ich fuhr schön langsam zu Grändi, damit die Kartoffelpuffer erst mal 'n bisschen runterrutschen konnten, aber

Legefeld ist halt nicht sehr groß. Grändi wartete schon vor dem Haus, und so ging es gleich weiter. Die ersten Kilometer bis zur Autobahn stieg die Straße ziemlich bergan, was ich mit vollem Magen besonders zu spüren bekam. Aber dann, ab der schönen, schlanken, aber schiefen Kirche von Gelmeroda, die irgend so ein berühmter Maler verewigt hat, rollt es ja bis in die Stadt fünf Kilometer bergab, so dass der Schweiß auf der Stirn und im Hemd wieder trocknen konnte. Das Sophienkrankenhaus liegt ziemlich in der Mitte der Stadt, dennoch kommt man von uns aus gut hinein, ohne das eigentliche Zentrum zu berühren.
Wir stiegen aus den Sätteln, stellten die Räder an den Zaun und rückten Hemd und Hose zurecht. Erst jetzt, unmittelbar vor der Krankenhausschranke, fiel uns ein, dass man ja nicht zu jeder Tageszeit ins Krankenhaus rein darf. Was war heute eigentlich für ein Tag? Durch die Ferien hatte ich gar kein Zeitgefühl mehr. Mittwoch? „Besuchszeiten Mittwoch, Samstag und Sonntag von 14.00 bis 16.00 Uhr", las ich.
„Mist! Heute ist Donnerstag!", meinte Grändi und schaute, wie menschlich der Pförtner hinter der Scheibe aussehen würde.
„Hoffentlich haben wir Glück!"
Wir hatten es. Der Pförtner war einer von der freundlichen Sorte. Als wir ihm sagten, dass wir extra von Legefeld mit dem Rad hierher gefahren seien, um unsere beiden Freunde zu besuchen, drückte er auf den Knopf und entließ uns mit dem Spruch: „Bitte auf Station bei der Schwester melden."

Wir gingen unter Bäumen über den asphaltierten Hof an grünen Büschen und Blumenbeeten vorbei ins Haupthaus und suchten die Stationsschwester, um sie nach Beno zu fragen.
„Den Bernd Novak wollt ihr besuchen? Da muss ich euch aber enttäuschen. Da könnt ihr im Moment noch nicht hin. Er liegt auf Intensivstation. Es besteht zwar keine Lebensgefahr mehr, aber der Junge braucht unbedingt Ruhe. Ich kann euch da wirklich nicht reinlassen."
„Und Franz? Franz Bauer aus Legefeld?", fragte Grändi enttäuscht.
„Was, zu dem wollt ihr auch? Na, den könnt ihr besuchen, dem geht's schon wieder gut. Liegt auf der 27."
„Danke!" Wir suchten die Tür, erleichtert, wenigstens nicht umsonst hierher gefahren zu sein, klopften an die Tür, natürlich vergeblich, denn sie war mit weißem Leder oder so etwas gepolstert, wie wir beim Öffnen sahen, und dahinter war noch eine zweite weiße Tür. Durch die kamen wir schließlich in das Zimmer Nummer siebenundzwanzig, wo unser Franz lag. Ein freundliches, helles Zimmer mit vier Betten, aber nur das von Franz war belegt. Blumen standen da – daran hätten wir auch denken können – und die Sonne schien durch das geöffnete Fenster.
„Mensch Olf, Grändi, ihr seid's, dass ihr mich hier besucht, das find ich aber toll!"
„Grüß dich, Franz!", stotterte Grändi. Es ist schon komisch, wenn man einen Freund in so einer Atmosphäre wiedersieht. „Wir wollten eigentlich schon viel eher kommen und nach dir sehen, aber du weißt ja ..."

„Ich bin bestens unterrichtet, mein Vater hat mir alles erzählt. Was in Legefeld im Augenblick los ist, ist hier im Sophienhaus Hauptgespräch!" Franz saß aufrecht in seinem weißen Bett, dessen Oberteil hochgeklappt war. Er war blaß, noch mehr als sonst, sah aber fröhlich aus. Um den Kopf trug er noch einen Verband, das letzte Zeichen seiner Verwundung.
„Setzt euch doch! Dort ist 'n Stuhl! Olf, du kannst dich auf meine Bettkante setzen! Und dann erzählt erst einmal, was inzwischen wieder passiert ist – es gibt ja jeden Tag bei euch anscheinend eine Neuigkeit! Dass Beno nun auch hier liegt, wisst ihr sicher, Gott sei Dank ..."
„Sag erstmal, wie es dir eigentlich geht! Tut der Kopf noch sehr weh?"
„Och, mir geht's schon wieder gut. Sieht man das nicht? Die Schmerzen sind weg, und die Wunde am Kopf – bald werden die Haare drübergewachsen sein."
„Wie lange musst du denn noch drin bleiben?", fragte ich.
„Wenn alles gut geht, komme ich übermorgen raus."
„Was? Schon übermorgen!", sprudelte Grändi hervor, „das ist ja toll! Da können wir ja gemeinsam am Fall Beno knobeln!"
„Knobeln ja, aber nicht wieder auf eigene Faust ..."
„Woher weißt'n das schon wieder?"
„Mein Vater hat doch auch was mit der Sache zu tun – ihr wisst doch, er ist Briefträger. Er hat mir gestern Abend vom alten Borszwinski erzählt."
„Da bist du ja wirklich auf dem Laufenden! Wir haben Beno nur gefunden, weil deinem Vater ein Brief vom

August Starkse aufgefallen war, den dieser an den Alten geschrieben hatte."
„Weiß ich alles", strahlte Franz in seinem Eisenbett, „auch, dass der Alte noch einen Brief bekommen hat."
„Ja, das haben wir auch mitbekommen. Wir waren gerade beim Polizisten, als dein Vater die Nachricht brachte. Leider weiß man nicht, von wem der zweite Brief ist."
„Nee, weiß man nicht", wiederholte Franz in etwas eigentümlichem Tonfall.
„Es war kein Absender drauf."
„Nee, kein Absender. – Aber 'n Stempel."
„Wassen für'n Stempel?"
„Ein Stempel, auf der Briefmarke", sagte Franz geheimnisvoll.
„Dein Vater hat gesehen, woher ..."
„Aus Hetschburg."
Hetschburg ist ein kleines Dorf in unserer Nähe, kaum acht Kilometer entfernt, hübsch an der Ilm gelegen. „Burg" klingt sehr gewaltig, es ist aber keine da, ein paar kleine Häuser um die kleine Dorfkirche und den Hang hinauf, sonst nichts. Ich weiß nicht, wieso der Ort HetschBURG heißt.
Wir waren über Franzens Mitteilung platt. Das wusste ja nicht einmal Schunzbach!
„Warum hat dein Vater das nicht unserm Dorfpolizisten gesagt?"
„Weil das ein Briefgeheimnis ist. Normalerweise schaut mein Vater nicht danach, aber weil alles so eigenartig war, Beno war fort und der Alte bekam sonst nie Post – und Schunzbach hatte ihn ja beauftragt."

„Aber ein Absender war nicht drauf?"
„Kein Absender."
„So dass man nicht weiß, wer in Hetschburg ... ?"
„Jedenfalls nicht genau." Franz sprach in Rätseln.
„Wie meinst du denn das schon wieder?"
„Ich meine nichts. Aber mein Vater hatte vielleicht eine Vermutung."
„Wegen der Schrift? Kennt er die?"
„Nö."
„Nun sag schon endlich!"
Franz druckste herum. „Ich wollte es euch eigentlich nicht sagen, weil ich's nicht darf. Ihr müsst mir auch felsenfest versprechen, dass ihr's niemandem sagt, auch dem Polizisten nicht. Vater bekommt sonst Ärger."
„Franz, du weißt, dass du dich auf uns verlassen kannst."
„Natürlich. Sonst hätt' ich auch gar nicht angefangen."
„Also?" Grändi ließ nicht mehr locker, und auch ich war voller Spannung.
„Das war so'n dünner Umschlag, wenn man den gegen eine Lampe hält, kann man manchmal was lesen."
„Und?"
„Der Mann heißt Felix. Felix aus Hetschburg."
„Das ist doch 'n Vorname!"
„Ein Familienname stand da nicht. Auch sonst konnte man nichts lesen, weil der Zettel so blöd gefaltet war. Die Buchstaben lagen übereinander."
„Mensch, aber dass er Felix heißt, das ist doch schon was. Da muss man ihn doch finden können, so groß ist das Dorf doch nicht. Also der Alte hat einen Freund in

Hetschburg, ist ja interessant! Und wenn der Borszwinski ein Verbrecher ist, dann ist doch logisch, dass der Felix auch was damit zu tun hat." Grändi zog schon wieder seine Schlüsse und legte sich Gedanken zurecht, von denen ich keine Ahnung hatte und die mir später auch unheimlich waren. Plötzlich hatte es Grändi eilig.
„War schön bei dir, Franz, aber ich glaube, wir sollten jetzt wieder gehen. Du brauchst auch deine Ruhe."
„Ihr wollt schon wieder gehen?"
Mir schien es auch ein bisschen kurz zu sein, aber Grändi beharrte darauf.
„Ist sowieso heute keine Besuchszeit. Der Pförtner hat uns freundlicherweise hereingelassen. Und bevor die Schwester kommt und uns rausschmeißt ..."
„Na, wie ihr meint. Hab mich auf alle Fälle sehr gefreut!"
„Mach's gut, Franz, und hoffentlich bis Samstag!" verabschiedete ich mich. Und Grändi:
„Sieh nur zu, dass du schnell wieder zu Kräften kommst! Wir können deine Hilfe gebrauchen bei der Aufklärung dieses Verbrechens! Also, tschüss denn!"

Eigentlich war ich froh, wieder hinaus zu gehen, denn die Krankenhausluft, überhaupt das ganze Drum und Dran ist schon belastend, ist irgendwie so fremd und merkwürdig.
Draußen lachte die Sonne, der Pförtner grüßte stumm, wir schlossen unsere Räder auf und wollten uns in die Pedalen werfen, als ich Grändi fragte: „ Sag einmal, warum hattest du es denn mit einem Mal so eilig?"

„Ich hab' mir überlegt, wir sollten gleich nach Hetschburg fahren und uns dort umhören, ob es einen Felix gibt und wo er wohnt."
„Grändi, ich find es ja prima, dass du der Sache nachgehen willst, aber du weißt, was Schunzbach gesagt hat. Wir müssen uns aus der Sache raushalten!"
„Tun wir ja auch. Aber du weißt auch von Franz, dass Schunzbach nicht erfahren wird, dass der Briefschreiber Felix heißt. Sonst ist womöglich Herr Bauer seinen Posten los. – Wir wollen ja auch nur rausbekommen, ob und wo er wohnt..."
Mir war mulmig im Bauch, ich sage es ganz ehrlich. Und dann fiel mir auch ein Grund ein, von diesem Vorhaben abzulenken.
„Weißt du eigentlich, was wir vergessen haben, Grändi? Wir wollten den Geheimplan bei Franz lassen!"
„Mensch, stimmt. Dass ich daran nicht gedacht habe! Aber jetzt noch mal rein? Da wird der Pförtner bestimmt nicht mitmachen. Mist!"
„Vielleicht sollten wir es noch mal in aller Ruhe versuchen?"
„Okay, heute Abend. Wieder bei mir?"
Da ahnten wir noch nicht, dass wir an diesem Abend nicht dazu kommen würden.
„Woll'n wir über Belvedere fahren?", fragte ich Grändi. „Da brauchen wir uns nicht den blöden Gelmerodaer Berg hinaufquälen!"
„Können wir machen."
Es gibt eine zweite Straße aus der Stadt zu unserm Dorf, die ist zwar etwas länger und kurvenreicher, aber nicht

so steil und, weil man große Strecken durch gewaltige Baumalleen fährt, im Sommer schön schattig.
Wir strampelten also Richtung Belvedere, am schönen Park entlang, ließen die Stadt bald hinter uns, fuhren an Kornfeldern vorbei und erfreuten uns an dem herrlichen Sommerwetter. Hier fuhr kaum ein Auto, so hatten wir unsere Ruhe, aber zum Sprechen kamen wir vorerst nicht, dafür ging es zu sehr bergauf. Als wir die Höhe erreicht hatten, in großen Bögen um das Sommerschloss Belvedere herumgefahren waren, sah ich plötzlich, dass Grändi keine Luft mehr im Hinterreifen hatte. Weil die Straße so glatt war, hatte er es selber noch nicht bemerkt.
„Halt an", rief ich, „du hast hinten 'nen Platten!"
„Waaas?", schrie Grändi und drehte sich zu mir um.
„Du hast Panne! Hinten!"
Er sprang aus dem Sattel und ich auch.
„So'n Pech, ausgerechnet jetzt, wo wir oben sind. Zum Glück habe ich Flickzeug mit." Er öffnete die Satteltasche, aber die war leer.
„Das gibt's doch nicht, mein Flickzeug ist weg. Das muss ich verloren haben."
„Haste nicht. Ich bin die ganze Zeit hinter dir gefahren."
„Aber heute Mittag war es noch drin, ganz sicher. Kannst du mir deins geben?"
Als ich meine Satteltasche öffnete, starrte ich ebenso verdutzt in das Ledergehäuse – leer. „Meins ist auch fort, Mensch, das muss uns jemand geklaut haben!"
„So eine Gemeinheit! Nun stehen wir da! Wenn ich den Kerl erwische, den zermalme ich wie eine Blattlaus!"

„Das kann nur am Krankenhaus passiert sein ... Was machen wir jetzt? Warten?"
„Hier kommt doch kein Mensch lang. Uns bleibt nichts anderes übrig, als nach Hause zu laufen und die Räder zu schieben."
„So 'n Mist. – Auf alle Fälle wird mit Hetschburg heute nichs mehr", sagte ich etwas erleichtert.
„Nee, schade! Aber wir können gleich über Vollersroda und dann querfeldein laufen, das ist kürzer."
Damit war ich einverstanden, obwohl wir da dicht bei Güntsches Ruh vorbeikommen würden.

Bis zum nächsten Dorf war die Straße in Ordnung, wir konnten, während wir die Räder schoben, die Ereignisse der letzten Tage noch einmal durchsprechen. Dann wurde der Weg mühsamer, der Feldrain, den wir langschoben, war zugewachsen und kaum begangen, wir kamen mit den Rädern ganz schön ins Schwitzen. Vor uns tauchte die alte Eiche auf, es war nicht mehr weit bis ... Plötzlich war mir, als ob die Erde unter mir bebte.
„Mensch Grändi, warte mal, da ist doch was, das ist ein Erdbeben!" Grändi hatte auch was gemerkt.
„Quatsch, so was gibt´s bei uns nicht."
Wir waren noch ein paar Meter gegangen. Es klang wie ein dumpfes Grollen, das aus der Erde kam.
„Hörst du?", fragte ich voller Angst.
„Da ist was. – Kommt das nicht aus unseren Gängen?"
Bis dahin konnte es allerdings nicht mehr weit sein. Wir gingen langsam weiter, sehr bemüht, das merkwürdige Geräusch zu orten und zu deuten.

„Wieder! Das klingt wie Pochen! Mann, Olf, ich glaube, da ist jemand drin! Da ist was faul! Komm, wir sehen nach!"
„Bist du verrückt? Wer weiß, wer da drin ist! Keine zehn Pferde bekommen mich da hinein!"
„Mach dir nicht in die Hose! Wir machen nichts, was gefährlich sein könnte, wollen nur ganz vorsichtig nachsehen."

Inzwischen waren wir zum Eingang gekommen – und stutzen. Das Eingangsloch, das wir immer mit Gestrüpp verdeckt hatten, lag offen in der Sonne, war aber mit einer schweren Holztür verschlossen, wie eine Falltür.
„Da haben wir's!" Grändi versuchte, meine Ängstlichkeit zu vertreiben. „Ist doch ganz klar. Schunzbach hat eine Tür davorgemacht, damit niemand hineinstürzt. Gott sei Dank ist noch kein Schloss davor. Ich wette – der da unten bringt an der Stelle, wo die zweite Höhle und der Gang verschüttet ist, ebenfalls eine feste Tür an!"
Wir hörten hier noch viel deutlicher das Pochen. Es klang nicht mehr so dumpf, sondern hell und metallern, wie Eisen auf Stein. Grändi klappte die Falltür hoch.
„Wenn du weißt, was da unten los ist, brauchen wir ja nicht nachsehen!", sagte ich.
„Vertrauen ist gut – Kontrolle ist besser", sagte Grändi und schob seinen Körper in die Öffnung, um die Strickleiter herabzurollen.
„Wie nun, wenn dort unten ein Verbrecher ist, der August Starkse zum Beispiel, oder der – der – Felix aus Hetschburg? Außerdem hat uns Schunzbach ausdrücklich verboten ..."

„Uns in die Sache einzumischen. Weiß schon. Ich gucke doch nur nach, wer da unten ist, weiter nichts, kannst ja oben bleiben, wenn du Angst hast."

Das blieb ich natürlich nicht, sondern stieg auch hinab. Ich wollte Grändi gerade fragen, warum er denn nicht weitergehen würde, als auch ich wie versteinert stehen blieb und den Gang hinunterblickte. Am Ende stand eine Lampe, und in dem flackernden Licht sahen wir einen Menschen, den wir nicht kannten, der aber furchterregend aussah und nicht etwa eine Sicherheitstür anbrachte, sondern irgendetwas in die Wand meißelte.

„Wollen wir nicht lieber raus?", fragte ich, als ich meine Fassung wiederfand.

„Wir müssen unbedingt herausbekommen, was er da macht!", flüsterte Grändi und bewegte sich lautlos vorwärts. Ich folgte ihm – zögerlich. Wir konnten ziemlich sicher sein, nicht gesehen zu werden, denn das Licht der Einstiegsluke reichte nicht weit, und der Mann am Ende des Ganges schuftete, ohne aufzusehen. Auch brauchten wir wenig Angst haben, gehört zu werden, denn das scharfe, harte Geräusch von vorn übertönte sicher unsere leisen Schritte.

Näher und näher schlichen wir heran. Schon konnten wir ihn genau erkennen. Es war ein riesiger Kerl mit einem breiten Kreuz. Sein Gesicht war nicht genau zu erkennen, denn er blickte zur Wand. Nur dass er rote Haare und einen klobigen Kopf hatte, sahen wir. Mit Meißel und Hammer bearbeitete er die Felswand. Er musste wohl irgendetwas hineinstemmen, sah fast aus wie eine Schrift. Grändi drängte sich dichter an mich heran.

„Olf, was machen wir?"
„Wir gehen raus und holen Verstärkung!", hauchte ich.
„Das geht nicht, inzwischen hat er sich aus dem Staub gemacht."
„Wir können aber nichts anderes machen – los, vorsichtig zurück!" Ich wollte ganz sacht zurückschleichen, stieß aber plötzlich mit den Knien an einen harten Gegenstand, der polternd mit großem Getöse umfiel. Ich glaube, es war ein Spaten oder eine Schaufel. Sofort fuhr die Gestalt vorne herum und brüllte mit einer scharfen Stimme: „Halt Wer ist da! Stehenbleiben!"
Wir stürzten zum Eingang, stolperten durch das Dunkel, hörten, wie er hinter uns her kam. Klang das nicht, als ob er den Hahn einer Pistole spannte? Wir stürmten vorwärts, stießen uns an den Wänden, stolperten, rafften uns wieder auf, warteten schaudernd auf einen Schuss.
Und plötzlich, als wir fast die Strickleiter erreicht hatten, knallte es, hinten im Gang, ganz scharf und hell kam das Geräusch zu uns. Aber es war kein Schuss. Da hatte jemand mit aller Gewalt eine Tür ins Schloss geworfen.
Wir waren am Eingang, außer Atem und schweißüberströmt, und Grändi schaute zurück.
„Fort ... er ist ... fort ... durch die Tür. Da ist ... niemand ... mehr." Auch ich blickte mich um, sah am Ende die Lampe auf dem Boden stehen, die noch brannte, aber kein Mensch war zu sehen.
„Glück gehabt", beruhigte sich Grändi. „Das war ganz schön knapp!"
Das Licht flackerte schwach, die Tür am Ende des Ganges war geschlossen. Alles blieb still, ganz friedlich.

„Er ist getürmt!" Grändi und ich kamen wieder zu Atem. „Bestimmt hat der Raum dort hinten auch einen zweiten Ausgang wie der Saal hier. Er ist fort! Komm, wir wollen sehen, was er in die Wand gemeißelt hat."
„Doch nicht jetzt! Wenn er nun ..."
„Ich will es jetzt wissen!" Und als ob nichts gewesen wäre, lief Grändi zum Ende des Ganges.
„Warte, ich komm ja schon."
Mir wankten etwas die Knie, vielleicht weil ich an den harten Gegenstand gestoßen war. Mein Herz schlug gewaltig. Scharf beobachtete ich die Tür zum zweiten Saal, aber alles blieb ruhig. Wir standen bei der Petroleumlampe. Und in dem flackernden Licht lasen wir an der Wand die frisch hineingemeißelten Buchstaben H O L Z K O P ! Nur das „F" fehlte noch.
„Es wird immer verrückter!", sagte Grändi „Das Wort vom Plan!"
„Ein Holzkopf mehr!", meinte ich, „wenn wir nur wüssten, was das zu bedeuten hat!"
Wieder fiel mein Blick von den Buchstaben zur Tür, und da durchfuhr mich ein furchtbarer Schreck. Die Tür wurde soeben ganz langsam einen Spalt geöffnet, lautlos, wie in Zeitlupe, und dann, etwa in der Höhe des Schlosses, erschien eine bleiche Hand, die einen Revolver umklammerte – und der richtete sich auf uns.
Grändi hatte meinen starren Blick bemerkt und war im Bruchteil einer Sekunde zur Lampe gesprungen und hatte sie umgeworfen, so dass sie umfiel und zerbrach. Ein heller Feuerschein flammte grell auf und leckte über den Boden. Bis die brennende Flüssigkeit verlöschte, waren

nur ein paar Augenblicke vergangen. Dann sprangen wir zum Ausgang, wieder stolpernd, noch gehetzter als vor wenigen Minuten. Hinter uns der Verbrecher. Er kam näher, diesmal täuschten wir uns nicht. Unsere Situation war hoffnungslos. Wir sahen zwar den Ausgang, die Leiter war nur noch ein paar Meter entfernt, aber in dem Licht würden wir auch gut auszumachen sein, eine lebende Zielscheibe. Der Kerl hatte eine Pistole. Doch was tun?
Wir überlegten nicht, hetzten in wilder Panik vorwärts, hofften, dass er uns in der Eile doch nicht treffen würde. Da, ein Schuss dröhnte durch den Gang, die Kugel pfiff an uns vorbei. Weiter, nur jetzt nicht aufgeben. Wir traten uns gegenseitig, schlugen uns die Ellbogen an den Wänden wund, die Angst schlug bis zum Hals. Noch drei Meter, nur noch zwei – hatte uns der Kerl nicht schon erreicht? Noch einmal fassten wir alle Kraft zusammen. Wenn wir hier lebend rauskämen, nie wieder! Ich schwor es mir, nie wieder würde ich diese Gänge betreten.
Grändi war als Erster bei der Leiter. Er griff nach ihr, wollte sich schon hochschwingen, da schlug über ihm die Luke zu. Wir waren verloren.
Der Mann blieb stehen und sein fürchterliches Lachen hallte durch den Gang. Dann hielt er in der anderen Hand plötzlich eine Taschenlampe – oder hatte er die schon vorher gehabt? Er richtete sie, wie auch den Revolver, auf uns und brüllte. „Hände hoch!" Sein Gesicht konnten wir bei diesem Licht nur ahnen, die Stimme aber klang hart und brutal. Uns war klar, dass dieser Kerl ernst machen würde.

„Endlich hab ich euch! Ihr seid doch die Burschen, die sich überall einmischen! Das hat nun ein Ende, ein für allemal."

Grändi würgte hervor: „Wer sind Sie, was wollen Sie?"

„Halt dein Maul und nimm die Flossen runter, damit ich sie binden kann!"

Er hatte die Pistole eingesteckt, die Taschenlampe auf den Boden gelegt und irgendetwas aus der Tasche geholt. Er riss Grändi die Arme auf den Rücken und band sie mit einem Lederriemen. War das der Moment, wo ich hätte eingreifen können? Ich stand wie versteinert, unfähig, auch nur einen Finger krumm zu machen. Er band auch mich auf gleiche Weise. Dann stieß er uns unter schrecklich drohenden Worten vorwärts, bis zum großen Saal, riss die Tür auf und schubste uns hinein.

„Hinlegen, los, ein bisschen plötzlich!"

Weil es ihm nicht schnell genug ging, trat er nach uns. Dann fesselte er uns auch die Füße. Zu allem Überfluß steckte er uns auch noch 'nen dreckigen Lumpen in den Mund und band 'nen Riemen davor, so dass wir uns nicht unterhalten oder bemerkbar machen konnten. Die Art und Weise, wie er uns fesselte, war genau die, mit der Beno gefangen gehalten worden war.

„So! Nun könnt ihr verdammten Hunde mir nicht mehr in die Quere kommen. Und glaubt nicht, dass euch jemand zum alten Borszwinski schafft! Die Gänge werden verschlossen, damit keiner rein kommt. Denkt, was ihr wollt, raus kommt ihr hier nicht mehr! Kein Mensch kommt hierher! Meinetwegen könnt ihr verrecken!"

Und er knallte die Tür zu und ließ uns in der Dunkelheit und furchtbaren Stille allein. Wir waren gefangen, rettungslos.

## Was uns unter die Haut ging

Da lagen wir auf dem harten Boden der Höhle, mit Lederriemen grob gebunden, unfähig, uns zu bewegen. Die Dunkelheit um uns herum war schlimm, aber schlimmer war die unheimliche Stille. Ich hörte Grändi atmen, er musste wohl einen Meter neben mir liegen. Ungewohnte Laute verrieten mir, dass auch er versuchte, den Knebel los zu werden, aber es gelang ihm ebensowenig wie mir. Wir waren ausgeliefert.
Die Erregung der letzten Minuten ging mir wieder und wieder durch den Kopf. Bei dem Gedanken an den brutalen Verbrecher schlug das Herz immer noch schneller. Und doch sagte ich mir, dass die schlimmste Gefahr momentan erstmal vorbei sei. Er hätte uns auch erschießen können. Er hätte uns eine Kugel in den Kopf jagen können, damit er für immer Ruhe vor uns gehabt hätte. Das hatte er nicht getan. Er hatte uns gefesselt und in diese Höhle gesteckt. Was hatte er nur vor?
Beno hatte auch hier gelegen, vielleicht grad an der Stelle, wo ich lag? Der Gedanke daran war nicht mehr so schlimm, seit ich wusste, dass Beno lebte und im Krankenhaus gut versorgt war. Beno war fortgeschafft worden, war am Leben geblieben. Wollte er auch uns irgendwohin bringen? Würde er uns hier verhungern lassen? Oder wollte er sich aus dem Staub machen und durch unsere Gefangennahme Zeit gewinnen? Alles war möglich.
Es war hart auf dem Boden, nicht kalt, aber schmerzhaft. Weil die Hände auf den Rücken gebunden waren, war

die Lage furchtbar unbequem. Vor allem die Knöchel und Handgelenke schmerzten. Die Hände spürten nicht nur die Lederriemen, sondern die Last des ganzen Körpers. Außerdem hatte ich furchtbaren Hunger. Nichts war von den Kartoffelpuffern geblieben. Wie spät mochte es sein? Nach dem Mittagessen waren wir zu Franz gefahren, etwa eine Stunde dort geblieben, mit dem Rad und dann zu Fuß zurück, wohl gegen vier in den Gängen, die versuchte Flucht, die Gefangennahme – vielleicht war es schon Nacht. Mussten wir etwa die Nacht hier verbringen, in diesem Loch?
Man würde uns bestimmt suchen. Aber wann? Leider hatte ich meine Eltern langsam daran gewöhnt, dass es manchmal spät wurde, bis ich abends nach Haus kam. Und jetzt waren ja Ferien! Sie würden sich wohl erst sehr spät Gedanken machen. Dann aber war Nacht...
Ob sie noch zu Schunzbach gehen würden? – Schunzbach! Er würde uns helfen. Wenn uns sonst auch keiner helfen würde – er würde uns sicher in den Gängen suchen. Das wäre bestimmt sein erster Gedanke. Er würde kommen, noch in der Nacht. Wenn die Eltern ... Wer würde noch suchen? Grändis Eltern. Ob sie zu meinen kommen würden? Oder meine zu seinen? Wenn nicht in der Nacht – früh am Morgen würden sie uns suchen. Wenn bis dahin nicht der Verbrecher...
Ich hatte Hunger. Ich hatte Schmerzen. Ich hatte Angst. Wenn ich nur mit Grändi reden könnte! Die Stille war fürchterlich und erdrückend. Es war wirklich nichts zu hören außer unserm Stöhnen. Aber ich war Gott sei Dank nicht allein.

Die Zeit wollte nicht vergehen. Oder sie verging und ich merkte es nicht. Dieser blöde Knebel. Der Kiefer tat weh. Der Speichel hatte den Lappen durchtränkt und lief am Kinn runter. Eine fürchterliche Situation. Und immer wieder Fragen. Fragen, die keine Antwort fanden.

Ich dachte an zu Hause. An meine Eltern, die sich jetzt Sorgen machten. Und an etwas, das mich bedrückte. Als wir den alten Borszwinski fangen wollten, hatte ich Vaters Taschenlampe mitgenommen und dann später bei allem Gerangel irgendwo liegengelassen. Ich weiß beim besten Willen nicht wo. War ja alles nicht so schlimm, wenn Vater sie abends nicht gesucht hätte. Er wollte in den Schuppen und brauchte die Lampe. Ob ich sie mir etwa genommen hätte. Ich hab gelogen. Hab aus Feigheit gesagt, ich hätte sie auch schon gesucht. Hab mit den Eltern in alle Ecken geguckt und so getan, als hätte ich keine Ahnung, wo sie sei. Ist ja eigentlich kein Thema, so eine Taschenlampe. Aber wenn sie gebraucht wird, ist sie auf einmal der wichtigste Gegenstand. Jetzt bedrückte mich, dass ich nicht die Wahrheit gesagt hatte. Vielleicht hätten sie eine Kerze genommen und nicht noch eine Stunde weitergesucht. Und geflucht.

Dann muss ich irgendwann eingeschlafen sein. War es doch schon Nacht? Es gab keine Anhaltspunkte. Totale Finsternis um uns. Kein Schlagen der Turmuhr, kein Vogelgezwitscher, nichts. Gott sei Dank auch nicht die Schritte des Verbrechers, der uns holen kam. Oder schlimmer.

Als ich erwachte, tat mir alles weh. Aber noch mehr brannte mir mein Traum auf der Seele. Ich hatte von unserm Haus geträumt, das plötzlich auf einem Bein stand. Wie in irgendwelchen russischen Märchen, die wir in der ersten Klasse gehört hatten. Es war aber kein Hühnerbein, es war die Taschenlampe, die ich mitgenommen und versimmst hatte. Unser Haus stand auf der Lampe und drehte sich. Oben auf dem Dach saßen meine Eltern und fuchtelten mit den Armen und winkten mich hoch, ich solle mit ihnen nach der Lampe suchen. Aber ich wollte nicht. Ich ging unter das Haus und holte die Taschenlampe und rannte fort und hinter mir brach das Haus zusammen. Ich aber lief und lief und die Beine wurden immer schwerer, ich kam nicht mehr recht vom Fleck, wollte die Arme zuhilfe nehmen und durch die Luft vorwärtsschwimmen, denn ich musste fort, hinter mir kam ein wildes Tier, ein Löwe oder so etwas, aber das Tier hatte ein richtiges Gesicht. Es war ein klobiges Gesicht mit roten Haaren, es war das Gesicht des Verbrechers. Und der kam mir immer näher, packte mich schließlich und riss mir eine Wunde in den Rücken. Ich erwachte schweißgebadet und es dauerte eine Weile, bis ich begriff, dass ich die furchtbaren Bilder nur geträumt hatte. Der Schmerz aber war echt, die gefesselten Hände und der gekrümmte Rücken schmerzten, auch mein Magen, ich hatte unbändigen Hunger, mehr aber noch Durst, der ganze Knebelspeichelmund war eine einzige Schmerzquelle.

Wie spät mochte es sein. Wo waren die Eltern, warum kam Schunzbach nicht, uns zu retten. – Grändi? Schlief

er noch? Sein Atem war unregelmäßig, dumpfe Laute kamen ihm aus der Kehle. Wo blieb der Dorfpolizist?! Er musste doch kommen! Irgend jemand musste uns doch hier unten finden!
Stille, unerträgliche Stille.
Noch einmal versuchte ich in Ruhe zu überlegen, ob wir uns nicht selbst helfen könnten. Ich konnte die Hände auf dem Rücken zwar bewegen, damit aber nicht meine Fesseln lösen. Da kam mir ein Gedanke: wenn nicht meine eigenen, vielleicht die von Grändi? Wenn ich mich nahe an ihn heranwälzte, vielleicht wäre es möglich, seinen Knebel oder gar die Fesseln zu lösen? Ich schätzte die Entfernung auf knapp einen Meter. Indem ich die gefesselten Beine etwas anzog und mit den Hacken Halt im Boden suchte, stemmte ich den Körper etwas hoch und drückte ihn gleichzeitig mit den Armen ein paar Zentimeter zur Seite in Richtung Grändi. Mehrere Male wiederholte ich diese Anstrengung. Bald musste ich erschöpft erst einmal ausruhen, es strengte unglaublich an. Der ganze Körper war erschöpft. Hätte mir dieser Gedanke nicht schon vor Stunden kommen können, als ich noch besser bei Kräften war?
Ich versuchte es wieder, Zentimeter um Zentimeter kam ich näher. Aber auch diesmal schaffte ich es nicht, fiel kraftlos auf die Seite. Grändi hatte meine Bemühungen gemerkt und meine Gedanken wohl erraten. Seinerseits konnte ich auch Bewegung feststellen. Beim dritten Versuch glückte es endlich. Ich stieß mit Grändi zusammen. Ich wälzte mich etwas auf die Seite, so dass er in meinem Rücken lag, und tastete mit den dick gewordenen Fin-

gern nach ihm. Ich erwischte ihn an der Schulter. Also stemmte ich mich noch ein paar Zentimeter höher, bis ich seinen Kopf fühlte und die Knoten, mit denen der Knebel festgebunden war.

Grändi lag still und atmete tief, überließ es mir, den Riemen aufzubinden. Ich konnte nur mit den Fingern fühlen, es war ja stockfinster. Ich bekam wohl mal ein Ende des Lederstrickes zwischen die Fingerspitzen, aber es gelang mir nicht, den Knoten zu lockern, geschweige denn zu lösen. Der Schweiß lief mir übers Gesicht, so anstrengend war es. Leider aber war alles umsonst.

Ich bekam die Fessel nicht auf. Ich rollte erst einmal auf den Rücken zurück und ruhte erschöpft aus. Da merkte ich, dass Grändi seinerseits versuchen wollte, mich von dem Knebel zu befreien. Wie ich stemmte und wälzte er sich an mich heran, brachte sich in die richtige Stellung, ich spürte seinen Atem neben mir, dann drehten wir uns Rücken an Rücken, bis er mit den Fingern an meinen Kopf kam. Sekunden atemloser Spannung vergingen. Ich spürte, wie er an den Lederriemen arbeitete, wieder und wieder, bis er sich ebenfalls enttäuscht auf die Seite fallen ließ.

Fieberhaft überlegte ich, was ich tun könne, damit wir wenigstens die Knebel losbekämen. Da kam mir ein anderer Gedanke. Ich tastete wieder zu Grändis Kopf, fühlte die Verknotung hinten und gab durch Laute zu verstehen, dass ich mit seiner Lage nicht einverstanden war. Es dauerte eine Weile, bis mich Grändi verstand, dann aber drehte er den Kopf in meine Richtung, so dass meine Hände seinen heißen Atem spürten. Ich ergriff den Lederriemen, der über dem Knebel spannte und drückte ihn mit letzter Anstrengung runter, an Grändis Kinn vorbei. Ich musste ihm dabei weh tun. Er schrie kurz auf. Dann aber spuckte und prustete er und sagte: „Danke, Olf!"

Seine Stimme klang anders als sonst, undeutlicher, mit dicker Zunge gesprochen, wie eingerostet – und doch lag in dem Klang soviel Freude und Dankbarkeit. Nach wenigen Augenblicken fuhr er fort:

„Warte, ich versuche es auch bei dir."

Und auf die gleiche Weise befreite er auch mich von meiner Knebelung.

„Grändi, mein Freund, danke!" Die Zunge war schwer und über meine Stimme war ich ebenso erschrocken, vielleicht war es aber auch nur der unverhoffte Klang in der erdrückenden Stille dieser Höhle. Dass wir miteinander sprechen konnten, erschien uns wie ein Stück schwer erkämpfter Freiheit.

„Olf, da stecken wir aber in der Klemme ..."

„Hoffnungslos."

„Nee, wir geben nicht auf. Irgendjemand wird uns hier schon rausholen."

„Meine Eltern?"

„Schunzbach?"

„Hauptsache, der Kerl kommt nicht wieder. Mensch, hab ich einen Hunger!"

„Durst vor allem. Meine Zunge klebt bald am Gaumen."

„Wie lange sind wir wohl schon hier unten?", fragte ich.

„Keine Ahnung. Nach meinem Hunger zu urteilen, 'ne ganze Woche. Du, Olf ..."

„Ja?"
„Ich muss dir mal sagen, ich find dich schwer in Ordnung. Wirklich. Bin froh, dass du da bist."
„Grändi, sag nicht so'n Zeug. Ich bin auch froh, dass du mein Freund – und überhaupt dass du da bist. Allein hätt ich 's nicht ausgehalten."
Die Sätze kamen uns nur langsam über die Lippen. Wir waren sehr erschöpft. Nach einer Weile fing Grändi wieder an: „Olf, ich will noch mal versuchen, ob ich deine Fesseln lösen kann."
Wir rutschten langsam über den Boden, ich aufwärts und Grändi in die andere Richtung.
„Halt, ich hab den Knoten. Warte ..."
Er hantierte hinter meinem Rücken.
„Der hat aber auch verdammt fest zugezogen. Meine Güte, sitzt der Knoten straff."
„Soll ich noch etwas höher?"
„Nee, ich kann schon gut ran, aber ich krieg es einfach nicht auf."
Ein paar Mal versuchte er es noch, dann rollte er kraftlos zur Seite.
„Lass es mich probieren", versuchte ich ihn zu trösten, „vielleicht sitzt deine Fessel lockerer."
Es ging, wie ich vermutet hatte, auch bei mir nicht. Die Knoten waren zu straff gezogen und die geschwollenen Finger hatten nicht die nötige Kraft. Unsere Bemühungen hatten vielleicht eine halbe Stunde oder länger gedauert.
„Es ist zum Verzweifeln. Wir können uns nicht selbst befreien."

Ich war sehr enttäuscht.

„Langsam gebe ich es auf. Sie müssten uns doch längst gefunden haben!"

„Das will mir auch nicht in den Kopf. Meine Eltern sind bestimmt zu Schunzbach gegangen. Und wenn der nur 'n bisschen Grips im Kopf hat, muss der doch auf die Idee kommen, uns in diesen Gängen zu suchen, wo schon soviel passiert ist."

„Es gibt dafür überhaupt keine Erklärung."

Grändi äußerte einen furchtbaren Verdacht: „Nur die, dass wir gar nicht mehr in der Höhle liegen! Wir haben doch geschlafen. Vielleicht waren wir auch ohnmächtig, und der Verbrecher hat uns fortgeschafft. Wie wollen wir das wissen?"

Ich fühlte nach dem Boden. „Es liegt sich aber genau so wie am Anfang! In einem Haus oder 'ner Kiste sind wir auf alle Fälle nicht!"

„Und wenn er uns in die zweite Höhle geschafft hat, in die keiner rein kommt? Wie soll'n sie uns da finden?"

„Aber wir müssten doch was hören!"

„Da haste Recht. – Aber vielleicht haben wir grad geschlafen."

Dieser Gedanke war schrecklich. Ich wollte ihn verdrängen.

„Hast du eigentlich dein Taschenmesser mit, Grändi?"

„Klar, habe ich immer bei. Doch was nutzt es? Ich komme nicht dran."

„Ich will versuchen, es aus deiner Tasche zu nehmen."

„Mensch Olf, das ist 'ne Idee. Links. In der linken Tasche, da hab ich es immer."

Wir schöpften neuen Mut. Mit viel Geduld musste es gelingen, das Taschenmesser herauszuangeln und damit die Fesseln zu zerschneiden. Wieder ruckte ich ganz nahe an Grändi heran, ich lag ja noch etwa in Höhe seiner Hosentasche. Schon fühlte ich sie, auch das Messer darin. Meine Finger glitten in die Tasche, mit den Fingerspitzen berührte ich die Waffe, doch gelang es durch die Fessel nicht, tief genug zu kommen.

„Noch 'n kleines Stück höher, Grändi!"
Er rutschte nach oben, die Oberkante der Tasche gab nach und ich konnte das Messer fassen.

„Ich hab's! Jetzt wieder runter!"
Es war mühselig und anstrengend, aber es gelang. Ich hatte das Messer in meiner Hand. Nun versuchte ich, die Klinge zu öffnen, hielt das Messer in der Linken und wollte mit den Fingern der Rechten die Kerbe oder Messerspitze erwischen.

„Geht es?" fragte Grändi ungeduldig.
„Ich krieg das Messer nicht auf."
„Geduld. Die Klinge sitzt etwas straff. Du wirst es schon schaffen."
Ich war der Verzweiflung nah. Die Hände waren auf dem Rücken, die Finger dick und wurden mit jeder Bewegung müder.

„Ich bekomm es nicht auf." Voller Wut ließ ich mich zur Seite fallen.

„Dann will ich dir helfen. Halt du das Messer, ich versuche, es zu öffnen."
Nie hätten wir gedacht, dass wir einmal so aufeinander angewiesen sein würden, dass der andere helfen konnte,

wo man selbst nicht mehr weiter kam. Wenn uns nicht so beklemmend gewesen wäre und wir unsere langsamen Bemühungen vielleicht gar gesehen hätten, hätten wir sicher laut losgeprustet. Wenn ich mir die Szene so in einem Film vorstelle, höre ich schon das Gelächter des ganzen Kinos. Uns war aber wirklich nicht zum Lachen zumute. Grändi rückte an mich heran, wir lagen Hintern an Hintern, ich hielt das Messer, er versuchte die Klinge herauszuholen. Schon gab sie etwas nach, da bekam ich wohl einen Krampf oder hielt nicht richtig fest, auf alle Fälle zischte das Messer uns aus der Hand.

„Verdammter Mist," grollte ich.

„Macht nichts, kann ja nicht weit sein."

Nun begann eine Suche in der Dunkelheit, die ich nicht beschreiben kann. Es war uns unerklärlich, wir bekamen das Taschenmesser einfach nicht in die Finger, es war wie vom Erdboden verschluckt. Wir suchten beide, tasteten so gut es ging auf dem Boden herum. Alles brauchte ewige Zeit. Ob wir es mit dem Körper fortgeschoben hatten?

Was auch immer, es war nicht zu finden. Wenn wenigstens Licht wäre!

Wir wurden immer ungeduldiger und immer matter, auch peinigte uns der große Hunger, vom Durst ganz zu schweigen.

„Fehlanzeige. Alles umsonst."

Auch Grändi war sehr enttäuscht.

„Uns kann nur noch einer finden. Sonst ..."

„Uns *wird* einer finden!" Grändis Beteuerung klang schon nicht mehr sehr überzeugend.

Wir waren fix und fertig. Die Sachen klebten vor Schweiß und Dreck. Auch das Sprechen wurde immer anstrengender. Wir dämmerten dahin. Dann schlief ich wohl wieder ein. Wachte auf. Schlief wieder. Träumte, lag hellwach, stöhnte, krümmte mich, geriet in einen Zustand zwischen Wachsein und Träumen. Ich war in der Höhle und war zu Hause, ich sah meine Freunde, erlebte furchtbare Verfolgungsjagden in den Gängen, in der Schule, in unserem Haus. Fing ich an zu fantasieren? Dann war ich wieder wach und alles schmerzte, der ganze Körper tat mir weh, ich konnte noch nicht einmal mehr sagen, wo eigentlich der Schmerz saß.
„Olf? Bist du wach? Wie geht es dir?"
„Laß mich. Ich will meine Ruhe haben."
„Reiß dich zusammen. Sie werden uns finden. Es kann nur noch wenige Stunden dauern. Sie finden uns. Ich weiß es."
„Ist mir alles egal."
„Mensch Olf, du darfst dich jetzt nicht hängen lassen. Das wäre das Ende!"
Grändi redete noch eine Weile auf mich ein, aber ich wollte nicht mehr darauf hören. Langsam glaubte ich, dass wir hier nicht mehr lebend raus kamen.

Und dann vernahmen wir plötzlich Schritte. Als ob ich noch einmal aus der Erschöpfung erwachen könnte, waren meine Sinne wieder hellwach. Ganz deutlich hörten wir Schritte, die vom Eingang kamen und immer lauter wurden. Waren wir doch noch in der ersten Höhle? Wer kam da? Die Eltern? Schunzbach? Sollten wir schreien?

Uns bemerkbar machen? Und wenn es nun der Verbrecher war, der uns holen kam?
Die Schritte gingen hastig – aber an unserem Raum vorbei, weiter nach hinten und dann ...
Wurde da tatsächlich eine schwere Tür geöffnet und wieder zugeschlagen. Mit einem Mal war es wieder still.
„Das war der Verbrecher! Wer sonst kommt hinten in den Saal", flüsterte Grändi.
„Er wird uns fertig machen. Ein für allemal", sagte ich.
„Still – er kommt wieder!"
Die Schritte kamen zurück, noch schneller als vorher, zudem war noch eine weitere Person zu hören, die hinterherrannte.
„Ich befreie trotzdem die Kinder!", hörte ich eine dunkle, mir unbekannte Stimme sagen.
„Wage das!", schrie es krächzend. Wir erschauerten. Es war die Stimme des Rothaarigen.
„Sei doch vernünftig! Was nützt es dir, wenn die Kinder verhungern! Hab doch Erbarmen!" Wieder die dunkle Stimme.
„Du wirst dich da nicht einmischen, du nicht!", klang es scharf.
„Ich tue, was ich tun muss."
„Halt, bleib stehen! Du wirst es bereuen!" Der Streit vor unserer Tür spitzte sich zu. Uns schauderte.
„Bist du verrückt?", schrie der Warmherzige voller Angst, „nimm das Messer weg!" Draußen wurde wohl miteinander gerungen, es polterte an den Wänden.
„Verräter! Und dir hab ich getraut – warte!", schrie der Rothaarige.

„Kerl, so nimm doch das Messer weg ... nein ... nicht ... fort ... Hilfe .. Mensch ... hier ... aaaaah!"
Ein markerschütternder Schrei gellte durch den Gang. Jemand knallte auf den Boden, der andere rannte fort, zum Ausgang. Es war ein furchtbarer Schrei, ich werde ihn wohl nie vergessen können. Es war das Schlimmste, was wir hier erlebt hatten. Dieser Schrei hatte mich aus meinem Stumpfsinn herausgerissen, mir den Mut der Verzweiflung gegeben, raus hier, lebend raus. Aus Angst brachte ich nur ein Wort über die Lippen.
„Grändi!"
„Ja, Olf."

Und dann hörten wir wieder Schritte, andere, sie kamen wieder vom Eingang, es waren nicht die des Verbrechers, das hörten wir, sie klangen heller, leichter. Und wieder ein Schrei, aber auch er anders, ängstlich erschrocken. Er klang wie von jemandem, den wir gut kannten, er klang, als wenn Helmut Borszwinski schreien würde. Wenige Minuten der Ungewißheit, dann wurde die Tür aufgerissen und der Schein einer Lampe blendete uns. Bevor wir die Augen wieder öffnen konnten, hörten wir an der Stimme, dass es Helmut war.
„Mensch Grändi, Olf, ihr hier?" Und er nahm das Messer von Grändi, das ganz dicht neben uns lag und zerschnitt unsere Fesseln.
Erst konnten war gar nichts sagen, denn das Gefühl der Freiheit überwältigte uns. Durch Helmut waren wir mit dem Leben davongekommen. Wir wollten aufstehen, ihm um den Hals fallen, kamen aber so schnell nicht auf

die Beine. Er half uns hoch, stützte uns und wir strichen über die Körperstellen, wo die Fesseln gesessen hatten. Dann umarmten wir ihn mit unvorstellbarer Freude. Nicht weil es Helmut war. Wir hätten jeden umarmt, der uns die Freiheit schenkte. Vielleicht sogar Montag, den Deutschlehrer. Helmut stand entgeistert da, wie versteinert, sichtlich froh, etwas so Tolles gemacht zu haben. Es war ein Augenblick, den ich nie vergessen werde. Noch freuten wir uns über unsere Befreiung, als Helmut uns wieder in das wirkliche Geschehen riss:
„Da draußen, es ist furchtbar, da liegt ein Mann, ich glaube, er stirbt."
Wir hatten den Kampf und den dumpfen Fall gehört.
„Wer isses denn?", fragte Grändi zaghaft.
„Keine Ahnung. Nie gesehen. Er ist erstochen worden. Eben, wie ich kam, lebte er noch, aber ... er hat mir mühsam noch was gegeben."
Helmut zog aus seinem Hemd ein kleines schwarzes Heft, ein Tagebuch oder so was.
„Hier, das gab er mir – er wollte noch was sagen, doch dann ..."
Wir wankten aus der Höhle. Am liebsten wäre ich gleich zum Ausgang, ohne den Blick nach hinten, denn ich wusste, was da lag, sah es, ohne es gesehen zu haben. Doch Helmut ging die paar Schritte zurück, auch Grändi ... Und da blieb mir ja nichts weiter übrig. Der Anblick war furchtbar – ich will ihn nicht beschreiben. Ich hab so etwas noch nie gesehen. Will es auch nie mehr sehen. Der Mann war tot, der Kopf zur Seite gefallen, durch das Hemd sickerte Blut, neben ihm das Messer.

Raus hier, nur schnell raus.
Wir waren so schwach, dass wir die Strickleiter nicht alleine hochklettern konnten. Helmut hatte alle Hände voll zu tun, uns zu helfen.
Endlich waren wir draußen an der frischen Luft, alles war bunt, das Grün der Bäume, die Gräser, die Schmetterlinge, der sonnige Waldweg, das klare Blau des Himmels. Mir war, als hätte ich so etwas Schönes noch nie gesehen. Helmut schlug die Luke über dem Eingang zu.
„Was ist heute für ein Tag? Wie lange waren wir unten?" fragte Grändi.
„Heute ist Samstag! Seit Donnerstagabend wart ihr verschwunden!"
„Zwei Tage!", stöhnte ich, „warum hat uns keiner rausgeholt?"
„Eure Eltern sind in heller Aufregung! Überall haben sie nach euch gesucht, sogar in der Stadt wurde nachgeforscht, bei Franz und Beno im Krankenhaus."
„Und Schunzbach?" fragte Grändi, „warum hat er uns nicht in den Gängen gesucht?"
„Er war hier, aber die Luke war verschlossen – er hat ja ein Schloss vormachen lassen – also hättet ihr gar nicht da drin sein können."
In mir regte sich ein zaghafter Verdacht.
„Helmut, wie bist du eigentlich reingekommen? Und was hast du hier gesucht?"
Helmut schwieg, als ob er sich schäme.
„Euch", sagte er schließlich. „Ihr werdet's mir nicht glauben, aber es ließ mir keine Ruhe. War auch im Haus meines Großvaters... "

Wir befanden uns auf dem Weg zurück zum Dorf. Ich stützte mich auf mein Fahrrad, Helmut hatte das von Grändi über die Schulter genommen – auf dem Hinterrad fehlte ja Luft und der Weg war steinig – und Grändi selbst eingehängt. So kamen wir langsam vorwärts.
„Warum war Schunzbach nicht unten, er musste doch alles in Erwägung ziehen," fragte Grändi wieder.
„Keine Ahnung. Er sagte, er habe alles gewissenhaft abgesucht."
„Aber die Räder. Er musste doch die Räder sehen, beim Einstieg zu den Gängen. Sie mussten ihm doch auffallen!"
„Vielleicht hat er sie gesehen, aber woher sollte er wissen, dass das eure sind?"
Wie Helmut so sprach, das klang wie ein alter Freund. Da gab es keinen Streit mehr, da war aller Ärger, aller Haß vergessen, alles Vergangenheit. Er half uns und wir ließen uns helfen.
Der Weg war lang, immer wieder mussten wir uns auf einen Baumstumpf oder ins hohe Gras setzen, weil es uns schwarz vor Augen wurde. Das Licht waren wir nicht mehr gewohnt, vom Hunger und den gnadenlosen Fesseln restlos erschöpft.
Die gewöhnlichen dreißig Minuten Weg dehnten sich ins Endlose. Endlich waren wir im Dorf. Wir wankten die Straße hinab. Vor meinen Augen verschwamm unser Haus. Die Tür wurde geöffnet, ich sah es noch, meine Mutter – ich spürte, wie der Kopf plötzlich schwer wurde, ich fiel, fiel jemandem um den Hals, ich fiel in eine wohlige warme Geborgenheit. Es war dunkel um mich, aber diese Finsternis ließ sich gut ertragen.

## Weitere Rätsel um HOLZKOPF

Drei Tage waren vergangen. Ich hatte sie gebraucht, um wieder zu Kräften zu kommen. Die ersten beiden Tage hatte ich nur zwischen Schlafen und Wachen gelegen, unsere Gefangenschaft war an die Substanz gegangen. Sicher hatte ich auch Fieber, meine Traumfantasien waren wieder ganz furchtbar. Mutter hatte mir Wadenwickel gemacht.
Am dritten Tag aber merkte ich, wie die alten Kräfte langsam wiederkamen. Die Eltern hatten sich rührend um mich gekümmert, waren immer da, wenn ich etwas wollte. Ich merkte ihnen an, wie froh und erleichtert sie waren, dass ich gesund zurückgekehrt war.
„Junge, wenn du wüsstest, was wir uns für Sorgen um dich gemacht haben!", sagte Mutter ein ums andere Mal. Vater sagte so etwas nicht, aber er legte mir stillschweigend ein Buch auf den Nachttisch, das er für mich gekauft hatte: „Robinson Crusoe" – so also hieß der Mensch, von dem ich am letzten Schultag beim Mittagessen erzählt hatte.
Was ich ganz toll fand, dass sie mir keine Vorwürfe machten. Auch Vater hielt sich sehr zurück. Ich hab natürlich freiwillig alles erzählt, es musste einfach runter von der Seele, zuviel hatten wir erlebt und erduldet. Ich sagte auch das mit der Taschenlampe.
Als ich Dienstagmorgen aus dem Bett sprang, war ich quietschvergnügt und hätte Bäume ausreißen können, wenigstens kleine. Ein Blick aus dem Fenster, draußen war es bedeckt und es nieselte leicht, dämpfte zwar die

Stimmung, doch in mir war eitel Sonnenschein. Ich zog mich an und freute mich an dem Wiesenblumenstrauß auf meinem Nachttisch.
Ach, das hab ich ja noch gar nicht erzählt. Am Tag zuvor hatte ich Besuch bekommen. Und was meint Ihr, von wem? Helmut war da! Er hatte für mich Blumen gepflückt und wollte mich besuchen. Überhaupt war er sehr nett und zugänglich und gar nicht mehr der Rowdy, den wir gekannt hatten. Mir ist heut noch nicht klar, wie er sich so schnell ändern konnte. Vielleicht wegen seines Großvaters, der jetzt im Gefängnis war? Er sagte zwar, das wäre ihm sch...egal, er hätte mit seinem Großvater nie was am Hut gehabt, aber mir schien doch, dass es ihm an die Nieren ging. Vielleicht war es auch die Sache mit Franz, die ihn zum Nachdenken gebracht hatte – oder alles zusammen, auch das mit uns. Ist ja egal, auf alle Fälle war er ein ganz anderer, einer, mit dem man auskommen konnte.
„Du Helmut, ich find das mächtig anständig von dir, das mit unserer Rettung und die Blumen und überhaupt...", sagte ich zu ihm.
„Och, ist doch nichts Besonderes. Hättest du doch auch gemacht."
„Naja – klar. Aber ich meine, also, wenn ich ehrlich bin, ich konnte dich bisher nicht besonders leiden ..."
„Weiß ich." Er machte keine großen Reden.
„Ich meine, man muss ja auch nicht jeden gut finden ...", versuchte ich mich zu entschuldigen.
„Werf ich euch doch auch nicht vor. Ihr seid nun mal eine aufeinander eingeschweißte Bande – weiß doch jeder."

„Wir verstehen uns wirklich prächtig, Grändi, Franz, Beno und ich. Aber im Augenblick sind von unserer Bande ja nur Grändi und ich übrig!"
„Franz ist gestern aus dem Krankenhaus gekommen", sagte Helmut etwas stockend, „es soll ihm wieder gut gehen. Vielleicht geh ich mal vorbei."
„Mensch Helmut, das wäre prima! Und Beno?"
„Den Umständen entsprechend. Es geht aufwärts, aber er muss wohl noch 'n paar Tage im Sophienhaus bleiben."
„Und sonst? Hat's was Neues gegeben? Hat man den Verbrecher geschnappt?"
„Ich weiß nicht, habe nichts gehört. Geht mich ja auch nicht so direkt an. Bei Schunzbach war ich nicht."
Beno – der Verbrecher – Schunzbach, langsam kamen die Erlebnisse alle wieder, aber nicht so bedrückend wie vorher, die paar Tage Ruhe hatten mir wirklich gut getan.
„Mensch Helmut, interessiert dich die ganze Geschichte nicht auch? Willste nicht auch das Verbrechen um Beno gelöst wissen?"
„Freilich, aber ich meine, ich bin nicht in eurer Bande, ich will mich da nicht so einmischen ... ist ja schließlich eure ..."
Er sprach nachdenklich und ließ den Satz ganz bewußt offen, so dass ich sagen musste, eigentlich auch wollte:
„Naja, ich könnte mir vorstellen, dass man darüber nachdenken könnte ..."
Helmut mit aufzunehmen? Warum eigentlich nicht? Dieser Helmut war ganz verträglich.

„Hättest du denn Lust, bei uns mitzumachen? Ich meine, ich müsste Grändi erst fragen, aber ..."
„Lust hätte ich schon. Aber 's geht nicht. Wenigstens im Augenblick nicht. Ich fahre morgen zu meinem Vater nach Eisenach. Für zwei Wochen."
„Ach so."
Helmuts Eltern waren geschieden. Sein Vater lebte schon viele Jahre nicht mehr bei uns im Dorf. Er hatte sich im letzten Krieg mit einer anderen eingelassen. Helmut hatte nur seine Mutter. Wenn er sich wenigstens mit seinem Großvater verstanden hätte! Aber der war ja ein Verbrecher. Vielleicht war Helmut deshalb so ...
„Na, dann schöne Ferien! Wenn du zurück bist, gibt es sicher viel zu erzählen! Mach's gut!"

Das war mein gestriges Erlebnis mit Helmut.
Nach dem Frühstück ging ich in den Schuppen, um mein Rad zu holen, und fuhr im Nieselregen zu Grändi. Der war ebenfalls nicht früher rausgekommen als ich, fühlte sich jetzt aber auch wieder in Ordnung.
„Hallo Olf! Na, du lebst ja wieder!"
„Danke gleichfalls! Haste 'ne Idee für heute?"
„Ich wollte eigentlich diesen Felix in Hetschburg aufsuchen. Wie ich hörte, ist Schunzbach noch nicht weiter gekommen, also wird's höchste Zeit, dass wir was unternehmen, denn auf den Felix kann er ja nicht kommen, weil er nicht von ihm weiß. Haste Lust?"
„Lust schon! Aber bei dem Wetter? Ist denn dein Rad schon wieder in Ordnung?"
„Alles klar! Rat mal, wer mir's geflickt hat?"

„Keine Ahnung."
„Helmut Borszwinski. Hat mich besucht!"
„Du, mich auch, gestern! Ist ja wirklich anständig von ihm. Ich muss sagen, irgendwie ..."
„Genau, der ist ganz umgekrempelt, wie verwandelt. Ich könnte mir sogar vorstellen, dass er bei uns ..."
„Hab ich auch gedacht! Aber er fährt morgen fort."
„Ja, hat er mir auch gesagt. Zu seinem Vater nach Eisenach. Schade eigentlich, vielleicht hätten wir ihn gebrauchen können. Weißte, was er mir mitgebracht hat?"
Grändi war wieder ganz der Alte. Er machte es mächtig spannend.
„Na?"
„Das Tagebuch, das der Ermordete ihm unten in der Höhle vor seinem Tod gegeben hat!"
Grändi holte das kleine schwarze Heft mit dem weißen Etikett hervor. Mich schauderte erst, es anzusehen, denn mit ihm sah ich noch einmal das Bild des toten Mannes.
„Wie kommt er denn dazu?"
„Er sagte, er könne es noch nicht lesen, weil vorn drin steht, dass man es erst zwölf Tage nach dem Tod des Eigentümers lesen darf. Das wäre sein Vermächtnis, sein letzter Wille – und dagegen könne man nichts machen. Und weil Helmut jetzt fortfährt, vielleicht könnten wir es besser gebrauchen. Es gehört natürlich ihm, wenn er zurückkommt..."
„Hat er noch was gesagt von dem ... Mann?"
„Der hat wohl noch irgendwas sagen wollen, bevor er starb, vor dem Polizisten. Hat den Satz aber nicht mehr zu Ende gebracht."

„Schunzbach? Na ja, wir brauchen ihm das Buch ja nicht zu geben."
„Nee, brauchen wir nicht."
„Was ist eigentlich mit dem Mann, der da unten war. Weiß man schon, wer?"
„Keine Ahnung. Vielleicht gehn wir doch mal wieder in die Amtsstube. Möchte auch wissen, warum uns Schunzbach nicht da unten gesucht hat. Wenn es so regnet, machts auch keinen Spaß, nach Hetschburg zu fahren. Vielleicht ist das Wetter heute Nachmittag besser."
Ich ließ mein Rad bei Grändi. Es regnete noch stärker, doch bis zur Polizei war es nicht weit. Wir gingen die drei Stufen hoch und traten in Schunzbachs Büro. Wir hatten ein paarmal angeklopft, es hatte aber niemand geantwortet, die Tür war jedoch offen. Deshalb traten wir ein. Keiner da. Wir wollten schon wieder raus, als sich eine kleine Tür zum Nebenzimmer öffnete, aus der unser Dorfpolizist gemütlich herausgestapft kam, natürlich eine Zigarette rauchend, wie immer. Seine Jacke hing über dem Stuhl, seine Hose, die über dem gewölbten Bauch spannte, wurde von breiten Hosenträgern gehalten.
„Ah, wer kommt denn da ? Ihr seid ins Leben zurückgekehrt!"
„Guten Morgen, Herr Schunzbach!"
„Sagt mal, ihr Strolche, was fiel euch eigentlich ein, da noch einmal runter zu gehen! Ich hatte es euch streng verboten! Und sogar ein Schloss vorgemacht!" Er sagte das zwar streng, aber auch ein bisschen väterlich, sicher freute er sich auch, dass er uns wieder gesund vor sich hatte.

„Diesmal wollten wir wirklich nicht in die Gänge!", sagte Grändi und erzählte von der Panne und unserm Schieben durch den Wald und dem plötzlichen Pochen aus der Tiefe.

„Was für ein Pochen?" Der Polizist hatte sich gewichtig auf seinen Amtsstuhl gesetzt und kramte mit beiden Händen in seinen Akten, um sich seine Notizen zu machen.

„Da hieb jemand was in die Wand. Mit 'nem Meißel."

„Wie? Ist ja nicht zu glauben! Und das war der Mann, der dann ermordet wurde?"

„Nein, es war der andere, der, der ihn später umgebracht hat. Er hatte ein klobiges Gesicht und knallrote Haare." Grändi berichtete, erstaunt darüber, wie wenig Schunzbach davon wusste.

„Wenn Olf – ich meine Christian Apfelbäumer hier - nicht an einen Spaten gestoßen wäre, der da rumstand, wäre vielleicht gar nichts passiert ..."

„Wir rannten, was das Zeug hielt", ergänzte ich, „aber es half uns nichts. Vielleicht wären wir rausgekommen, wenn nicht die Luke über unsern Köpfen zugeflogen wäre."

„Er hat auf uns geschossen."

„Ist mir schon klar, dass er gefährlich ist. Sonst hätte er den anderen nicht umgelegt. Könnt nur froh sein, dass er euch ..."

„Naja, vielleicht wollte er uns verhungern lassen! Hat uns jedenfalls gefesselt und in die Höhle geschubst und sich nicht mehr um uns gekümmert!", ereiferte ich mich.

Dann Grändi: „Aber Herr Polizist, sagen sie, warum haben sie uns eigentlich nicht gesucht?"

„Nicht gesucht?", fragte Schunzbach zornig. „Alles auf den Kopf gestellt hab ich euretwegen. Die Nächte um die Ohren geschlagen, meine Kollegen in der Stadt mit eingeschaltet, nur weil ihr ..."
„Aber sie haben nicht in den Gängen gesucht! Warum nicht?" Grändi war trotz der lauten Worte beharrlich.
„Weil ich euch ein bisschen mehr Verstand zugetraut habe – und ein bisschen mehr Charakter! Verdammt noch mal, ich war felsenfest davon überzeugt, dass ihr meinem Befehl gehorchen würdet. Außerdem hatte ich ein Schloss vorgemacht, ihr konntet also theoretisch überhaupt nicht rein!"
„Und die Fahrräder? Haben sie nicht wenigstens die Fahrräder bemerkt?"
„Welche Fahrräder? – Sagt mal, wer stellt hier eigentlich die Fragen!? Und wer hat hier was verbockt?"
„Entschuldigung, war ja nur 'ne Frage", beschwichtigte Grändi. Und ich fragte, um von dem heiklen Thema abzulenken:
„Weiß man eigentlich, wer der Ermordete ist?"
„Nichts weiß man." Der Amtsmann wurde wieder ruhiger. „Er hatte keine Papiere bei sich. Und weil man nicht weiß, wer er ist, konnte man ihn auch noch nicht beerdigen. Die Kollegen von der Kripo haben ihn geholt. Mord, das geht über meine Kompetenzen. Dafür sind die Kollegen aus der Stadt zuständig, sie untersuchen jetzt den Fall ..."
„Auch das mit Beno?"
„Auch das. Aber vor allem diese Mordgeschichte. Vielleicht war der Tote ja dieser August Starkse – zu schade,

dass man nicht weiß, wer er ist. Keine Vermisstenanzeige. Ein Mann in den besten Jahren, und niemand sucht nach ihm."

„Vielleicht steht es in dem ...", entfuhr es mir und ich bereute es sofort.

„Worin?" Schunzbach blickte mich scharf an.

„In dem ... in dem ... in dem Tagebuch, das Helmut bekommen hat." Nun war es raus, ich hätte mich ohrfeigen können.

„Was für ein Tagebuch, zum Donnerwetter!" Er hatte für ein paar Sekunden sogar vergessen, an seiner Zigarette zu ziehen.

„Na, so ein kleines schwarzes Heft, irgendwas Handschriftliches, das hat er vor seinem Tod dem Helmut gegeben, ein Tagebuch oder so was ..."

„Mensch, Himmeldonnerwetter, warum sagt ihr das nicht! Muss ich euch alles aus der Nase herausziehen? Das ist doch wichtig! Das wird für die Ermittlungen unbedingt gebraucht! Habt ihr es etwa schon gelesen?"

„Nein, das geht nicht!"

„Wieso? Kommt ihr mit der Schrift nicht klar?"

„Nee, anders. Da steht ein Vermächtnis drin, ein letzter Wille. Der Tote verlangt, dass es erst zwölf Tage nach seinem Tod gelesen werden darf."

„Quatsch. Das mag schon sein, wenn einer normal stirbt, doch nicht, wenn einer abgemurk ...", er verbesserte sich, „umgebracht wird. Wo ist das Tagebuch?"

Das klang befehlend. Uns war der Wille des Toten aber wichtiger. Grändi wollte unbedingt verhindern, dass Schunzbach das Buch bekam und druckste rum: „Der

Helmut hat mir das Buch ... nicht geben wollen, das heißt, eigentlich schon, aber dann doch nicht, nee, er hat es selber behalten, war ja seins, aber jetzt ist er weg, der Helmut, in den Ferien, zu seinem Vater."
„Was redest du drum herum! Hast du das Buch nun, oder Helmut!"
„Aber es war ausdrücklich sein Wille, dass es erst ..."
„Wer hat das Buch, verdammt noch mal?" Schunzbach blieb hartnäckig .
„Helmut", antwortete Grändi, in der Hoffnung, dass der inzwischen abgereist sei.
„Na schön. Wir werden sehen. Auf alle Fälle brauchen wir das Buch für die Ermittlungen. Schon wegen des Namens. Müssen doch wissen, wer es ist."
„Aber die Sache hat noch 'nen Haken," sagte Grändi trocken, und ich bin mir nicht sicher, ob er flunkerte oder Helmut das wirklich gesagt hatte:
„Helmut musste dem Toten versprechen, das Heft niemandem zu geben, auch der Polizei nicht ..."
„Na, das werde ich mit ihm selber klären. Notfalls müssen wir die zwölf Tage eben noch warten, das heißt, sind ja nur noch neun, nächsten Dienstag, Mittwoch, Donnerstag, nächsten Donnerstag also."
„Es steht wirklich ganz deutlich drin, gleich auf der ersten Seite, dass man zwölf Tage warten muss. Habe es selbst gesehen." Grändi konnte manchmal wirklich stur sein.
„Selbst gesehen?"
„Helmut!"
„Ah – Helmut! Natürlich."

„Sicher hatte der Ermordete seine Gründe dafür, sonst schreibt man so was doch nicht, ganz wichtige Gründe. Das war sein Vermächtnis, sein letzter Wille. Den muss man doch achten. Das ist man jedem Menschen schuldig. Selbst einem Verbrecher."
„Ist ja gut. Falls der Helmut euch das Buch geben sollte, meinetwegen nach den neun Tagen, dann bringt ihr es aber sofort her, noch bevor ihr es gelesen habt, verstanden? Da kann jede Minute wichtig sein."
„Sie bekommen es!"
Grändi war sichtlich zufrieden, dass er das Buch erst einmal behalten konnte. Ich war mir sicher, dass er in keinem Fall heimlich drin lesen würde. Wir nahmen den letzten Willen ganz ernst.
Schunzbach hatte sich eine neue Zigarette angesteckt, seine Finger zitterten etwas dabei. Er war sonst die Ruhe selber, hatte sich eben aber in Rage geredet.
„Okay, sonst noch was? Ach richtig, ihr sagtet vorhin, da hätte jemand was in die Wand gemeißelt?"
„Genau. Deswegen sind wir überhaupt runtergestiegen."
„Und was hat er eingemeißelt?"
„Ein Wort, mit großen Buchstaben, HOLZKOPF."
Dem Polizisten fiel die Zigarette aus dem Mund. „Was?" Und er schaute uns mit großen Augen an. „Wollt ihr mich veralbern?"
„Keineswegs, Holzkopf – das Wort, das auch auf dem Geheimplan steht!"
„Richtig, der Plan. Ich entsinne mich. Das Wort unten in der Ecke. Verkehrt herum. Holzkopf ..." Er schüttelte den Kopf. „Und wo hat das gestanden?"

„An der Wand des Ganges, ziemlich weit hinten, nahe der zweiten Höhle."
„Oder weiter vorn?", fragte ich.
„Nee, ziemlich weit hinten, ich weiß es genau."
„Aber der Spaten ..."
Wir stritten uns um die genaue Stelle, bis der Polizist sagte: „Wißt ihr was? Wir gehen zusammen nach Güntsches Ruh und ihr zeigt mir alles, die Schrift, wo ihr gefangen wurdet und wohin genau man euch gelegt hat. Einverstanden?"
Das waren wir natürlich sofort. Ich hatte zwar Furcht, zu jener Stelle zu gehen, wo der entsetzliche Mord geschehen war, aber der Polizist war dabei, uns konnte nichts passieren. Vielleicht war es auch gut so, dass ich so meine Angst überwand. Der Nieselregen war weniger geworden, dennoch nahm der Polizist einen großen schwarzen Schirm mit. Es dauerte ja ein ganzes Stück, bis man dort war. Mit dem Fahrrad zu fahren, kam nicht infrage, dafür waren die Wege zu matschig. Unser guter lehmiger Boden ist bei Regen sowieso ein Problem. Ganz schnell werden da die Schuhe zu Stelzen. Und wenn man lange Hosen anhat, kriegen die ihre gelbbraunen Innenflecken.

Wir waren noch nicht aus dem Dorf raus, da sahen wir plötzlich Franz! Er hatte doch noch übers Wochenende im Krankenhaus bleiben müssen, war aber gestern rausgekommen. Er stürmte sofort auf uns zu, und auch wir rannten ihm entgegen.
„Mensch Franz, du bist wieder da!"

„Hallo Olf, hallo Grändi – und ihr seid auch wieder fit! Mann, was habt ihr bloß angestellt!"
„Dich besucht! Und jemand hat uns das Flickzeug geklaut, das hat man dann davon!"
„Wo wollt ihr denn hin?"
Franz sah prächtig aus, richtig erholt, ganz der Alte.
„Mit Schunzbach noch mal in die Höhlen. Haben da was Merkwürdiges entdeckt. Willste nicht mit?"
„Na klar, wollte eben sowieso zu euch."
Auf dem Weg erzählten wir Franz, was wir inzwischen alles erlebt hatten und auch Schunzbach gab ein paar Ergänzungen ab. So ging es ganz schnell, bis wir bei den Gängen angekommen waren.
Franz meinte: „Bisschen komisch ist mir schon nach allem, was ich gehört habe. Bis vor zwei Wochen war es unser friedliches Geheimnis und jetzt spricht das ganze Dorf und selbst die Stadt davon."
Der Polizist hatte wieder seine helle Taschenlampe mit. Wir gingen an der ersten Höhle vorbei, wo wir gefangen gehalten worden waren, kamen zu jener furchtbaren Stelle, wo der arme Mensch gelegen hatte und gingen noch ein wenig weiter nach hinten.
„So, wo war nun die Stelle?" fragte Schunzbach und leuchtete die Wand ab, an der – nichts zu sehen war. Die Wände waren ja teilweise gemauert, teils Natur, aber über allem lag 'ne dicke Dreckschicht. Wir suchten im Lichtkegel die eingemeißelten Buchstaben, fanden sie aber nicht.
„Es war doch weiter vorn!", beharrte ich. Doch auch da war nichts.

„Ich hatte Recht, weiter hinten!", sagte Grändi, aber auch da stand merkwürdigerweise nichts mehr an der Wand. Schon waren wir bei der zweiten Tür. Grändi und ich schauten uns ungläubig an. Wir konnten das doch nicht geträumt haben!

„Wo ist denn nun euer HOLZKOPF?", fragte Schunzbach. „Wolltet ihr mir einen Bären aufbinden?"

„Keineswegs, es muss hier irgendwo stehen. Wir haben es ganz genau gesehen!"

Und wir gingen noch einmal alles ab – vergeblich.

„Na, ich denke fast, ihr habt mich auf den Arm genommen, nur um mit mir noch mal in die Gänge zu kommen!"

„Nein, Herr Schunzbach. Das Wort stand da. Ganz frisch eingemeißelt. Wir haben sogar gesehen, dass der letzte Buchstabe noch fehlte, das ‚F'."

Wir konnten uns das Verschwinden nicht erklären.

Da fiel Grändi etwas ein: „Halt! Wartet mal! Ich sprang doch nach der Petroleumlampe, die auf dem Boden stand, die stürzte um und zerbrach. Vielleicht finden wir auf dem Boden Glasscherben!"

Wir leuchteten also den Erdboden ab und tatsächlich fanden wir ein paar ganz kleine Glasstücke.

„Hier – hier muss es gewesen sein!" Aber an der Wand war nichts zu sehen, nur Dreck. Damit gab sich Schunzbach nun aber nicht zufrieden.

„Das war wirklich die Stelle, wo der HOLZKOPF stand?"

Wir bejahten.

„Nun gut, dann will ich euch mal glauben und die Stelle genauer unter die Lupe nehmen."

Er trat ganz dicht heran und kratzte mit dem Finger ein bisschen an dem Dreck herum, hier und da, und dann hatte er plötzlich etwas gefunden. Er holte sein Taschenmesser hervor und begann, an einer Stelle der Wand die Schmutzschicht wegzukratzen. Als er damit fertig war, stand an der Wand HOLZKOPF. Sogar das „F" war inzwischen dran. Ich war sprachlos. Warum meißelt einer ein Wort in eine Wand, um es dann wieder zu verstecken?
Auch Schunzbach meinte: „Komisch. Wirklich komisch. Ihr habt tatsächlich Recht gehabt. Möchte nur wissen, was das zu bedeuten hat. Sieht richtig alt aus. Wenn man nicht wüsste ..."
Die Rätsel wurden immer mehr. Ein Versuch, die zweite Höhle zu öffnen, scheiterte wieder. Verschlossen wie bisher. Und das Schloss war so verzwickt, dass kein Dietrich es knacken konnte. Wir zeigten Schunzbach noch, wo wir geschnappt worden waren und an welcher Stelle wir die furchtbaren drei Tage verbringen mussten. Dann verließen wir unser unterirdisches Geheimnis, das immer rätselhafter wurde.
Draußen war der Regen wieder stärker geworden. Der Polizist hatte seinen Schirm. Deshalb verabschiedeten wir uns und rannten los, so gut das ging mit dicken Lehmfladen an den Schuhen, auch Strümpfe und Beine völlig verklebt. Wir waren, als wir schließlich im Dorf ankamen, nicht nur klatschnaß, sondern auch dreckig wie die Schw ... erarbeiter.
„Heute Nachmittag bei mir?" fragte Grändi. „Wenn's trocken ist, fahren wir nach Hetschburg!"

Von Felix hatten wir dem Dorfpolizisten natürlich nichts verraten.

Am Nachmittag regnete es in Strömen, auch der nächste Tag war nicht besser. Es war wie verhext, wir kamen einfach nicht los. Als es am Donnerstag auch noch regnete, wollte ich wenigstens mit Franz und Grändi was unternehmen. Aber Grändi musste mit seiner Mutter in die Stadt zum Einkaufen.
„Besuch doch wenigstens Beno und sag ihm schöne Grüße von uns!"

Allein war es langweilig. Ich haute mich auf mein Bett und nahm mir den Robinson vor. War ja mächtig spannend, aber nicht mehr so wie am letzten Schultag, auch verband ich die Geschichte immer mehr mit unseren eigenen Erlebnissen. Die Menschenfresser hatten alle rote Haare und klobige Gesichter und dieser Freitag sah aus wie Beno, den man in letzter Sekunde gerettet hatte. Und die Höhle, in der Robinson lebte, sah aus wie unsere. Statt der Tage kerbte er in meinen Gedanken HOLZKOPF ein. Je spannender es wurde, um so kribbeliger wurde ich, das Rätsel um Beno und alle Ungereimtheiten in den unterirdischen Gängen zu lösen, wenn schon von Schunzbach und der Kripo nichts Neues kam.
Der Legefelder Landregen hörte nicht auf. Samstag bestellte ich Grändi und Franz zu mir, um gemeinsam die Schrift auf dem Geheimplan zu lösen. Wir wollten ihn ja schon Franz im Krankenhaus geben. Jetzt hatten wir Zeit dazu.

Nach dem Frühstück zogen wir uns also auf meine Bude zurück. Grändi hatte den Plan mitgebracht und auch die Zettel mit unseren ersten Lösungsversuchen.

„Bevor ich´s vergesse: Ganz herzliche Grüße von Beno!", begann Grändi. Richtig, er war ja Donnerstag bei ihm gewesen.

„Und wie geht's ihm?"

„Ach, schon wieder ganz gut. Er ist noch schwach und die Wunden von den Fesseln machen ihm noch zu schaffen, und vor allem das Bein, wo der Schuss ihn getroffen hat. Aber zum Glück keine Blutvergiftung. Es wird schon. Er ist ganz munter und hat sich riesig über meinen Besuch gefreut. Wir können ja Sonntag gemeinsam zu ihm. Da ist Besuchszeit."

Also der Geheimplan. Wir waren gespannt, was Franz dazu meinte, der sich mit so etwas besser auskannte als wir. Er schaute wohl zehn Minuten stur aufs Papier. In seinem Kopf rauchte es, man konnte es förmlich sehen. Dann sagte er: „Eins ist ganz deutlich. Die vielen Zahlen weisen daraufhin, dass die Verschlüsselung mathematisch ist."

Na fein, Mathe war ja nicht gerade meine Stärke. Kein Wunder, dass ich nicht weit gekommen war.

„Sehr interessant." Franz grübelte. „Holzkopf hat acht Buchstaben. Und die Buchstaben hier oben sind auch acht."

„Sieben!" zählte ich.

„Wenn du das ‚O' als Null siehst, ich glaube aber bestimmt, dass es ein O ist. Acht Buchstaben beim Lösungswort und acht oben!"

Dann kam wieder das Spiel des Auszählens der Buchstaben in der Reihenfolge des Alphabets, das kannten wir ja schon.

**SIC BJ A BÖ**
**TIF V CB RIB O RIEB**

„Rückwärts gelesen klingt es besser!" sagte ich, „schon wegen des Biers! Und Holzkopf steht ja auch verkehrt herum."

Sicherheitshalber schrieb Franz die umgekehrte Reihenfolge auf, war aber in Gedanken schon woanders.

„Man muss die jetzige Buchstabenzahl wissen." Und notierte auf dem Zettel die Buchstaben untereinander und dahinter, wie oft sie vorkamen.

„Das kann sehr wichtig sein. S = l-mal, I =4-mal, C = 2-mal, S I C B J ... 12 Buchstaben! Mann, 12 zu 8, da liegt ein Verhältnis drin!"

„Wie meinste das?", fragte Grändi, der wie ich staunend sah, dass Franz die Zeichen der Schrift zu Rechenaufgaben veränderte.

„Ein Zusammenhang, den wir noch nicht kennen, aber finden können!"

„Komisch!", sagte ich, „die Buchstaben oben sind ganz andere als bei dem Wort Holzkopf!"

„Du hast Recht" Franz überlegte. „Nur das ‚O' und das ‚F' sind in ‚Holzkopf' enthalten – zwei Buchstaben –also zehn andere 2 – 8 – 10 – 12 ..."

„Und vier Selbstlaute!", platzte da Grändi heraus, „es sind vier Selbstlaute!"

„Richtig, dann sind es also acht Konsonanten, Mensch, wieder acht! Jungs, es wird spannend!"

Für den Mathematiker vielleicht, mir war das alles zu abstrakt, ich konnte daran keinen Gefallen finden. Aber auch Franz biss sich fest, ohne weiterzukommen. Er kombinierte mit Plus und Minus, zog ab und zählte dazu, teilte und multiplizierte alles miteinander, es ergab keinen Sinn. Die Summe war wohlgestaltetes Chaos.

„Ich denke, wir müssen erst mal rausfinden, was die Zeichen bedeuten!" sagte ich schließlich.

„Hm. – Was haben wir alles. Eventuell Striche – wenn das kein ‚I' ist, Punkte und Dreiecke."

„Und 'nen Kreis", ergänzte Grändi.

„Der aber auch 'n ‚O' oder 'ne Null sein kann."

„Ich bin 'ne Null in Mathe", sagte ich, „mir ist das zu hoch."

„Geduld, Olf. Lasst uns mal durchspielen, was rauskommt, wenn das ‚I' kein I ist, sondern ein Strich, wie so ein Trennungszeichen oder ein Punkt."

„Und wenn es nun 'ne Eins ist? Also nicht S (I) 3, sondern S 13?"

„Mensch, noch besser! Das könnte sein! Also ..."

Das Ergebnis sah freundlicher aus, aber nicht deutsch. Vielleicht war es hinterbugudistanisch: SM BJ A T (das 2–0 hatten wir nicht als zwei O, sondern als 20 gedeutet), und: BOP V CB ... und da stutzten wir!

„Falsch! Hier kommt 'ne eins, ne richtige 1. Alles umsonst ..."

Doch Franz war noch nicht überzeugt:

„Warte, nicht so schnell, mir kommt da ein Gedanke. Wenns 'ne 1 wäre, also 18, wäre das ein ‚Q', aber so ein seltener Buchstabe – nee, das glaub ich nicht. Vielleicht

stehen zwei oder drei Buchstaben als Zahlen nebeneinander und damit man das auseinanderhalten kann, steht an dieser Stelle eine andere Eins. Versuch doch mal 1 – 8 –1 B, also AHAB...AE ( oder O) ... RAEB ..."
„Ahab ae raeb klingt gut!", sagte ich etwas spöttisch.
„Schade, dass man es nicht versteht."
Uns schien schließlich, dass wir uns auf dem Holzweg befanden.
„Sag mal Franz", sagte ich nach einer Weile, „kannst du das wirklich? Hast du schon mal so 'ne Geheimschrift rausgekriegt?"
„Klar", sagte der Kleine stolz, „ich hab sogar ein Buch, wo verschiedene Lösungswege drin sind."
„Aber nicht mit!"
„Brauch ich nicht, hab ich alles im Kopf."
„Auch, wie's nicht geht ..." Es wurde mir wirklich zu langweilig, weil ich keinen Fortschritt sah. Wenn wir wenigstens erst mal ein Wort fänden, das einen Sinn hätte! Aber so. Bier, richtig, das gab's! Aber in einer Geheimschrift wird wohl ein einsames Bier keine Rolle spielen. Ich schaute ziemlich lustlos auf die Buchstabenkombinationen auf unseren Zetteln. Das erste Wort schon, SIC – gibt doch keinen Sinn. Das ‚C' gibt's doch nur in Verbindung mit ‚H' oder ‚SCH' ... Durch Zufall fiel mein Blick auf ‚Holzkopf' – der Punkt nach SIC ...
„Mensch, Franz, wenn nun die Zeichen mit den einzelnen Buchstaben des Wortes ‚Holzkopf' zu ergänzen sind? Nach SIC – H – Sich!"
Plötzlich machte es auch mir wieder Spaß. Wenn erst der Anfang geschafft war!

Wir setzten also ein und hatten die schöne Reihe
SICH BJOL AZKO BOTIF Dreieck PV CBF RIB + O
RIEB.
Aber bis auf das erste Wort klang es ziemlich chinesisch.
An dieser Stelle hätten wir spätestens das Zeug in die
Ecke geknallt. Aber wir hatten den geduldigen Franz.
Und draußen regnete es in Strömen.
„Es gibt noch 'ne ganz andere Möglichkeit," sagte Franz.
„Mindestens," maulte ich.
„Ich dachte es mir bei der Buchstabenfolge gleich. Wenn wir voraussetzen, dass die Schrift in deutsch ist, was ‚Holzkopf' sehr nahe legt, wird wohl ein anderes Alphabet benutzt worden sein, d.h. jeder Buchstabe hat eine andere Bedeutung. Wir brauchen bloß den Schlüssel."
„Und den haben wir eben nicht," sagte ich und war der Verzweiflung nahe.
„Können wir aber ganz leicht bekommen. Durch Probieren. Vielleicht sind auch die Punkte und Zeichen einfache Auslassungen, also fehlende Buchstaben, die man durch Kombination herausfinden kann. Also ein Punkt = ein fehlender Buchstabe, drei Punkte = drei fehlende Buchstaben."
„Na prima. Da ist das Programm für die nächsten Wochen ja geklärt!"
„Wenn wir Glück haben, geht's schneller. Es gibt nämlich Regeln. Hier oben steht, wie oft ein Buchstabe vorkommt. Und es gibt eine Reihenfolge, mit welcher Häufigkeit ein Buchstabe in unserer Sprache auftaucht. ‚E' oder ‚R', ‚N' oder ‚I' sind die am öftesten vorkommen. Ein ‚X' oder ‚Q' ganz selten. Also das ‚I' und ‚B' kommen

viermal vor – das ist entweder ein ‚E' oder ‚R' oder ‚I' oder ‚N'..."

Wir probierten die einzelnen Möglichkeiten durch, wobei wir schnell feststellten, dass manches plötzlich sinnvoll wurde. Als wir schließlich annahmen, das ‚I' bliebe ein ‚I', und das ‚B' sei ein ‚E', erschien auf unserm Papier eine ganz erstaunliche Buchstabenfolge.

NIM . EU .. G ... ER ... – hier war der Zettel abgerissen, das Wort ging sicher weiter – oder mehrere. Auf der folgenden Zeile aber stand: BIS .. K . ME . SIE R : SIGE ... auch hier fehlte ein Stück.

„Ein Wort mit NIM?"

„Nimm! Ein Befehl! Das ist es!" Grändis Augen begannen zu glänzen. „Wir haben es, wir haben die Lösung! Endlich!"

„EU – Euch!", gab ich dazu.

„Nimm Euch? Nee, das geht nicht ... Nehmt Euch ... oder ... Nimm Eure? Das geht!", kombinierte Franz. Und Grändi, der auch Spaß bekam, deutete: „G ... Gans, Gurt – Nimm Eure Gurt ... oder ganz? Gabe – Nimm Eure Gabe – Gebe – Gelb – Geld!! Geld ist es! Nimm Eure Geld ..."

„Ersparnisse ...", schlüpfte es mir raus, aber war gar nicht so dumm, das gab doch einen Sinn!

Wir rätselten noch eine ganze Weile, ergänzten, lachten uns halb tot, wenn etwas Komisches herauskam und klopften uns auf die Schulter, wenn das Ergebnis richtig schien. Am Ende aber waren wir furchtbar stolz, denn diese komplizierte Schrift war von uns geknackt worden. Auf unserem Zettel standen die stolzen Worte:

NIMM EURE GELD – ERSPARNISSE ... BIS KAMEN SIE ROSIGE ...

„Mensch, Kinder, wir sind Klasse!", sagte Grändi stolz. „Jetzt brauchen wir bloß noch die andere Hälfte des Planes, dann wissen wir, was gemeint ist."

## Auf der Suche nach dem Verbrecher aus Hetschburg

Am Sonntag kam endlich die Sonne wieder. Tagelang hatte es geregnet und uns das Gemüt verdunkelt, denn wir waren nicht zu den Dingen gekommen, die wir vorhatten. Auf den Wegen standen Pfützen und die Bäume und Sträucher glitzerten in der Morgensonne.
Weil meine Eltern das Bedürfnis hatten, mal wieder in die Kirche zu gehen, war auch für mich der Vormittag gelaufen. Ich musste auch mit rein und habe auf der Orgelempore den Blasebalg getreten. Dafür gibt es immer 20 Pfennig vom Kantor – und die kann man immer gebrauchen. Eigentlich machts Spaß. Unsere kleine Orgel klingt ganz lustig, vor allem schief, weil sie verstimmt ist, auch gibt es ein paar Pfeifen, die quietschen so vergnügt, dass die Gemeinde sich immer spontan umdreht, wenn sie ertönen, manchmal denke ich, der Kantor sucht sich diese Jammerpfeifen extra aus, wenn er den Eindruck hat, dass die Leute kurz vor dem Einschlafen sind.
Das Blasebalgtreten ist eine gehörige Anstrengung, du musst dich an der Seite des Orgelkastens auf die beiden vorgesehenen Holztritte stellen, mit beiden Händen am Griff festhalten und dann wechselweise links und rechts runtertreten. Du kommst dabei in eine schaukelnde Bewegung wie ein Wüstenschiff, dir läuft der Schweiß, weil du noch nicht schwer genug bist und alles mit Anstrengung wett machen musst. Da werden die Kirchenchoräle zur Muskelmassage.

Unser Pastor hat wieder lange gepredigt, sicher fünfundzwanzig Minuten, angefangen von Adam und Eva bis zu dem „Zwee Jünger gingen nach Emaus." Ich hab nicht viel davon mitbekommen, weil mir die ganzen Ereignisse der letzten Wochen durch den Kopf gingen. Vor allem habe ich an den Nachmittag gedacht, wo wir den Verbrecher in Hetschburg ausfindig machen wollten.

Die Sonne schien durch die schmutzigen Fenster und vergoldete das hölzerne grüne Laub mit den birnengroßen Eicheln an der Altarwand, huschte später auch über den gewölbten blauen Kirchenhimmel mit den goldenen Sternen.

Nach dem Essen waren wir mit den Rädern in der Stadt bei Beno. Es war eine Wucht! Langsam löste sich der Druck, der uns auf der Seele gelegen hatte. Franz war wieder mit dabei und Beno lachte uns so vergnügt aus seinem weißen Eisenbett entgegen, dass wir alle schrecklichen Erfahrungen vergaßen. Es konnte nur noch Tage dauern und er würde wieder mit uns die Ferien verbringen.

Als wir dann wieder in Legefeld waren, meinte Grändi, es wäre sicher besser, zu Fuß nach Hetschburg zu laufen, weil die Wege noch grundlos wären.

Also stiefelten wir los, es waren ja bloß sieben oder acht Kilometer. Wir verließen unser Dorf in südlicher Richtung, gingen also beim Haus des alten Borszwinski vorbei, das einsam und verlassen im sonnigen Unkraut seinen Dornröschenschlaf schlummerte.

„Mein Vater fährt morgen früh zur Kur, an die Ostsee. Weil er so schlecht Luft kriegt", sagte Grändi.

„Da wird's bei euch ja ruhig", meinte ich. „Wie lange bleibt er denn fort?"
„Drei Wochen."
„Mensch Grändi, da haste fast die ganzen Ferien sturmfreie Bude!"
„Tagsüber ja, wenn mein Bruder nicht da ist! Trotzdem ist's 'n komisches Gefühl. Schöner isses, wenn wir in den Ferien was gemeinsam unternehmen, 'ne Radtour oder so."
„Dafür haste doch uns!", sagte Franz.
Wir waren vielleicht eine Viertelstunde gegangen und kamen an dem Waldhaus vorbei, das bei uns im Dorf ‚Bettelmanns Umkehr' heißt, 'n mittelgroßes Fachwerkhaus mit einem schönen großen Balkon, das lange leer stand. Vor 'n paar Jahren ist hier 'ne Familie mit vielen Kindern aus der Stadt hergezogen, von denen man aber im Dorf nicht viel mitbekam.
Es ging bergab in den Grund des Hengstbaches. Unter den hohen, schattigen Laubbäumen lief es sich gut, der Weg war schmal, so dass wir hintereinander gehen mussten, links felsige Muschelkalkwände, auf der anderen Seite das breite, romantische Hengstbachtal. Es war ruhig, nur die Vögel zwitscherten, so dass wir miteinander reden konnten.
„Heute morgen sah ich was Lustiges!", sagte Franz.
„Ich auch. Unsern Paster."
„Was denn? Erzähl mal, Franz!", unterbrach mich Grändi.
„Ich war bei uns im Garten, in der Laube, und suchte was, da sah ich ein gewaltiges Spinnennetz. Es flimmerte

in der Sonne, die durchs Fenster schien, und war ganz akurat gesponnen, von 'ner kleinen, gelbbraunen Spinne, die oben in der Ecke saß und auf ihr Opfer wartete."
„Was ist denn daran so lustig?" fragte ich.
„Ich guckte 'n bisschen zu, wie sie so scheinbar leblos da saß und nichts weiter tat als warten. Und dann sehe ich plötzlich, wie 'ne Ameise, die einen Balken hochgeklettert war, abrutschte und runter fiel, genau in die Mitte des Netzes. ‚Mein Freund, das ist dein Ende!', dachte ich, denn die Spinne kam langsam angeschlichen. Da rappelte sich die Ameise aber auf und wankte auf die Spinne zu, denn sie war nicht im Netz kleben geblieben. Es war richtig spannend, die viel größere Spinne zu beobachten. Die stutzte erst, als die Ameise auf sie zukam, und dann machte sie plötzlich kehrt und trollte sich in ihre Ecke. Die große Spinne ergriff vor der kleinen Ameise die Flucht. Ist das nicht lustig?"
„Die Spinne riss aus?"
„Ja – wirklich!"
„Was lehrt uns das?", fragte Grändi. „Nie Angst haben vor einem vermeintlich größeren Gegner! Mit Mut kommt man immer weiter!"
„Damit wären wir beim Thema!", stellte ich fest.
Wir waren inzwischen auf der Höhe des „Teufelsloches". Das ist eine plötzliche Verbreiterung des Hengstbaches, der über einen stufigen Felsvorsprung wie 'n kleiner Wasserfall in die Tiefe fließt.
Unten ist der Bach fast zwei Meter tief ausgespült, so dass man prima drin baden kann. Es ist nur immer furchtbar kalt dort, denn das „Teufelsloch" ist von hohen

Bäumen eingeschlossen und man holt sich blaue Lippen.
„Wie woll'n wir's eigentlich in Hetschburg machen?", fragte Franz.
„Wie? Na, wir wollen den Felix ausfindig machen, so'n seltener Name, da werden wir schon rauskriegen, wie er richtig heißt und wo er wohnt."
„Und dann?"
„Dann werden wir ihn besuchen, denke ich!"
„Du willst zu diesem Verbrecher in die Bude?", fragte Franz ängstlich.
„Warum denn nicht? Er weiß doch nicht, wer wir sind und was wir wollen. Wir sind zu dritt und es ist mitten am Tage. Was soll uns da schon passieren?"
Grändi hatte schon wieder seinen Plan.
„Und wenn es nun der Rothaarige ist, der uns kennt?", warf ich ein.
„Hm. Daran habe ich noch gar nicht gedacht, stimmt."
Grändi schwieg. Auch wir zergrübelten uns den Kopf, was da zu machen wäre.
Wir mussten über den Bach. An dieser Stelle war er flacher, aber auch breiter. Es lagen immer wieder große Steine im Wassergeplätscher, über die man mit etwas Geschick trockenen Fußes hinüberspringen konnte.
„Wir müssen zu 'ner List greifen!", sagte ich. „Wir können nicht einfach rein zu ihm, wir müssen ihn rauslocken."
„Hast Recht, das ist gut", sagte Grändi, und Franz sprudelte hervor:
„Wir können so tun, als hätten wir dort was verloren. Vielleicht 'ne Aktentsche, wo wir zum Beispiel unsere Briefmarkensammlung drin hatten oder so was."

„Aktentasche ist gut. Das ist unverfänglich. Selbst wenn der Rothaarige rauskommen sollte, kann er uns draußen nichts tun. Er wird sagen, dass er die Tasche nicht gesehen hat, weil gar keine dort war, und wir können uns aus dem Staub machen."
Wir liefen durch hohe bunte Wiesen und waren bereits an der Stelle, wo der Hengstbach in die Ilm fließt. Von hier ist es nicht mehr weit bis in den Ort. Wir sahen schon die ersten Häuser.
„Also alles klar!", sagte Grändi. „Vor allem: keine Angst haben! Ihr müsst ganz sicher auftreten! Denk an deine Ameise, Franz!"
„Dass ich das grad heute gesehen habe!"
„Du meinst, wenn's am letzten Schultag gewesen wäre, wärst du Helmut mutiger begegnet!", frötzelte ich.
„Nee, Quatsch!" Es war Franz peinlich, auf seine übertriebene Ängstlichkeit angesprochen worden zu sein. „Übrigens ist der Helmut gar nicht so verkehrt."
„Haben wir auch schon gemerkt. Wie er sich entschuldigt hat – alle Achtung. Vielleicht hat er sich auch nie richtig wohlgefühlt, weil er so'n Einzelkämpfer ist und keine Freunde hat", meinte Grändi.
„Und 'nen Vater hat er auch nicht. Außer in den Ferien."

Wir waren in Hetschburg. Gleich am Anfang des Dorfes, bei jenem Platz an der Ilm, wo man einen alten Mühlstein auf einen Sockel als Tisch hingelegt hat mit ein paar Steinbänken drum herum, trafen wir einen Mann im mittleren Alter, den wir nach diesem Felix fragen wollten. Ein Bauer schien das nicht zu sein, mit dem Regenmantel, den er trug. Und auch sonst, das Gesicht. Etwas feiner, nicht so vom Wetter gebräunt. Vielleicht ein Lehrer oder der Bürgermeister, auf alle Fälle einer aus dem Dorf.

„Guten Tag!", sagte Grändi und trat an ihn heran.

„Verzeihung – äh, sind sie aus dem Dorf?"

„Das kann man wohl sagen!" Er schaute uns erstaunt an. Seine Stimme klang ziemlich dunkel und tief.

„Wir haben eine Frage... Wir drei ..."

„Na?"

„Wir suchen einen Mann, der hier wohnt."

„Und?"

„Er heißt Felix ..."

„Felix?" Der Mann lachte verschmitzt. „Felix? Und wie weiter?"

„Das, das wissen wir nicht, nur dass er Felix heißt und in Hetschburg wohnt."

„Und seinen Freund in Legefeld hat, den alten Borszwinski!" ergänzte ich.

„Ach, interessant, den Felix Krumbein sucht ihr!"

„Felix Krumbein heißt er?"

„Ja. Es gibt nur einen Felix hier, das ist der Felix Krumbein und der ist tatsächlich mit dem alten Borszwinski befreundet."

Wir waren überrascht. Das ging ja gut! Schon wussten wir seinen Namen.

„Und was wollt ihr von dem?"

„Wir wollen ihn besuchen!", sagte Franz.

„Na, da wird sich der Felix aber freuen, wenn er so jungen Besuch bekommt!"

Der Mann im Regenmantel schmunzelte immer noch.
„Woher wissen Sie das denn?"
„Weil ich Felix Krumbein sehr gut kenne! Das bin ich nämlich selber!"
Donnerschlag, das haute uns um. Nichts mit List oder so was, na, Gott sei Dank war es nicht der Rothaarige. Er konnte nicht ahnen, wer wir waren und was wir wollten.
„Also, wenn ihr zu mir wollt, denn würde ich sagen, gehen wir!"
Wir liefen etwa hundert Meter die Straße lang bis zu der alten Dorfkirche mit dem kleinen Turm, längst nicht so schön wie unsere. Ein paar Meter davor war sein Haus, ein steinaltes Fachwerkhaus mit interessanten, verzierten Balken, aber alles tüchtig verfallen. Durch einen kleinen Garten kamen wir ins Haus. Drinnen war alles sauber und ordentlich. Das Zimmer, in das er uns über eine Holztreppe führte, war nicht groß, aber gemütlich eingerichtet, richtig wohnlich. Ich hatte mir eine Verbrecherbude anders vorgestellt.
„So, hier wohnt euer gesuchter Felix Krumbein!", meinte er, ging zu einem Schrank und holte eine silberne Schale mit Gebäck hervor, die er uns vor die Nase stellte, auf den kleinen runden Tisch mit der gehäckelten Decke. Wir aßen natürlich nichts. Erstens isst man mit einem Verbrecher nicht gemeinsam, zweitens konnten die Kekse durchaus vergiftet sein und drittens waren sie alt.
„Und nun sagt mir erst einmal, mit wem ich die Ehre habe!", fragte Felix Krumbein und schob sich eine Waffel in den Mund. Vergiftet schienen sie also nicht zu sein – oder nur bestimmte.

Ich wollte schon meinen Namen sagen, aber da merkte ich an Grändis Gesicht, dass er einen bestimmten Gedanken verfolgte, und ich stieß Franz heimlich in die Seite.

„Das ist der Franz dort, der heißt Reiner Krause und ich bin der Helmut Kernbach."

Der Hausbesitzer musterte uns scharf und fragte Grändi zurück: „Wie heißt du?"

„Helmut ... Kernbuch."

„Ich denke: Kernbach!"

„Bach, natürlich. Kernbach." Hatte sich Grändi verraten? Merkte er etwa, dass die Namen nicht stimmten?

„Und warum sagst du nicht, dass du eigentlich Gerhard heißt? Gerhard Riese!"

Wir fielen aus allen Wolken, als er scharf und ärgerlich auch meinen Namen und den von Franz nannte.

„Sie ... sie ... woher wissen sie ...", stotterte ich ganz entgeistert.

Er sagte sehr bestimmt: „Man sollte immer bei der Wahrheit bleiben, vor allem, wenn es die eigene Person betrifft, erst recht in euerm Alter! Ich habe es nicht gern, wenn man mich belügt. Habt ihr verstanden? Ihr seid die Bande aus Legefeld, die vor Jahren die unterirdischen Gänge entdeckt hat. Eigentlich gehört noch ein vierter dazu, der Bernd Novak, doch der ist merkwürdigerweise verschwunden."

„Woher ... wissen Sie das alles?"

Auch Grändi war fassungslos, alle Pläne, die er sich zurecht gelegt hatte, waren nichts mehr wert.

„Man hört, was man hört. *So,* und nun erzählt mir, was ihr auf dem Herzen habt. Aber bleibt bitte bei der Wahrheit!"

Uns war ganz unheimlich zumute. Wir saßen einem Mann gegenüber, den wir nicht kannten, aber in dem wir einen Verbrecher vermuteten. Er aber kannte uns ganz genau und wusste von allen Vorgängen – wenigstens teilweise. Dass Beno inzwischen befreit war, schien ihm unbekannt.

„Hat es euch die Sprache verschlagen? Ihr esst nicht, ihr erzählt nicht, was wollt ihr eigentlich?"

Wir schwiegen noch immer, weil uns nichts Gescheites einfiel. Auch Grändi suchte nach einem geeigneten Gesprächsbeginn.

„Wollt ihr mir etwa von dem alten Borszwinski Grüße bestellen?"

Das war ein Stichwort!

„Richtig, wegen dem Alten kommen wir!", sagte Grändi erleichtert,

„Wieso?", fragte Felix, „ist ihm was passiert?" Das klang richtig angstvoll und besorgt. Wenn wir nicht gewusst hätten, dass er ein Verbrecher sein musste, wären wir ihm bei seinem sicheren Auftreten vielleicht auf den Leim gegangen.

„Ja, so kann man es sagen," setzte Grändi das Gespräch fort.

„Ist er etwa krank, ist ihm etwas zugestoßen?"

„Krank ist er nicht. Er ist im Gefängnis."

„Waaas?"

Felix war aufgesprungen und starrte uns ganz erschrocken an.

„Was ist mit ihm? Ich habe wohl nicht recht verstanden!"

„Sie haben den alten Borszwinski eingelocht!", sagte nun auch ich.

„Im Gefängnis? Nein!"

Felix schrie die Worte förmlich, ließ sich auf seinen Stuhl fallen und verkrallte seine Hände unter dem Sitz. Die Nachricht hatte ihn überrumpelt, er schwieg fassungslos, als habe ihn der Blitz getroffen. Kann man so Theater spielen? Wir schauten uns verstohlen an. Hätten wir das nicht sagen sollen? Musste er jetzt nicht schlussfolgern, dass wir in ihm auch einen Verbrecher sahen, wenn er mit dem Alten befreundet war?

Nach einer Weile des Nachdenkens, ganz langsam, wie gebrochen, sagte Krumbein: „Das kann doch nicht wahr sein, da muss ein Irrtum vorliegen. Alles kann ich glauben, aber nicht, dass Ludwig ein Verbrecher ist. Ein komischer Kauz, ja, das ist er, aber er tut keiner Fliege was zuleide."

Und er sah uns an, so bittend, so ungläubig, dass es uns verwirrte. Sollte ein Verbrecher so viel Herz, so viel Mitgefühl haben?

„Sie haben den Bernd Novak bei ihm gefunden!", sagte Grändi mit einer Stimme, die mir verriet, dass auch er unsicher geworden war. Und er beobachtete Krumbein scharf, während er das sagte.

„Was?" Wieder schrie er auf. „Das ist doch nicht möglich! Wann soll denn das geschehen sein?"

„Mittwoch vor zehn Tagen!"

„Mittwoch? Mittwoch – aber ... da war er ja bei mir, da hatte er seinen siebzigsten Geburtstag. Natürlich, er war hier und hat mir von allem erzählt, was bei euch los ist, dass der Bernd Novak verschwunden sei..."

„An dem Tag wurde er in seinem Haus gefunden. Auf dem Boden, in ´ner alten Holzkiste, verwundet und mit Fieber, dreckig, grausam gefesselt und sogar geknebelt. Ganz furchtbar zugerichtet war er und es hätte nicht viel gefehlt ..."

„Auf dem Boden! Er soll ihn auf dem Boden gefangen gehalten haben? Der Alte? Kennt ihr sein Haus, die klapprige Leiter? Nein, das ist Unsinn, das ist einfach unmöglich! Ludwig ist kein Verbrecher. Und mit Kindern schon gar nicht. Das könnt ihr mir glauben. Nie und nimmer. Was sollte das auch für einen Sinn haben! Und noch dazu an seinem siebzigsten Geburtstag!"

Felix hatte sehr laut gesprochen, war dabei aufgestanden und ans Fenster getreten. Er schaute hinaus.

„Jungs, ihr müsst schon entschuldigen, wenn ich laut geworden bin. Ich kann es einfach nicht glauben."

Er stützte sich aufs Fensterbrett, wir sahen ihn nur von hinten, die kräftige Gestalt, seine breiten Schultern.

„Da gibt es auch nichts zu glauben", setzte er nach einer Weile fort, „das stimmt einfach nicht. Ludwig ist kein Verbrecher."

„Aber sie haben Beno auf dem Boden gefunden", beharrte Grändi.

„Auf dem Boden! Ist das ein Beweis? Und wie soll er den Jungen da hochgeschafft haben? Der alte Mann? Wo nur ´ne einfache Leiter nach oben führt!"

Ich konnte mir nicht helfen. Wie Felix Krumbein den Alten verteidigte, das imponierte mir. Mir kam es immer unwahrscheinlicher vor, dass dieser Mann der von uns gesuchte Verbrecher sein sollte. Hatten wir uns geirrt? Hatte sich auch Schunzbach getäuscht, als er den Ludwig Borszwinski festnahm? Saß der Falsche im Gefängnis? War nicht denkbar, dass Beno auf irgendeine Weise dort hochgeschafft worden war, als der Alte nicht im Haus war? Wusste jemand, dass er, der sonst immer in der Stube saß, ausgerechnet an diesem Mittwoch, als Beno gefunden wurde, fortgehen würde? Gab es einen Zusammenhang zwischen dem Weggehen und der Auffindung Benos?
Die Fragen wurden immer mehr.
Felix kam wieder zu uns an den Tisch. Er schaute uns offen an mit einem Blick, der um unser Verständnis warb. In uns schmolzen alle Verdächtigungen dahin.
„Jungs, ihr müsst mir glauben. Ich bin euch nicht böse, wenn es noch Zeit braucht. Ich selbst blicke auch noch nicht richtig durch. Aber mir ist schon jetzt völlig klar, ich bin felsenfest davon überzeugt, dass Ludwig einem bösen Betrug zum Opfer gefallen ist. Es muss dem eigentlichen Verbrecher, der Beno gefangen hielt, an den Kragen gegangen sein, vielleicht war der Zustand des Jungen so bedrohlich, dass er Handlungsbedarf hatte. Er suchte sich ein Opfer, das für ihn ins Gefängnis ging. Wer wäre da besser geeignet als der kauzige, sonderbare Ludwig, der keinen Kontakt zu anderen hatte? Er wollte ihm das Verbrechen in die Schuhe schieben, ganz einfach. Vielleicht dachte er, wenn erst einer sitzt und der

Junge wieder da ist, hören die weiteren Untersuchungen von allein auf. – Aber Ludwig muss raus, wir müssen ihn aus dieser Lage befreien, bei seiner labilen Gesundheit und seinem Alter übersteht er die Gefangenschaft nicht! Wir müssen alles tun, um sein Leben zu retten ... Ich sage ‚wir'. Ich schaffe es alleine nicht, ich brauche eure Hilfe! Ihr steckt mitten in der Sache drin. Ihr müsst mir helfen! Wollt ihr?"
Wir sahen uns an.
„Es klingt sehr ehrlich, was Sie uns sagen", begann Grändi, „und irgendwie wissen wir nicht, was wir jetzt denken sollen. Der Alte – ich meine, Herr Borszwinski – sitzt im Gefängnis und die Polizei wird natürlich alles genau untersuchen. Wenn sie feststellt, dass er unschuldig ist, wird sie ihn auch wieder freilassen."
„Wenn es so einfach wäre! Wo kein Zweifel, ist auch keine Untersuchung. Die Beweise sprechen eindeutig gegen meinen Freund. Nur ich habe diesen scheußlichen Verdacht, was heißt Verdacht, die Gewißheit, dass er's nicht war. Wenn es mir nur gelänge, euch davon zu überzeugen, eure Mithilfe zu gewinnen ..."
„Warum gehen Sie nicht einfach zu Schunzbach, der die Sache untersucht und sagen ihm alles?", fragte Grändi.
„Weil ich keinen Beweis habe. Weil ich den erst finden muss. Und das braucht Zeit. Aber die haben wir nicht, wenn Ludwig am Leben ..."
„Ich helfe mit!", sagte unvermittelt Franz. Er war als Erster überzeugt, dass Felix die Wahrheit sprach und fühlte sich für die Rettung des Alten mitverantwortlich. Felix

dankte ihm mit einem so herzlichen Blick, der auch uns überzeugte.

„Na gut", sagte Grändi, „wir wollen Ihnen glauben. Eigentlich hatten wir ja gedacht ..."

„Dass auch ich ein Verbrecher sei!", las Felix unsere Gedanken.

„Nee, es ist uns schon klar, dass Sie keiner sind. So wie Sie sich für den alten Borszwinski einsetzen."

„Sagt mal, wie kamt ihr eigentlich an meinen Namen und wusstet, wo ich wohne?"

„Na, das haben sie von mir." Franz war etwas verlegen. „Mein Vater ist Briefträger, und der Alte – Herr Borszwinski – hat so selten Post, dass es auffällt ..."

„Aber ich hatte doch sicher keinen Absender draufgeschrieben, ist so eine Angewohnheit von mir."

„Aber einen Poststempel aus Hetschburg!"

„Aha! Gar nicht schlecht! Und der Name?"

Franz zögerte. „Na ... wenn man ... vielleicht lag der Brief vor der Tischlampe und der Name schien durch ... oder so. Mein Vater jedenfalls hatte ..."

„Wohl 'n bisschen neugierig dein Vater – für einen Briefträger!", sagte Felix etwas schmunzelnd, nicht beleidigend.

„Na ja, wegen der Suche nach Beno und allem, außerdem hatte ihn auch der Polizist beauftragt, wenn irgendwelche besonderen Dinge auftreten sollten ..."

„Und wie kam die Polizei eigentlich darauf, Bernd Novak – ich meine, Beno – auf dem Dachboden von Ludwig zu suchen?"

„Wieder durch 'nen Brief!", sagte ich. „Wir waren sogar dabei. Als wir nämlich bei unserm Dorfpolizisten, Herrn Schunzbach, waren, um zu erfahren, ob er schon was rausgefunden habe, brachte Franzens Vater plötzlich einen Brief von August Starkse ..."
„Von wem?", fragte Felix überrascht.
Na, Grändi musste erstmal von dem alten Fahrrad an der Eiche von Güntsches Ruh erzählen. Und er schloss: „Und in dem Brief stand, dass Beno am Abend beim alten Borszwinski abgeholt werden sollte – und an den war der Brief auch gerichtet."
„Ist ja merkwürdig. Sagt mal, woher war der Brief?"
„Keine Ahnung. August Starkse stand drauf."
„Auch kein Poststempel?"
„Nee, ich glaube nicht", bestätigte Franz.
„Erinnert euch bitte genau: stand in dem Brief: Wird HEUTE Abend abgeholt?", fragte Felix erregt.
„Wie meinen sie ..."
„Na, HEUTE, noch am gleichen Abend also?"
Felix war sehr gespannt auf unsere Antwort.
„Ja! Das stand eindeutig drin, haben wir selbst gesehen", bestätigte ich. „Warum fragen Sie das?"
„Weil ein Brief doch gewöhnlich länger als einen Tag braucht, zwei, drei, ganz unregelmäßig, es sei denn, er wäre im Dorf selbst eingesteckt worden, beziehungsweise, wenn er nicht mal abgestempelt war ... Es hat also nicht gestanden: Ich hole ihn Mittwochabend, sondern heute Abend ... Naja, ist auch vorerst egal. Auf alle Fälle war der Brief nur geschrieben, um Ludwig zu verdäch-

tigen und die Spur auf ihn zu lenken. Der Briefschreiber, sehr wahrscheinlich aus dem Dorf, kannte den Alten, und er wusste wohl auch, wie er den Jungen auf den Dachboden bringen konnte. Aber wie machte er es, ohne dass der Ludwig es bemerkte? Erst als er fort war? Das scheint mir unwahrscheinlich, die Zeit drängte, auch konnte er am hellichten Tag beobachtet werden. Bei Nacht ...?"
Mir kam ein Gedanke.
„Über die alte Linde? Über das Dach?"
„Richtig, die Dachluke! Aber nein, sie ist immer verschlossen."
„War sie nicht!", unterbrach Grändi. „Sie war an diesem Tag offen, denn wir sind über's Dach eingestiegen, um nach Beno zu suchen..."
„Was? Ihr seid eingestiegen? In ein fremdes Haus? Wißt ihr, was das ist?"
„Wir waren so gespannt, so aufgeregt, wir konnten einfach nicht abwarten, bis Beno befreit war ..." Und wir erzählten von diesem aufregenden Tag, von unserer Ungeduld, unseren Ungeschicklichkeiten und von allem, bis zur Verhaftung des Alten.
„Mir ist die Sache jetzt völlig klar", sagte Felix, „man hat mit Ludwig ein ganz böses Spiel getrieben. Egal, ob über die Dachluke oder erst am Nachmittag, Beno ist ohne Wissen meines Freundes dort hinaufgeschafft worden. Der oder die Täter spekulierten mit der Kraft der Tatsachen. Aber wer so etwas tut, muss mit einem Fehler rechnen! Wir müssen ihn finden, müssen nachdenken,

was Ludwigs Unschuld beweisen könnte! Die Briefe? Wenn wir nur wüssten, wer dieser August Starkse – hieß er so?" Wir nickten.

„Die Dachluke? Ihr sagt, sie war offen! Er hat vergessen, sie wieder zu schließen. Weil er es eilig hatte? ... Weil Nacht war und er es deshalb nicht bemerkte? ...Den Jungen bei Nacht den Baum hinauf, das gefesselte Bündel – das braucht mindestens zwei ..."

„Die sind es auch!" Wir erzählten von den unterirdischen Gängen und was wir dort erlebt hatten, auch von der zweiten, verschlossenen Höhle und der Vermutung, dass diese vielleicht das Schlupfloch der Verbrecherbande sei, weil alles Schlimme in unmittelbarer Nähe geschah. Als wir von dem Geheimplan erzählten, den wir dort gefunden hatten, stutzte Felix.

„Ein Geheimplan?"

„Von den unterirdischen Gängen, wo alles drauf war – nur leider an der wichtigsten Stelle abgerissen, da, wo der Gang verschüttet ist. Die anscheinend wichtigere Hälfte fehlt. Das haben wir gemerkt, als wir die Geheimschrift lösten."

„Beziehungsweise lösen wollten ...", sagte ich.

„Na, wir haben's doch ziemlich gut rausgekriegt!", beharrte Franz.

„Ist ja mächtig interessant. Ein Plan! In Geheimschrift! Und was soll darin gestanden haben?"

„Irgendwas von Geldersparnissen – aber es war sehr kompliziert, weil ein komisches Alphabet benutzt wurde, und so ganz sicher sind wir nicht, ob ..."

„Das ist ja prima!" Felix verblüffte uns.

„Wieso?"
„Weil vor euch ein Experte sitzt. Geheimschriften sind meine Leidenschaft! Es wäre nicht die erste, die ich gelöst habe!" Und er ging zu seinem Schrank, holte ein Buch hervor und zeigte es uns stolz – ‚Wie löse ich geheime Schriften?'"
„Das habe ich auch!", verkündete Franz, „das gleiche Buch habe ich auch!"
„So?" Felix schmunzelte. „Und weißt du auch, wer es geschrieben hat?"
Wir sahen nach dem Autor und waren überrascht. Oben über dem Titel stand in kleinen Buchstaben: Felix Krumbein.
„Das gibts doch nicht!", sprudelte Franz hervor. „Sie?"
„Ich denke, ihr glaubt mir nun, dass ich etwas davon verstehe. Ihr könnt mir bei Gelegenheit den Plan ja mal mitbringen! Ich versuche es gern – meinetwegen mit euch zusammen!"
„Au fein!" Franz war ganz Feuer und Flamme. Er hatte in Felix einen neuen Freund gefunden.
„Vielleicht wird uns durch die Lösung der Schrift klar, warum das alles bei euch geschehen ist, ob es da einen Zusammenhang gibt!"
„Das wäre toll", sagte Grändi, „und falls das nicht ausreicht, haben wir ja noch das Tagebuch!"
„Was für ein Tagebuch?"
„Das der Ermordete, bevor er starb, dem Helmut gab."
Wieder gab es zu erzählen. Wir hatten in den ersten Wochen der Ferien so viel erlebt, so viel Schreckliches, Abenteuerliches, dass wir es manchmal schon durchein-

ander brachten und nicht im Zusammenhang berichten konnten.

Felix war sehr still geworden. Er verfolgte ganz gespannt unsere Geschichte.

„Habt ihr das Buch etwa schon gelesen?"

„Nee, das geht nicht, da ist vorne die Bitte drin, ein Vermächtnis, erst zwölf Tage nach dem Tod des Eigentümers das Buch zu lesen. Daran halten wir uns!"

„Das steht drin?"

„Und das haben wir auch Schunzbach gesagt, der es als Beweismittel gleich haben wollte. Wegen der Beerdigung von dem ... Weil man immer noch nicht weiß, wer es ist. Niemand kennt ihn, und niemand vermißt irgendjemand."

„Schunzbach kennt das Buch also nicht?"

„Kann er gar nicht. Ich habe geflunkert und ihm gesagt, Helmut hätte es mit zu seinem Vater nach Eisenach genommen."

„Und wann sind die zwölf Tage um?" Felix war ziemlich aufgeregt.

„Heute ist Sonntag – in vier Tagen, am Donnerstag! So lange bleibt das Buch bei mir und niemand bekommt auch nur eine Zeile davon zu lesen!", warf sich Grändi in die Brust.

Felix war sehr nachdenklich geworden.

„Na, wenn er wirklich will ... Eisenach ist auch nicht aus der Welt", sagte unser neuer Freund sehr langsam. Und es sah aus, als ob ihn irgend etwas bedrückte.

## Was wirklich unter dem Plan stand

Ich hatte gut und fest geschlafen. Mein Traum endete damit, dass ich mit Helmut in den Gängen auf bequemen Polstersesseln saß, wie im Theater, und mit Interesse zusah, wie jemand Buchstaben aus der Wand kratzte. Und immer, wenn er einen Buchstaben herausnahm, der jedesmal glänzte, als wäre er aus purem Gold, gab die Wand einen hellen, metallernen, glasharten Klang von sich. Als der letzte Buchstabe schließlich raus war, ein goldenes ‚F', wachte ich auf. Da hörte ich das Geräusch noch einmal. Hell klang es an der Fensterscheibe. Warf da jemand mit Steinchen? Schon vernahm ich Grändis Stimme:
„Olf, hallo Olf, schnell aufwachen, es gibt Neuigkeiten."
Es klang sehr erregt.
Ich sprang zum Fenster und schaute hinaus.
„Na endlich, Olf, das hat aber gedauert!"
„Was issen los, wie kommts, dass du schon so zeitig auf bist?" Es war vielleicht nicht mehr ganz so früh, denn die Sonne stand schon ziemlich hoch. Ich hatte wirklich fest geschlafen!
„Es ist was passiert! Komm bitte schnell zu mir! Franz habe ich auch schon Bescheid gesagt."
Ich sprang in meine Hose, warf das Hemd über und knüpfte es beim Hinunterrennen zu. Als meine Mutter aus der Küche kam, rief sie: „Aber Christian, warum so schnell, wo willst du hin?"
„Grändi wartet draußen. Er hat 'ne wichtige Neuigkeit."

„Aber du musst doch erst frühstücken. Junge, vorher lasse ich dich nicht ..."

„Gleich, ich will nur eben ..." Damit war ich auch schon aus der Tür und stand vor Grändi.

„Hallo, guten Morgen!", begrüßte ich ihn und steckte das Hemd in die Hose. „Also, was gibt's?"

„Was ganz Schreckliches ist passiert! Denk dir, das Tagebuch von dem Ermordeten ist verschwunden."

„Das kann doch nicht wahr sein!", sagte ich entsetzt, „Du hattest es doch gestern noch!"

Wir liefen zu Grändis Haus.

„Natürlich war es noch da. Als ich schlafen ging, lag es auf meinem Nachttisch, das weiß ich genau. Und heute morgen, wie ich aufwache, ist es fort, spurlos verschwunden."

„Hast du deine Eltern gefragt, deinen Bruder?"

„Vater ist doch heute morgen zur Kur gefahren, ganz zeitig, mit dem ersten Zug, kurz nach sechs. Mutter und mein Bruder aber haben es nicht genommen."

Grändis Verzweiflung übertrug sich auf mich.

„Aber so was gibt's doch gar nicht. Ein Buch kann doch nicht einfach ... oder sollte etwa ...?"

Mir kam ein furchtbarer Verdacht.

„Grändi, du schläfst doch zu ebener Erde, hattest du etwa in der Nacht das Fenster auf?"

„Das Fenster? Habe ich immer offen! – Du meinst ...? Mensch Olf, wenn dein Verdacht stimmen sollte ..."

„Ist doch denkbar, dass es jemand geklaut hat, der August Starkse oder wer auch immer, denn wir vermuten ja

auch, dass wir durch das Tagebuch das Rätsel lösen können!"
„So ein Mist! Ausgerechnet jetzt! In drei Tagen hätten wir es lesen können! Wenn ich mir vorstelle, dass der Mörder in mein Zimmer gekommen ist, während ich schlief, wird mir schlecht!"
Am Gartentor stand Franz, der uns schon erwartete.
„Das Tagebuch ist weg!"
Mit wenigen Worten erzählte Grändi, was geschehen war.
„Dass es geklaut wurde, ist die eine Sache", sagte ich, „aber was machen wir jetzt mit Schunzbach? Er braucht es doch für die Ermittlungen!"
„Uns bleiben ja noch drei Tage. Vielleicht bekommen wir es bis dahin wieder." Aber Grändi glaubte wohl selbst nicht daran.
„Es hilft nichts, wir müssen zum Polizisten und es ihm sagen", meinte ausgerechnet Franz, der Ängstlichste von uns, „bevor noch mehr passiert."
„Meinste wirklich? Wolln wir nicht wenigstens noch 'n Tag ...".
„Nee, ich weiß nicht, besser, wir gehen gleich hin. Dann haben wir es hinter uns. Den Kopf abreißen kann er uns nicht, was können wir schon dafür."
„Na, dann los. Gehen wir!", meinte Grändi und schielte achtungsvoll zu Franz.
„Die Sache mit der Ameise hat dir wohl sehr zu denken gegeben ..."
„Man muss ja nicht gleich einen Elefanten draus machen!"

Schunzbach schien sehr überrascht, dass wir ihn so zeitig besuchen kamen. Er schob, als wir eintraten, sehr hastig ein paar Blätter auf seinem Schreibtisch zur Seite, vielleicht um irgendetwas zu verstecken? Aber wir hatten schon deutlich gesehen, was da vor ihm lag: das Tagebuch! Der Polizist hatte unsere erstaunten Blicke bemerkt.

„Hallo, Freunde. So früh am Morgen schon Besuch? Ihr kommt sicher wegen dem ...", und er legte das zerfledderte schwarze Heft wieder frei.

„War sehr anständig von dir, Gerhard, es mir in den Briefkasten zu werfen. Habe tatsächlich den Namen des Toten gefunden: Peter Müller. Habe schon in Weimar angerufen, damit die Formalitäten endlich erledigt werden können..."

„Was habe ich?", unterbrach ihn Grändi fassungslos.

„Vielleicht war es auch Christian – oder Franz? Ich weiß nicht, wer von euch das Buch hatte."

„Wir sollen Ihnen das Buch in den Briefkasten geworfen haben?", vergewisserte ich mich und war über mich selbst erstaunt, wie deutlich und mit welch spannendem Tonfall die Worte über meine Lippen kamen.

„Wer denn sonst? Das Buch lag heute früh im Kasten. Ich dachte, ihr wärt es gewesen."

Das war doch unglaublich! Grändi ereiferte sich: „Also, ich will es Ihnen ehrlich sagen, das Buch war nicht bei Helmut, sondern bei mir, von Anfang an. Gestern Abend lag es noch auf meinem Nachttisch und heute früh musste ich erschrocken feststellen, dass es mir in der Nacht geklaut worden ist!"

„Ach nein, das ist ja interessant! Das gibt ja ein völlig anderes Bild!" Schunzbach tat zumindest überrascht, vielleicht war er es wirklich.

„Ich dachte ..., aber wenn das so ist, ja dann ... Auf alle Fälle habe ich es heute Morgen im Briefkasten gefunden und es war gut so, denn nun wissen wir wenigstens seinen Namen. Ich hab natürlich nur die erste Seite aufgeschlagen, weil ich den Namen brauchte, alles andere darf man ja erst ..." Er dachte nach. „Donnerstag, denke ich?" Wir nickten. Er reichte Grändi das Heft zurück.

„Hier hast du es wieder – eigentlich müssten wir es ja nach Fingerabdrücken untersuchen, wenn du sagst, es sei dir geklaut worden, aber naja, ich will nicht päpstlicher sein als der Papst. Hier, bitte. Aber am Donnerstag will ich es dann lesen, Donnerstag bringt ihr es mir, verstanden?"

„Wer auch immer es mir geklaut hat, der weiß jetzt, was drin steht!" sagte Grändi.

„Ja, davon müssen wir ausgehen. Es ist ja ziemlich dünn, das Heft, da ist man sicher schnell durch. Wenn er es mir früh schon in den Briefkasten werfen konnte! Sicher, er kennt den Inhalt. Er weiß nun vermutlich auch – es könnte natürlich sein ... ich könnte mir auch vorstellen ... vielleicht wäre es doch gut, wenn ich es hierbehalte, um weitere Schritte ausschließen zu können..."

„Sie bekommen es am Donnerstag!", sagte Grändi mit Bestimmtheit und steckte es in sein Hemd. „Übrigens, Herr Schunzbach, wir haben gute Gründe zu glauben, dass Ludwig Borszwinski nicht der gesuchte Verbrecher ist!"

„Was? Wie kommt ihr denn darauf?"
„Wir haben auf Umwegen den Freund des Alten gefunden. Es ist der Felix Krumbein aus Hetschburg. Er hat es uns sehr verständlich gemacht."
„Felix Krumbein? So, so. Verständlich gemacht. Klar! Wenn er sein Freund ist! Nein, Jungs. Wir haben eindeutige Beweise für seine Schuld. Wo wurde denn der Bernd gefunden, bei wem?"
„Nur in seinem Haus. Der Alte selbst war nicht da!", sagte Franz,
„Und wie soll er da reingekommen sein? So ganz von allein? Ohne dass es jemand merkt?"
„Über die Dachluke! Wir wissen ja, dass es mehrere sind, die wir suchen. Sie haben unsern Beno über die alte Linde und die Dachluke auf den Boden geschafft!" Auch ich ereiferte mich.
„Kinderfantasien! Wohl zu viel Abenteuerbücher gelesen! Nein, nein, so einfach ist es nicht."
„Der Ludwig sitzt zu Unrecht im Gefängnis! Er ist 'n alter Mann, der wird das nicht überleben!", versuchte Franz noch einmal den Polizisten zu überzeugen.
„Er ist lediglich erst einmal in Untersuchungshaft, mehr nicht! So. Und alles andere wird untersucht. Wenn er wirklich unschuldig ist, wird man Beweise dafür finden und ihn freilassen."
„Und wenn es keine Beweise gibt?", fragte ich besorgt.
„Keine Beweise, natürlich gibt es Beweise! Für alles gibt es Beweise. Es gibt Recht und Unrecht. Und dazwischen nichts. Wenn er schuldig ist, wird er ins Gefängnis kommen, egal, wie alt er ist."

Wir versuchten es noch einmal.

„Man hat Beno in seinem Haus gefunden. Das ist richtig. Aber es gibt Möglichkeiten, ihn dorthin zu schaffen, ohne dass es der Alte merkt. Er ist ein komischer Kauz, sicher, aber er ist kein Verbrecher. Da wollte ihn jemand ..."

„Und die Briefe?", unterbrach Schunzbach. „Sprechen die nicht eine ganz eindeutige Sprache?"

„Der Felix sagt ...", wollte Franz anfangen, aber der Polizist wurde jetzt langsam ungeduldig.

„Der Felix ... immer wieder der Felix, überhaupt, warum setzt sich der Mensch so für den Alten ein, und alles hintenrum, nicht über mich. Das macht ihn mir verdächtig. Man müsste ... wie hieß er gleich? Felix Krumbein? Aus Hetschburg! Na, das lässt sich ja finden."

Wir merkten, dass wir nicht weiterkamen, deshalb verabschiedeten wir uns schnell, bevor ihm noch andere blöde Gedanken kamen.

„Ich schaff das Tagebuch wieder auf mein Zimmer und am Nachmittag machen wir uns auf den Weg zu Felix!", sagte Grändi ärgerlich.

„Da können wir gleich den Geheimplan mitnehmen! Mal sehen, was er rauskriegt!"

Das war natürlich Franz.

„Ich hab 'n komisches Gefühl!", sagte ich. „Mir gefällt das irgendwie nicht. Ich kann nicht verstehen, dass einer erst das Tagebuch klaut, es dann liest, vielleicht sich selbst darin beschrieben findet und es dann dem Polizisten quasi auf den Schreibtisch legt, wo der die Untersuchung führt. Das passt doch nicht zusammen!"

„Eben. Das finde ich auch merkwürdig."

Wir hatten uns ereifert und gar nicht bemerkt, dass vor dem Anschlagbrett am Dorfteich 'ne Menge Menschen herumstanden. Anscheinend gab es etwas sehr Interessantes zu lesen! Wir stellten uns dazu, denn wir waren natürlich auch neugierig. Wir konnten aber erst nichts sehen, weil 'n paar Frauen sich davorgestellt hatten und uns mit ihren dicken Hintern nicht ranließen. Sie schnatterten und schnatterten und dachten nicht daran wegzugehen. Endlich kamen wir näher heran und sahen den grünen Zettel, so groß wie eine Heftseite, auf dem stand:

**Steckbrief!**
**An alle Einwohner von Legefeld!**
Seit dem Wochenende wird von der Polizei ein Raubmörder gesucht, der aus dem Bautzener Gefängnis entflohen ist.
**Erkennungszeichen:**
Er trug zuletzt einen grauen, etwas altmodischen Anzug, ein blaues Hemd und einen dunklen Schlips. Die gesuchte Person ist etwa 1,85 m groß, schlank und hat ein schmales, blasses Gesicht. Sie trägt eine dunkle Hornbrille. Haarfarbe: dunkelbraun. Achtung, er ist bewaffnet! Alle Bürger, die Angaben über der Aufenthalt oder die gesuchte Person machen können, werden hiermit aufgefordert, diese unverzüglich beim zuständigen Polizeibüro zu melden.
**gez. Schunzbach,**
**Dorfpolizist**

So stand es schwarz auf dem grünen Zettel. Uns lief eine Gänsehaut über den Rücken. Auch das noch! Ein Raubmörder! Hier in unserer Gegend!
„Ist ja nicht zu fassen!" sagte Grändi und war plötzlich ganz erschrocken: „Hilfe, wenn der heute Nacht in meinem Zimmer war und das Tagebuch geklaut hat!"
Bei dem bloßen Gedanken zog sich der Magen zusammen. Ich wollte ihn trösten:
„Na, dann wäre es aber nicht so schlimm, weil er mit dem Fall nichts zu tun hat."
„Weiß man's?"
Franz war ebenso verängstigt.
„Und da wollen wir zu Felix? Durch den Wald?"
„Wir können ja mit den Rädern fahren! Da ist zwar der blöde Berg, aber immer noch besser als zu Fuß."
„Okay." Damit war ich einverstanden. „Also, bis nach dem Mittagessen!"
„Und vergiß nicht den Geheimplan für Felix!", setzte Franz hinzu.

Als wir zwei Stunden später unsere Räder den Berg zur Rauschenburg hoch schoben, sagte Grändi unvermittelt: „Seit gestern lässt mir ein Gedanke keine Ruhe. Der Brief von August Starkse. Weil der wusste, dass der alte Borszwinski den am gleichen Tag hat. Der kann nur aus unserem ..."
„Bei uns im Dorf gibt es doch den August Starkse nicht, weißte doch selbst!", entgegnete ich.
„Aber es kann den gesuchten Verbrecher bei uns im Dorf geben."

„Vielleicht nennt er sich anders?", überlegte Franz. „Vielleicht ist es jemand, den wir gut kennen?"
Dieser Gedanke war ungeheuerlich. Er erschrak uns. Und doch ging wohl jeder die Stinkstiefel durch, die es bei uns gab.
„Beim alten Borszwinski hatten wir es gedacht, der wäre so einer gewesen, der in Frage käme", meinte Grändi.
„Der war's aber nicht. Und der alte Bauer Nolte?"
„Der blöde?" Franz überlegte auch. „Nee. Er ist zwar zu allen grob und poltert gleich los, aber so was ..."
„Es kann ja auch 'ne Frau sein!" sagte Grändi, „die sich mit einem Männernamen tarnt. Die alte Meiern ..."
Es ist erstaunlich, wenn erst einmal so ein Gedanke da ist, was man dann alles durchspielt. Und plötzlich ergeben sich bei dem einen oder anderen auch tatsächlich verdächtige Sachverhalte. Es ist eigentlich schlimm.
„Wer unbedingt in Frage kommt, ist natürlich Montag!", sagte ich.
„Wegen seiner beleidigenden Sprüche?", fragte Grändi.
„Na, da hat er wirklich was drauf," sagte auch Franz, „blödes Rindvieh, faule Sau, dumme Kartoffel ..."
Ich ergänzte: „Setz dich auf deinen Dätz und penne ruhig weiter. Du olle Trantüte ... oder, das geht wohl nicht in deinen ..."' Plötzlich stutzte ich.
„Mensch Grändi! Holzkopf! Ist das nicht Montags Rede? Das geht wohl nicht in deinen Holzkopf rein?! Das Wort, das uns seit Tagen verfolgt!"
Wir waren baff. Sollte wirklich unser Deutschlehrer etwas mit der Geschichte zu tun haben? War etwa er der August Starkse? Wir schwangen uns auf die Sättel, denn

nun ging es bergab bis nach Hetschburg, einen steinigen Weg zwar, der die Kiesel vom Rad springen ließ, aber in der Sommersonne und nach dem Schieben eine wohlige Erholung.
Felix freute sich, als wir bei ihm eintrafen.
„Meine neuen Freunde! Das find ich ja prima, dass ihr mich heute schon wieder besuchen kommt. Neuigkeiten?"
„Mehrere", sagte Grändi. „Als erstes wurde mein Tagebuch gestohlen."
„Das Tagebuch von dem Ermordeten?"
„Richtig. Aus meinem Zimmer. In der Nacht."
„Wir wissen auch schon, von wem!", setzte Franz hinzu.
„Von 'nem Raubmörder!"
Und wir erzählten von dem Steckbrief, den Schunzbach im Dorf angeschlagen hatte, und von unserer morgendlichen Begegnung mit dem Polizisten. Als wir berichteten, dass wir dort das Tagebuch wiedersahen, wurde Felix munter.
„So'n Blödsinn, im Briefkasten gefunden! Das hat Schunzbach wirklich gesagt?"
Wir nickten zustimmend.
„Er macht sich ja lächerlich! Wer wirft ein so wichtiges Beweisstück jemandem – egal wem – in den Briefkasten! Einfach unglaublich!"
„Schunzbach hat uns versichert, dass es so war!", meinte Franz.
Felix verzog das Gesicht. Ich wusste nicht, wie ich das deuten sollte.
„Na, erzählt erstmal weiter."

Wir schilderten unsere Versuche, den Dorfpolizisten von der Unschuld des alten Borszwinski zu überzeugen.
„Was?", fragte Felix ganz entsetzt. „Das habt ihr ihm auch gesagt? Und auch von mir?"
„Durften wir das etwa nicht?", fragte Grändi unsicher.
„Was ihr da erzählt, beunruhigt mich. Wie sich euer Polizist augenblicklich verhält – übrigens auch früher schon, wie mir aufgefallen ist, das macht mich doch sehr nachdenklich. Ich weiß nicht, vielleicht täusche ich mich auch. Hoffentlich."
„Geht er die Sache zu gemütlich an, meinen Sie?", fragte Grändi. Felix schaute uns nicht an, er sprach in Gedanken.
„Alle Fäden laufen bei ihm zusammen ..."
„Und?"
„Ich kann mir nicht helfen. Ich werd den Verdacht nicht los, dass der Polizist etwas mit der Sache zu tun hat!"
„Wie – was?" Das haute uns um. Wir starrten mit offenem Mund auf Felix, der in seinem grünen Sessel saß und mit den Fingern nervös an den Fransen spielte. Er grübelte. Unsere Spannung stieg.
Dann holte er tief Luft und teilte uns seine Vermutungen mit.
„Ihr sagt, er habe das Buch im Briefkasten gefunden. Das glaube ich nicht. Ich vermute, im Tagebuch werden die wirklichen Täter genannt. Solch ein wichtiges Beweismittel findet man nicht zufällig – und gibt es gleich wieder zurück. Überhaupt, wer wusste von dem Tagebuch?"
„Wir und Helmut. Und natürlich unsere Eltern. Und Sie und eben Schunzbach."

„Ihr scheidet aus, Helmut ist fort, eure Eltern hatten es nicht und von mir glaubt ihr hoffentlich auch, dass ich es nicht bei euch gestohlen habe. Schunzbach hatte es, es lag auf seinem Schreibtisch. Und er war erschrocken, als ihr so plötzlich eintratet. Seid ihr sicher, dass ihr es auch zurückbekommen hättet, wenn ihr später gekommen wärt und ihn nicht bei der Lektüre überrascht hättet? Wie gesagt, es ist nur ein Verdacht, aber er scheint mir sehr verständlich. Gerade auch, weil er so auf die Schuld von Ludwig pocht. Und weil er euch immer wieder verbietet, zu den unterirdischen Gängen zu gehen, überhaupt, dass ihr euch gänzlich aus den Ermittlungen heraushalten sollt. Nein – es wird mir immer klarer: Schunzbach hat nicht nur mit der Sache zu tun. Er ist der gesuchte Verbrecher, der den Brief schrieb, den alten Kauz damit verdächtigte und Beno mit einem Komplizen auf den Dachboden schaffte. Vielleicht ist Schunzbach der August Starkse."

Felix hatte sehr langsam gesprochen, aber seine leisen Worte hatten eine ungeheure Wirkung auf uns.

„Unser Dorfpolizist ein Verbrecher! Und wir haben ihm die Dinge auch noch in die Hand gespielt: den Plan, das Buch ..." Grändi war platt.

„Das Buch hat er, denke ich, selbst geholt. Nur – ihr habt ihn erst darauf aufmerksam gemacht!"

„Ich weiß nicht, so richtig glaube ich es nicht!", sagte Franz skeptisch. „Er ist doch eigentlich immer sehr anständig zu uns gewesen und hat sich um Hilfe für Beno bemüht. Auch durch Kollegen aus der Stadt ..."

„Wißt ihr das?" fragte Felix scharf.

„Er hat es uns ...", hier stutzte Franz, „er hat es uns gesagt."
„Er hat viel gesagt. Und wir wissen nicht, was die Wahrheit ist. Ich bitte euch auch, Jungs, vergesst nicht, es ist nur ein Verdacht! Ich denke aber, dass ihr im Umgang mit ihm vorsichtiger sein solltet. Am besten, wir sprechen gemeinsam über die Dinge, die ihr mit ihm zu klären habt."
Wir gingen in der Annahme, Schunzbach wäre August Starkse, in Gedanken die Ereignisse der letzten Wochen noch einmal durch und waren verblüfft, dass viele Dinge plötzlich einen Sinn ergaben und verständlich wurden. Dennoch warnte uns Felix: „Ich betone noch einmal, es kann auch alles ganz anders sein! Lasst euch durch meinen Verdacht bitte nicht einengen! Das ist nämlich immer die Gefahr. Ein bestimmter Gedanke lähmt alle anderen. Und ihr werdet merken, wenn ich einen Verdacht bestätigt haben will, finde ich auch die erforderlichen Beweise."
Da hatte Felix Recht, wenn ich nur an unseren Deutschlehrer dachte ...
„Doch genug damit. Ich habe meine Gedanken gesagt. Ich würde mich freuen, wenn sie sich nicht bewahrheiteten. Ihr aber werdet vorsichtig sein! Und jetzt lasst uns endlich was Vernünftiges machen. Ihr habt den Plan mit?"
Richtig, deshalb waren wir ja nach Hetschburg gefahren. Felix machte sich an die Arbeit und erteilte uns in der nächsten Stunde eine atemberaubende Lektion, wie man Geheimschriften löst.

„Es ist nicht das Original!", betonte Grändi, „das hat der Polizist. Ich habe es aber sehr genau mit Butterbrotpapier abgemalt."

„Hoffentlich! Bei so was kommt es mitunter auf die kleinste Veränderung eines Striches oder eines Zeichens an! Aber ich will glauben, dass du saubere Arbeit geleistet hast. – Donnerwetter! Das letzte Wort heißt HOLZKOPF!"

„Hm," sagte Franz etwas enttäuscht, „das haben wir auch gleich rausbekommen."

„Das meine ich nicht, es ist etwas anderes, dass mich stutzen lässt. Mein Freund, Ludwig, hat seit Urzeiten ein Erkennungswort, eben dieses: HOLZKOPF. Und nun steht es hier auf dem Plan. Sollte das Zufall sein? Hat Ludwig gar etwas damit zu tun?"

„Doch?"

„Nein, nein, mit diesem Plan!"

„Und das eingemeißelte HOLZKOPF im Gang?", fragte ich.

Davon hatten wir noch gar nicht gesprochen.

„Merkwürdig. Rätselhaft. Die Geschichte ist voller Fragen! Doch zurück! Hier steht ein Plus-, da ein Minuszeichen. Und HOLZKOPF steht verkehrt herum. Um es zu erschweren? Könnte sein. Kann aber auch bedeuten, dass wir alle Buchstaben verkehrtherum lesen müssen. Oder „Holzkopf" soll einfach nur verwirren – das gibt es auch. Wichtig sind das Plus und Minus. Dürfen wir nicht übersehen."

„Das Minus und Plus haben wir gar nicht beachtet!", sagte Franz.

„So? Das ist schlecht! Jedes Zeichen ist wichtig, sogar die Lage eines i-Punktes kann von Bedeutung sein. Eine kleine Feststellung löst oft das ganze Problem. So, jetzt wollen wir mal an den oberen Salat gehen. Ah, hier entdecke ich wieder etwas Merkwürdiges. Was sind das für Zeichen? Punkte – Striche – Dreiecke, dann nur noch Buchstaben und Zahlen."

„Es sind 12 verschiedene Buchstaben, davon acht Konsonanten, genau soviel wie bei HOLZKOPF, da könnte also ein mathematisches Prinzip drin stecken!", sagte Franz.

„Siebentes Kapitel! Du hast mein Buch gut gelesen, Franz! Doch mir scheint, die Buchstaben haben hier das Sagen, vielleicht ein anderes Alphabet ..."

„Das haben wir auch schon probiert!" Grändi holte den Zettel hervor und gab ihn Felix zu lesen. Der schüttelte aber mit dem Kopf.

„Nimm Eure Geld – Ersparnisse ... bis kamen sie rosige ... Ihr seid mir schon welche! Da war der Wunsch wohl der Vater des Gedankens! Nein, wenn es so einfach wäre! Bei einer Geheimschrift wird nichts dem Zufall überlassen, alles ist verschlüsselt, jeder Buchstabe... Die Zeichen. Wie stehen die da. So regelmäßig, in fast gleichen Abständen, als wollten sie etwas deutlich machen, von einander abtrennen, es sind Trennungszeichen!"

„Da hätte man aber immer das gleiche Zeichen nehmen können!"

„Das wäre zu leicht! Dann hätte man die Schrift bald heraus. Ich kann mich irren, aber oft sind gerade solche Zeichenungereimtheiten nur dazu da, um die Lösung zu erschweren. Wenn ich euer Ergebnis sehe – mit Erfolg! Doch zu den Buchstaben." „Wie auch wir, notierte Felix alles auf einem Zettel, setzte runde und eckige Klammern, unterstrich, rahmte ein, strich wieder durch.

„Da haben wir zuerst ein S. Könnte natürlich auch ein anderer Buchstabe sein. Doch lassen wir erstmal das S. Jetzt zu den Zahlen. Die einfachste Erklärung wäre, wenn die Stellung im Alphabet bezeichnet wäre."
„Das haben wir gemacht. Es ergibt keinen Sinn. Die Zungenzerbrecher sind bestimmt auch nicht in einer anderen Sprache zu verstehen."
Grändi zeigte die Reihenfolge der Buchstaben. Doch Felix beachtete es kaum.

„Ich ignoriere erst einmal die Zeichen. Der zweite Buchstabe wäre also ein ... C. Sieht gut aus. Dann müsste der nächste ein H sein. Gleich mal sehen. Nein, stimmt nicht ... 2, ... das wäre ein B."
„Und dann kämen J – A – B – O", ergänzte ich nach einem Blick auf Grändis Zettel.
„SEBJABO, das ergibt keinen Sinn, auch nicht, wenn man es rückwärts liest ... Doch halt! Da haben wir ja das Plus und Minus vergessen! Vielleicht steht zwischen den Zeichen statt einer Silbe jeweils nur ein Buchstabe! Und die Zahl könnte bedeuten, dass man etwas ab- oder dazuzählen muss. Versteht ihr? Ich denke, das könnte gemeint sein. Auf der linken Seite steht ein Plus. Wenn also links von einem Buchstaben eine Zahl steht, muss zur Zahl des Buchstabens soviel zugezählt werden."
Wir waren sehr gespannt. Auf diese Idee waren wir nicht gekommen, weil wir Plus und Minus nicht beachtet hatten.
„Also, probieren wir das aus. Hoffen wir, dass das normale Alphabet benutzt wurde. Aber wenn nicht, werden wir auch zu einem Ergebnis kommen. Zuerst also wieder das S, dann ein C ..."
Wieder füllte sich sein Zettel mit einer Reihe stolzer Buchstaben: S C L A Q (T)    Q (T) FVARBORC
„Na, das sieht schon viel besser aus, ohne Zweifel, allerdings noch nicht gut ... Und rückwärts? – Nein, nicht zu verstehen. Also, ich muss schon sagen, diese Schrift hat es in sich."
„Einleitung. Als oberstes Gebot ist beim Lösen von Geheimschriften Geduld zu wahren ..."

Franz gab die Anspielung von vorhin zurück.

„Junge, Junge, du hast deinen ‚Krumbein' aber gut gelernt! Kompliment!"

Wir dachten natürlich alle in Gedanken mit und spielten mit Felix's Lösungsvorschlägen. Mir fiel dabei etwas auf.

„Felix, das HOLZKOPF steht doch verkehrt herum! Also sind auch das Plus- und Minuszeichen vertauscht! Du hast uns aufmerksam gemacht, auf jede Kleinigkeit zu achten, vielleicht hilft uns das weiter?"

„Mensch Christian! Du bist ein Schatz! Natürlich! Dass ich das übersehen habe! Dann kann ja gar kein richtiges Ergebnis herauskommen, wenn das Prinzip stimmt. Also genau andersherum. Wenn also links neben dem Buchstaben eine Zahl steht, bedeutet das, diese Zahl nicht dazu-, sondern abzählen. -Ein Problem wird nur die 2 0 hier oben, entweder ist es zwei O oder zwanzig – oder aber nur 2 - Trennungszeichen. Na, wir werden sehen."

Wieder erschien eine neue Reihenfolge, und wir merkten sofort, dass wir der Lösung dicht auf der Spur waren.

„Donnerwetter, wir haben es!" Felix jubelte und ich fühlte mich gewaltig stolz. „Da ist ja das H, das ich gesucht habe! S C H A und nun das Problemkind: O minus 2 M, SCHAM. Könnte gehen.

Aber wer sollte sich schämen? Außerdem folgt ein M. Und der andere Fall? T – dann wieder T, warum nicht ..."

Das Ergebnis sah recht gut aus:

SCHATTFVERBORG

„Na, ist das nicht was? Verborg – das heißt bestimmt verborgen, denn da fehlt ein Stück. Bloß vorn stimmt etwas noch nicht ..."

Grändi fiel plötzlich eine Besonderheit auf.
„Halt, seht mal diese „Zwei" und die anderen. Diese haben unten runde Bögen und die eine hat einen geraden Strich – ein Strich! Ob das was mit dem senkrechten Strich zu tun hat?"
„Also ein Trennungszeichen? Die Idee ist auf jeden Fall gut. Das würde bedeuten, dass zwei Zahlen hintereinander stehen. Warum nicht?"
Was wir jetzt herausbekamen, ließ unsere Herzen höher schlagen. Wir hätten vor Freude aufspringen mögen.
„Wir haben es, wir haben es!", riefen wir durcheinander, dann gemeinsam im Chor: „Schatz verborgen!"
„Ein Schatz, ein richtiger Schatz, das ist verrückt!", rief Grändi begeistert.
„Noch verrückter ist, was ich euch zu sagen habe." Felix war sehr erregt. „Ludwig hat mir oft von einem Schatz erzählt, den ein Vorfahre von ihm irgendwo versteckt haben sollte, und Generationen haben danach gesucht. Ich hielt es bisher für Fantasie. Und auch das Kennwort HOLZKOPF benutzte er oft. Sollten die ganzen Verbrechen mit Beno und was danach alles geschah nur erfolgt sein, weil ihr rein zufällig in eine Schatzsuche hineingeplatzt seid?"
Felix wurde plötzlich still.
„Wenn es so wäre, wäre das sehr gefährlich für euch."
Und wieder nach 'ner Weile, nachdem wir ihn erwartungsvoll angeschaut hatten: „Es wird Zeit, dass ich euch etwas anvertraue. Ich hoffe, dass ihr damit umgehen könnt und es für euch behaltet. Ich sagte euch, dass der

alte Borszwinski mein Freund ist. Aber er ist noch mehr – er ist mein Onkel!"

„Was? Ihr seid verwandt? Aber das ist doch nicht so etwas Geheimnisvolles, dass man darüber schweigen muss!", wunderte ich mich.

„Dann will ich noch weiter ausholen. Kennt ihr die Geschichte vom alten Güntsch?"

„Klar kennen wir die, schließlich heißt unser Gebiet ja auch Güntsches Ruh!"

„Richtig. Dieser Geizkragen hatte einen Neffen ... und dieser Neffe war der Großvater von Ludwig Borszwinski."

„Wie, habe ich recht gehört, der alte Borszwinski ist der Enkel des Neffen vom alten Güntsch?"

„Und der Ur-Großneffe von Forstmeister Johann Friedrich Güntsch, dem Geizkragen, 1808 geboren, hat er miterlebt, wie der Geheimrat Goethe auf Güntsches Ruh drei Eichen pflanzte. 1862 wurde er bei jener alten Eiche vom Blitz erschlagen. Dessen Schwester, Anna Katharina verheiratete Müller ist Ludwig Borszwinskis Urgroßmutter."

„Donnerkeil!", rutschte es Franz heraus. „Und ich dachte, das wäre nur eine Sage. Also stimmt das mit dem Schatz ..."

Grändi hatte einen anderen Gedanken.

„Wenn Sie mit dem alten Borszwinski verwandt sind, dann sind Sie's ja auch mit dem alten Güntsch!"

„Ja." Felix hatte die Augen geschlossen und ganz leise gesprochen.

„Und Helmut?", fragte ich.

„Ihr wisst, dass die Familien keinen Kontakt haben. Freilich, verwandt sind wir. Ich bin sein Großcousin. – Es gäbe da noch ... doch nein, das erzähle ich euch vielleicht ein anderes Mal. Seid mir nicht böse, wenn ich euch jetzt nach Hause schicke. Das hat mich doch ein wenig überrumpelt, das mit dem Schatz, nach dem schon Generationen suchen und von dem ich wirklich glaubte, dass er in Wahrheit gar nicht existiert ... Also, bis zum nächsten Mal!"
Wir gingen sehr nachdenklich die Treppe hinab, griffen unsere Räder, die an der Mauer lehnten, und fuhren los.
„Das hat mich ja umgehauen!", sagte Grändi beim Fahren.
„Ich frage mich wirklich, was da noch alles rauskommt!", fügte ich hinzu.
Und Franz, der als letzter fuhr, meinte: „Und es ist doch gut, wenn man Geheimschriften lösen kann! Auch wenn das Ergebnis neue Rätsel aufgibt!"
Gleich hinter dem Ort, nachdem wir die Bahnschienen überquert hatten, ging es den steinigen Weg bergauf. Wir hoben uns aus den Sätteln und legten unsere Ehre rein, den gewaltigen Anstieg zu bewältigen. Auf halber Höhe fuhr Grändi rechts ran und schwang sich vom Rad.
„Muss mal pinkeln." Wir leisteten ihm Gesellschaft. Rechts von uns war ein kleines Wäldchen. Wir waren wohl noch in Gedanken, so dass wir das leichte Knacken im Unterholz nicht gehört hatten. Doch dann vernahmen wir deutlich Schritte. Wie versteinert sahen wir kaum achzig Meter entfernt einen langen Kerl laufen. Er trug einen altmodischen grauen Anzug und ein blaues Hemd.

Die Farbe der Krawatte konnten wir nicht genau erkennen, wohl aber das hagere, bleiche Gesicht mit der Hornbrille, und die Haarfarbe war – braun! Der Raubmörder! Er lief durch den Wald und - blickte zu uns, hatte uns offensichtlich entdeckt, die wir wie angewurzelt am Wegrand standen und unsere Hosen zuknöpften.
„Nichts wie weg!"
Grändis Ruf riss uns aus der Erstarrung. Wir sprangen auf, traten mit aller Gewalt in die Pedale, dass die Kette knackte und der Schweiß aus allen Poren trat. Wir mussten hinauf, unten wären wir ihm in die Arme gefahren. Wir fuhren wie die Teufel den steilen, steinigen Weg bergauf, in einem Tempo, das wir nie wieder erreichen würden. Wir fühlten den Raubmörder hinter uns, wie er den Weg hinaufrannte, näher und näher kam. Die Angst verlieh uns letzte Kräfte.
Als wir endlich auf der Höhe waren und uns kraftlos umblickten, war kein Mensch zu sehen.

**Ein weiterer Unbekannter tritt auf**

Wir hatten uns für den nächsten Tag halb zehn Uhr verabredet. Gewöhnlich hätten wir uns bei der alten Eiche getroffen, aber der Sinn stand uns im Augenblick nicht danach, dort herumzustromern. Schon wegen des Raubmörders wollten wir lieber im Dorf bleiben. Am anderen Ende hatten wir noch eine lauschige Ecke, wo wir uns manchmal trafen. Genau entgegengesetzt von Ludwig Borszwinskis Haus, in Richtung Weimar, steht die alte, heruntergekommene Scheune von Bauer Nolte. Sie ist ein idealer Spielplatz und der verwilderte Garten lädt ein, sich auf die faule Haut zu legen.
Franz holte mich ab.
„Wir können eigentlich gleich durch den Friedhof gehen, das ist kürzer."
Wir wuchteten also das große eiserne Tor in der Friedhofsmauer auf, drückten uns rechts an der Kirche vorbei und ließen unsere Blicke über die Grabsteine schweifen.
„Die olle Familie Weizenberg hat ja wirklich schöne Grabsteine gehabt!"
Im älteren Teil des Friedhofs, gleich hinter der Kirche, an einem hervorgehobenen Platz standen an der Mauer besonders prächtige Grabmale, deren verschlungene Schriften sich von den anderen Grabsteinen abhoben.
„Die sind alle vom Rittergut Holzdorf. War das nicht die Pächterfamilie?" meinte Franz.
Und ich las: „Juwelier Wilhelm Weizenberg. 31. Juli 1866 bis l. November 1915. – Der ist auch nicht gerade alt geworden."

Das ehemalige Rittergut Holzdorf des Gutsbesitzers Otto Krebs gehört mit zu unserem Dorf, es liegt nur etwa zwei Kilometer entfernt an einem hübschen Platz, außer den ehemaligen Gutsgebäuden steht noch 'ne Handvoll Häuser drum herum.
„Hat sich wohl auch als was Besonderes gefühlt, der alte Krebs mit seiner ganzen Sippschaft. Seine Knechte und Tagelöhner werden nichts zu lachen gehabt haben!", meinte Franz. „Wir haben ja in Heimatkunde drüber gesprochen."
Wir hatten den Friedhof am kleinen Hinterausgang verlassen und lagen fünf Minuten später im hohen Gras von Bauer Nolte, einen frischen Kornapfel in der Hand.
„Wie spät isses?" Franz brauchte nicht zu antworten, denn von ferne schlug die Kirchturmuhr die halbe Stunde.
„Grändi lässt sich aber Zeit! Ist doch sonst der Erste!"
„Wird schon gleich kommen", beschwichtigte Franz.
Wir hatten es uns gemütlich gemacht, die Beine ausgestreckt und blickten in den nur leicht bewölkten Himmel.
„Endlich wieder schönes Wetter, die letzte Woche war ja schrecklich!"
„Hm. Auch was wir alles schon erlebt haben, war ziemlich schrecklich", sagte ich. „Du hast ja zum Glück nicht alles mitgekriegt!"
„Na, meine Platzwunde und die dollen Kopfschmerzen, das war auch nicht gerade angenehm."
Wir warteten immer noch auf Grändi. Die Turmuhr schlug zehn.
„Das gibt es doch nicht. Da muss was dazwischen gekommen sein!"

„Vielleicht hat er verschlafen."
Die Gräser kitzelten uns die Nase, um uns brummten die Hummeln und manchmal hörten wir das Grillengezirpe. Richtig Sommer. Aber ich hatte in mir eine Unruhe, weil Grändi nicht kam.
„Soll ich mal nachsehen, wo er bleibt, Franz?"
„Nee, Geduld - er wird schon kommen."
Es war elf. Ich stand auf.
„Das kann nicht wahr sein. Wenn da man nichts passiert ist! Ich gehe zu ihm nach Hause."
„Womöglich hat er sich allein auf Schatzsuche gemacht?"
„Grändi? Nie und nimmer. Er würde nicht ohne uns gehen!"
„Na gut, dann lasst uns nachsehen, warum er nicht kommt."
Auch Franz war aufgestanden und wir wollten gerade los, als Grändi endlich angestürmt kam.
„Mensch Olf, Franz, ihr glaubt es nicht!", rief er uns schon von weitem zu. „Schunzbach war bei uns!"
„Schunzbach? In euerm Haus? Du hast einen Verbrecher in eure Wohnung gelassen?"
„Das mit dem Verbrecher könnt ihr euch abschminken. Wenn es einen bei uns im Dorf gibt, der nicht infrage kommt, ist es unser Polizist, davon bin ich überzeugt."
Woher kam der plötzliche Sinneswandel von Grändi?
„Ich wollte gerade los, da steht er plötzlich vor der Tür. Ob er mal mit mir sprechen könne. Und er wolle sich entschuldigen. Weil er uns gestern früh angelogen habe. Das mit dem Tagebuch, das wäre ganz anders gewesen. Er hätte das Buch nicht im Briefkasten gefunden, son-

dern es tatsächlich am frühen Morgen bei uns abgeholt, weil er den Namen von dem Toten gebraucht hätte. Vater war schon im Aufbruch und Mutter noch am Packen, die hat wohl gar nicht mitbekommen, dass Vater zu mir ins Zimmer ist, um das Buch für Schunzbach zu holen."
Das klang mir doch sehr merkwürdig. „Wieso hat er dann gestern was andres gesagt?"
„Er wollte es heimlich machen, auch wieder heimlich zurückbringen, wir sollten es nicht mitbekommen, wegen der Ermittlungen. Er wollte uns raushalten, weil es zu gefährlich wäre. Und weil er wüsste, dass wir das Buch nicht freiwillig rausrücken würden. Es war aber wirklich sehr wichtig. Und er entschuldigte sich, weil er uns hätte belügen müssen."
„Das gibt's doch nicht ..."
„Es kommt noch besser. Er sagte mir, er hätte nachgedacht und sei jetzt ebenfalls der Meinung, dass der alte B ..., der Ludwig, unschuldig im Knast sitzen würde und er will versuchen, ihn möglichst schnell heraus zu bekommen. Vermutlich ist der Rothaarige der August Starkse. Jener Raubmörder aber ..."
„Hast du ihm gesagt, dass wir ihn gestern gesehen haben?"
„Freilich! Er ist übrigens auch zweimal bei Güntsches Ruh gesehen worden, einmal von 'nem Bauern aus unserm Dorf und dann von Schunzbach, der dort jeden Tag einen Kontrollgang macht. Schunzbach vermutet sogar, dass der Raubmörder nicht nur mit der Geschichte zu tun hat, sondern dass er der Kopf der Bande sei. Er hat vom Knast aus mit Briefen oder rausgeschmuggelten

Nachrichten die Bande geleitet, aber jetzt, wo es langsam brenzlig wird, Angst bekommen, dass alles auffliegt und ihm noch 'n paar Jahre mehr aufgebrummt werden. Im Gefängnis hat er ja keine Chance, sich der Strafe zu entziehen. Also ist er getürmt ..."
Das waren ja unwahrscheinliche Dinge, die uns Grändi berichtete.
„Aber das ist noch nicht alles. Er war auch bei Felix und hat mit ihm über alles gesprochen. Und Felix hält er jetzt für absolut unschuldig. Aber das Tollste ist, dass er uns gebeten hat, bei der Auflösung des Verbrechens mitzuhelfen!"
„Was? Er hat doch immer verboten ..."
„Um uns zu schützen. Aber die Sache hätte sich so entwickelt, dass wir mitten drinsteckten, und wir hätten ihm schon so viel gute Hinweise gegeben, dass er einfach nicht auf unsere Hilfe verzichten könnte. Wir sollten nur vorsichtig sein, zu allererst immer an unsere eigene Sicherheit denken."
Das klang mir alles einfach zu glatt. Ich hatte noch meine Zweifel.
„Und woher wusste er eigentlich, dass du das Tagebuch hattest? Du hattest ihm doch gesagt, dass es Helmut mit nach ..."
„Er hat seinen Kollegen in Eisenach eingeschaltet und ihn gebeten, mit Helmut zu sprechen. Und der sagte, dass ich es habe."
Jeder Tag brachte wirklich neue Überraschungen! Hatte uns gestern Felix fast davon überzeugt, dass unser Polizist mit der Verbrecherbande unter einer Decke stecken

würde, sah es heute wieder ganz anders aus. Dennoch begann es sich am Horizont langsam zu lichten. Wir wussten jetzt von zwei Verbrechern, dem Raubmörder und dem Rothaarigen. Auf der anderen Seite hatten wir in Felix und nun wohl auch in Schunzbach verläßliche Freunde.

„Ich war sprachlos!" Grändi war endlich am Ende seiner lebhaften Schilderung angekommen. „Wie er reinkam, dachte ich, er würde alle möglichen Argumente vorbringen, um seine gestrige Rede und die Schuld von Borszwinski zu beweisen. Aber das! Nee, und vor allem, wie er das alles sagte, wie er mich dabei ansah, wie er auch mit meiner Mutter sprach und sie bat, mit uns doch Geduld zu haben und Verständnis, dass wir da mitmachen. Sie müsse sich auch überhaupt keine Gedanken machen, er persönlich würde auf unsere Sicherheit achten – das alles hat mich wirklich überzeugt. Ihr könnt mir glauben, der Schunzbach hat mit der Sache nichts zu tun."

„Vorausgesetzt, dass euer Polizist die Wahrheit gesagt hat."

Wir fuhren erschrocken hoch. Am Gartenzaun stand ein Mann im mittleren Alter, den wir noch nie gesehen hatten. Er trug 'ne kurze braune Hose und ein offenes buntes Hemd. Auf dem Kopf hatte er einen komischen Deckel, der wohl eine Mütze sein sollte. Sein Gesicht war lang und hager und irgendetwas erinnerte mich unwillkürlich an den Raubmörder. Aber seine Haare waren blond und lockig. In jenem Augenblick wusste ich noch nicht, dass diese blonden Haare eine Perücke waren, die über dem dunkelbraunem Schopf steckte. Und ich hatte auch nicht jene Druckstelle auf der Nase bemerkt, wo man deutlich sehen konnte, dass der Mann gewöhnlich eine Brille trug.

„Was staunt ihr mich so an? Habt ihr noch keinen Maler gesehen?"

„Sie sind ein Maler? Einer, der richtige Bilder malt?", beendete Grändi unser Erstaunen.

„Ich hoffe es! Jedenfalls finden manche Menschen meine Bilder ganz hübsch."

Jetzt erst fiel mir auf, dass er eine mächtig große, braune Ledertasche in der Hand hielt, aus der die Enden eines Holzgestelles herausschauten.

„Vielleicht könnt ihr mir helfen, Kinder. Ich male mit Vorliebe alte, etwas verfallene Bauernhäuser. In Legefeld soll am Ende des Dorfes so eins sein, da wohnt so ein vertrottelter Alter drin, wie heißt er doch gleich ..."

„Borszwinski?", fragte ich gespannt.

„Ja, ich denke, so ist sein Name. Das soll besonders schön romantisch aussehen, das Haus. Könnt ihr mich da vielleicht hinbringen? Ihr seid doch aus dem Dorf?"

„Ich bin der Gerhard Riese", sagte Grändi stolz. Der Maler war überrascht.

„Sollte das möglich sein, dass ich dich gleich erwischt habe? Du bist der Gerhard! Dann ist das wohl der Christian Apfelbäumer", er zeigte auf mich. „Und der Kleine natürlich Franz, der arme, an dessen Kopf ..."

„Woher ... woher wissen Sie denn das?"

„Aus der Zeitung! Legefeld ist in den Schlagzeilen! War sogar ein Bild von euch drin!"

Donnerwetter! Das hatten wir noch gar nicht erfahren.
„Also, führt ihr mich zur Bude von dem Alten? Soll so ein wunderbares Motiv sein."
„Das wunderbare Motiv ist fast 'ne Ruine!" sagte Franz.
„Herrlich! Fantastisch! Ruinen sind meine Leidenschaft! Wirken viel besser als Gemälde wie normale Häuser. Lassen sich viel besser verkaufen! Wenn sich's darin auch so wohnen ließe – ich hätte mir 'ne Ruine genommen!"
Wir gingen mit ihm durchs Dorf. Wem wir auch begegneten, der guckte uns komisch an wegen des merkwürdigen Vogels an unserer Seite. Wir wussten selbst nicht, was wir von diesem Maler halten sollten. Der war doch nicht ernstzunehmen!
„Wie ich hörte, soll der Besitzer augenblicklich im Gefängnis sitzen! Was hat er denn getan?"
„Nichts! Er sitzt für 'nen anderen, den man noch nicht hat."
„Interessant, das stand nicht in der Presse. Ihr meint – zu Unrecht? Aber das geht doch nicht. Man kann doch niemanden zu Unrecht einsperren, nur damit die Zellen voll sind ..."
„Nee, nee, er ist schon aus einem bestimmten Grund im Gefängnis, wir sind aber felsenfest überzeugt, dass man ihm das nur angehängt hat ..."
„Ist ja eine tolle Geschichte – es fehlen wohl noch die Beweise?"
Ohne dass wir es gemerkt hatten, waren wir in ein Gespräch über die Verbrechen verwickelt worden. Er fragte und fragte und es wurde uns schon ganz ungemütlich. Er

tat immer ahnungslos, aber wie er die Fragen stellte und was er schon alles wusste, das erschien mir doch recht eigenartig. Auch Grändi und Franz ging es so.

„Aha, das also ist das Haus. Schön, aber von wegen Ruine! Muss ich wohl erst noch ein paar Wände einschlagen, hi, hi. Das gibt aber trotzdem ein schönes Bild, wenn ich mich nicht irre. Danke für eure Hilfe!"

Er stellte die Ledertasche ab und dachte wohl, dass wir uns fortmachen würden, aber wir blieben in einigem Abstand noch stehen. Die Gelegenheit, einem Maler bei der Arbeit zuzusehen, hat man ja nicht so oft!

Er ging 'n paar Schritte nach links, schaute zum Haus, und ging 'n paar Schritte nach rechts, ein paar Meter vor uns dann wieder zurück. Anscheinend suchte er den richtigen Blickwinkel, denn er kniff das eine Auge zu, legte auch die linke Hand übers Auge und verzog sehr beschäftigt das Gesicht. War schon irgendwie lustig. Schließlich blieb er an einer bestimmten Stelle stehen, stampfte mit dem rechten Hacken kräftig auf, vielleicht, um eine Markierung in den Boden zu machen, und sagte: „So, genau, hier habe ich den richtigen Blickpunkt, wunderbar! Es kommt doch immer auf den rechten Standpunkt an!" Er ging zu seiner Aktentasche und zählte dabei tatsächlich die Schritte. Er schnappte die Tasche und lief wieder zurück „Eins – zwei – drei – vier", machte aber viel größere Schritte und fand die markierte Stelle nicht, hockte sich hin und suchte den Boden ab. Im Knien kreiste er bald fünf Minuten auf der Erde rum, bis er die Stelle gefunden hatte. Dann endlich öffnete er die mächtige Ledertasche, holte zunächst einen Klapphocker hervor, auf den er sich setzte, packte das Gestell heraus, wohl eine kleine Staffelei, legte eine Pappe drauf und griff nach dem Kasten mit den Farben.

„Was? Ihr Bengels seid ja immer noch da! Ist das denn so interessant?"

„Ich hab noch nie 'nem Kunstmaler bei der Arbeit zugesehn!", sagte Franz, „Wie heißen Sie eigentlich? Sind sie ein berühmter?"

„Na, ein Van Gogh bin ich noch nicht. Aber man kennt mich schon, Engelbert Schoner! Aus der Cranachstraße in Weimar."

Das sagte mir nichts. Franz aber fragte erstaunt:

„Engelbert Schoner? Der echte? Haben Sie nicht die grüne Thüringen-Marke mit der Tanne gemacht? Ich habe sie in meinem Album!"

„Eine Fichte, wenn schon. Zu zehn Pfennig. Und auch Goethe und Schiller – das waren noch Zeiten!"

Wir wollten endlich sehen, wie er das Haus malen würde. Doch er ließ sich Zeit. Er wollte die braune Blechschachtel mit den Farben öffnen, griff aber in so ein klebriges Zeug, das hinten beim Scharnier eingeklemmt war. Seine Finger waren braun beschmiert, als hätte er grad 'ne Windel gewechselt.

„Das geht doch auf keine Kuhhaut! Da ist uns die gebrannte Sienna ausgelaufen. Hat sich einfach hinten einquetschen lassen, ohne etwas zu sagen!"

Wir mussten innerlich über ihn lachen, wie er versuchte, die Hände mit Gras sauber zu kriegen. Er hatte wohl in großer Eile die Tasche gepackt und aus Versehen eine Farbtube eingeklemmt.

„Blöd, ausgerechnet die gebrannte Sienna. Wenn es wenigstens der karminrote Krapplack gewesen wäre!" Er holte die Pinsel hervor, lange und furchtbar dünne Gebilde, die nur noch ganz kurze Borsten hatten, sicher waren sie schon uralt. Und eine runde Blechscheibe mit Vertiefungen, in die er verschiedene Farben hineintitschte. Es war wohl schon eine halbe Stunde vergangen und auf der Pappe war noch immer nichts zu sehen. Als er dann die Palette ins Gras legte und einen schwarzen Kohlestift aus der Tasche fingerte und fünf Minuten guckte und peilte und überlegte, wie er den ersten Strich hinsetzen sollte, war es mit meiner Geduld zu Ende.

„Mensch, das ist mir zu langweilig. Hauen wir ab!", sagte auch Grändi und so zogen wir uns wieder in Noltes Scheune zurück. Wir setzten uns in's Heu und versuchten, einen Schlachtplan für die nächsten Tage aufzustellen. Klar war, dass wir am Donnerstag als erstes das Tagebuch lesen würden.

„Schunzbach hat gesagt, dass wir es erst ihm bringen sollen, bevor wir es lesen!", erinnerte ich.

„Das hat er beim ersten Mal gesagt, dann aber nie wieder," entgegnete Grändi. „Auch heute Morgen kam er nicht darauf zu sprechen. Ich denke, wir sollten zu Felix gehen und es mit ihm gemeinsam lesen."

„Au fein!", sagte Franz, der an unserem neuen Freund einen besonderen Narren gefressen hatte, „das ist eine gute Idee."

„Wenn wir wissen, was drin steht, können wir es ja sofort zu Schunzbach bringen!", meinte auch ich. Das war also klar. Und morgen wollten wir unbedingt zu Beno ins

Krankenhaus. Drei Tage waren nach unserem letzten Besuch schon wieder vergangen.

Wir machten uns noch eine Weile Gedanken, bis ich meinte: „Eigentlich könnten wir nochmal zu dem komischen Maler und sehen, wie weit er mit seinem Bild inzwischen ist."

Als wir vor dem Haus standen, war der Maler verschwunden, nur sein Zeug stand an gleicher Stelle im Gras. Die Pappe auf dem Holzgestell war von der Sonne etwas verzogen, das war aber das Einzige, was sich verändert hatte. Das Bild war weiß, bis auf den einen schwarzen Strich.

Wir sahen uns an – das durfte doch nicht wahr sein! Und plötzlich entdeckten wir ihn doch tatsächlich hoch oben in der Linde! Er hatte uns noch nicht bemerkt, deshalb tauchten wir im Gestrüpp unter, um ihn ungesehen beobachten zu können.

Bei der Suche nach Beno, als wir über die Linde in die Luke einstiegen, hatten wir das kleine Dachfenster zugemacht. Es war auch jetzt verschlossen. Über dieser Luke hing der Maler im Baum, ließ sich jetzt gerade vorsichtig herab, tastete mit den Füßen nach Halt auf dem Dachfirst. Wenn die Luke auf war, konnte man ja gut einsteigen, sich links und rechts festhalten. Was er da aber machte, sah wirklich gefährlich aus. Ein paarmal rutschte er auch tatsächlich ab und es hätte nicht viel gefehlt und er wäre vom Dach gestürzt. Ist zwar nur vier oder fünf Meter hoch, aber immerhin. Er war ja auch nicht mehr der Jüngste.

Nun hatte er sich flach auf die Schindeln gelegt, hielt sich mit der Linken oben am Dachfirst fest und versuchte mit der Rechten, die Luke irgendwie von außen zu öffnen.
„Da wird er kein Glück haben!", flüsterte Grändi.
Der Maler aber ließ nicht locker, probierte und probierte, nahm plötzlich einen Ziegel heraus, griff durch die Öffnung nach innen, riegelte auf und der Einstieg war frei!
Spionieren schien ihm besser zu liegen als Malen!
Der Unbekannte legte den Ziegel zurück und stieg tatsächlich in die Bodenkammer ein! Wir warteten nicht, bis der Kerl wieder rauskam, unternahmen auch nicht den Versuch, ihm nachzusteigen, denn plötzlich war es uns wieder unheimlich geworden hier am Ende des Dorfes, wo sich keine Menschenseele blicken ließ, und wir trollten so schnell wir konnten davon.

**Donnerstag, der Tagebuch-Tag**

Am Mittwoch hatte sich nichts Wesentliches ereignet. Der eigenartige Maler war so spurlos, wie er aufgetaucht war, wieder verschwunden, das Bild von Ludwigs Haus ist wohl nie gemalt worden. Auch der Raubmörder wurde in unserer Gegend nicht mehr gesehen.
Wie ausgemacht, hatten wir am Nachmittag Beno im Sophienhaus besucht, der uns fröhlich mitteilte, dass er in den nächsten Tagen entlassen würde. Alles deutete also auf ein gutes Ende. Würde das Tagebuch die letzte Klarheit schaffen? Schunzbach hatte komischerweise nicht mehr danach gefragt, deshalb packte es Grändi am Donnerstagmorgen ohne weitere Gewissensbisse ein und fuhr mit uns nach Hetschburg.
Wir stellten die Räder an die Mauer, liefen die Treppe hinauf und klopften an.
Doch niemand öffnete.
Wir klopften wieder und wieder. Nichts. Totenstille. Obwohl wir sehr laut an die Tür pochten, kam Felix nicht heraus.
„Ob er etwa nicht zu Hause ist? Er weiß doch aber, dass heute der Tagebuch-Tag ist!", wunderte sich Franz.
Grändi drückte die Klinke runter, und die Tür ging auf; Wir traten ein und hörten endlich die Stimme von Felix, aber sie kam wie aus weiter Ferne und klang leise, gebrochen und unendlich schwach.
„Wer ist denn da?"
„Wir sind's! Grändi, Olf und Franz. Wo sind Sie denn?"
Weil wir draußen im Sonnenlicht gestanden hatten,

konnten wir in der dunklen Kammer zunächst nicht viel erkennen.

„Ach ihr seids! Kommt rein, das andere Zimmer, rechts."
Die Stimme kam von nebenan, dorther, wo Felix sonst schlief. War er krank? Wir liefen ins Nebenzimmer und stellten sofort fest, dass es hier entsetzlich nach Medikamenten roch. Die Luft war dick und mir wurde ganz schlecht. Unser Freund lag im Bett und neben ihm, auf einem Hocker, stand eine ganze Batterie Fläschchen und Gläschen.

„Hallo, meine Freunde, gut, dass ihr kommt! Mich hat's erwischt! Sucht euch irgendeine Sitzgelegenheit und kommt zu mir ans Bett. Entschuldigt meine Unordnung."

Nun konnten wir auch wieder sehen. Felix lag in den Kissen, bleich und verschwitzt, unter dem Nachthemd beulte sich links ein riesiger Verband.

„Was ist denn passiert?"; fragten wir besorgt.

„Was ganz Schlimmes. Man wollte mich umlegen."

„Waaas?"

„Gestern Abend. Ich saß drüben im Zimmer und las."
Felix sprach sehr leise und machte öfters eine Pause. Wir merkten, das Sprechen strengte ihn an. Er sah furchtbar elend aus.

„Plötzlich ein entsetzlicher Schlag. Die Fensterscheibe zersprang und ein Schuss pfiff mir um die Ohren. In der Fensteröffnung eine dunkle Gestalt, die ich nicht erkennen konnte. Er musste auf einer Leiter stehen. Dann noch ein Schuss, diesmal besser gezielt. Die Kugel hat mir das Schlüsselbein zerschmettert. Ich stürzte aus dem

Sessel und fiel zu Boden. Die Gestalt verschwand, ich hörte noch, wie die Leiter umstürzte und jemand davonrannte, dann verlor ich die Besinnung. Irgendjemand aus dem Dorf muss es mitbekommen haben, denn wie ich erwachte, saß ein Mann im weißen Kittel neben mir. Die Wunde war verbunden. ‚Da haben sie mächtig Glück gehabt! Aber wird ein paar Wochen dauern! Eigentlich müsste ich sie ins Krankenhaus schaffen. Leben sie allein?', fragte er. Ich sagte: ‚Ich habe Freunde, die nach mir sehen.' Er wieder: ‚Na, ich weiß nicht, besser wäre ...' Aber ich entgegnete: ‚Nein, lassen sie, nicht nötig, wirklich ...'"
Nur mühsam kamen die Worte.
„Er wollte es melden. Ich solle mir keine Gedanken machen, es werde schon wieder. Aber absolute Ruhe ..."
Wir schwiegen vor Entsetzen.
„Steht es schlimm um Sie?", unterbrach Grändi als Erster unser Schweigen.
„Furchtbare Schmerzen. Aber der Gedanke, dass mir jemand nach dem Leben trachtet, ist schlimmer. Warum nur, was habe ich getan? Und so allein hier im Haus ... Ich hoffe nur, dass er denkt, mich erwischt zu haben und dass er nicht wiederkommt. Die kriegen wohl langsam Angst ..."
„Können wir Ihnen irgendwie helfen?", fragte ich.
„Nein, lasst mal. Höchstens ein Glas Wasser und den Lappen auf der Stirn neu anfeuchten. Danke! – Aber sagt mal, weshalb seid ihr eigentlich gekommen? Ist Ludwig etwa schon aus dem Gefängnis raus? Gibt's was Neues?"
„Wir kommen wegen dem Tagebuch, heute sind doch die 12 Tage um!"

„Ach ja, richtig. Daran habe ich gar nicht mehr gedacht. Gibst du es mir, Grändi, dass ich es lesen kann?"
„Das kommt gar nicht in Frage! Das Lesen würde Sie viel zu sehr anstrengen."
„Ach, ich denke, es geht schon."
Auch ich protestierte. „Nein! Ich lese vor! Einverstanden?" Grändi gab mir das Buch.
„Nun gut, wenn du so lieb bist. Bitte lies!"
Uns hatte eine eigenartige Stimmung erfaßt. Zwölf Tage hatten wir voller Spannung auf diesen Tag gewartet. Und nun sorgte die furchtbare Situation, in der sich Felix befand, dafür, dass das Lesen plötzlich gar nicht mehr so wichtig schien. Ich schlug das kleine, schwarze Heft auf, blickte auf die klare und deutliche, aber ziemlich kleine Schrift und begann zu lesen:
„Peter Müller, Vollersroda – das steht hier oben auf der Innenseite."
„Das ist sicher sein Name."
„Freund! Wenn du dieses Tagebuch in die Hände bekommen solltest, dann tu mir den Gefallen und habe Geduld. Zwölf Tage nach meinem Tod, aber nicht eher, das ist mein ausdrücklicher Wunsch, kannst du es lesen", so begann ich.
Heute, da ich dieses Kapitel schreibe, muss ich euch sagen, dass es mir unmöglich ist, alles niederzuschreiben, was in dem Heft stand. Es würde den Rahmen der Geschichte sprengen. Ich schreibe alles wörtlich auf, denn das Buch liegt jetzt vor mir, aber nur die Dinge, die mir wichtig scheinen und unsere Geschichte betreffen, seien hier aufgeschrieben. Es fällt mir sehr schwer, denn was

wir lasen, hat uns alle sehr betroffen gemacht. Aber es wäre zu viel. Wenn ich etwas weglasse, will ich es durch Punkte (...) deutlich machen.

Ich las weiter:

„Habe Verständnis für meine Tat, für alle Irrwege, die ich gegangen bin. Ich weiß heute mit großer Gewissheit, dass ich damals falsch gehandelt habe. Aber mein Vorgehen war nicht rückgängig zu machen. Ich verstrickte mich immer mehr in Dinge, aus denen ich mich nicht mehr befreien konnte. Mein Lebensweg wurde mir ein Albtraum, jeder Schritt folgerte aus dem vorhergegangenen. Ich wurde wie in eine Schiene gedrängt, Wege zu gehen, die mir eigentlich fremd waren, Dinge zu tun, die ich verabscheute. Der eine, falsche Anfang hat mein Leben ruiniert. Ich hatte nicht die Kraft, an den Beginn, vor die erste Tat, zurückzukehren.

In diesem Buch will ich nur über jene Ereignisse schreiben, die unmittelbar mit der Suche nach dem verschollenen Schatz meines Onkels in Beziehung stehen. Wenn du, Unbekannter, jetzt dieses Buch liest, dann urteile bitte nicht vorschnell über mein Leben. Es war hart. Es war voller Fehler, die ich aus Schwäche beging. Ich bin gestolpert und gestürzt. Und ich bin nie wieder aus dem Morast herausgekommen. Erbarmen!

Karl –"

Ich stutzte über den Namen.

„Krumbein."

Felix schrie auf. Er war trotz seiner Verwundung hochgeschnellt und mit einem neuerlichen, schmerzvollen Schrei kraftlos in die Kissen zurückgesunken. Und dann

stammelte er: „Mein Bruder, mein armer Bruder! Ich wusste es. Ich habe es von Anfang an geahnt." Und er zitterte am ganzen Körper und hielt die Augen geschlossen. „Das Schicksal wollte, dass ich ihn nicht mehr sehe. Er ist tot. – Karl, mein Bruder."
Wir waren furchtbar bestürzt, konnten das Ausmaß dieser Nachricht noch gar nicht fassen.
„Mein jüngerer Bruder. Was für ein qualvolles Leben! Er ist geboren worden, da war mein Vater schon gefallen, 1918, im letzten Kriegsjahr. Nach dem frühen Tod unserer Mutter, es war die schlimme Zeit der Weltwirtschaftskrise, kam er zu Ludwig, der ihm wie ein Vater war. Ich kam zu Verwandten meines Vaters. Die Umstände waren so. Wir Kinder wurden auseinandergerissen. Nur wenige Male sahen wir uns noch, bis er spurlos verschwand ..."
„Soll ich lieber nicht ...", fragte ich.
„Vielleicht geht es uns gar nichts an?", meinte Grändi und Franz setzte hinzu: „Oder es regt Sie zu sehr auf!"
Felix lag still, mit geschlossenen Augen, in seinem Bett. Nur die heftigen Atembewegungen zeigten uns, dass er nicht schlief. Nach einer langen Zeit endlich sagte er: „Nein, es ist sicher auch eure Geschichte. Ich habe die Kraft, es zu hören. Es wird mir leichter, wenn ihr dabei seid. Bitte, Olf ..."
„12. August 1936. Heute beginne ich. Mein Geburtstag. Ich bin 18 geworden. Der Tag begann schön, aber endete mit einer Katastrophe. Ich habe mich mit meinem Onkel verkracht, endgültig. Der Grund dafür ist der Plan des Schatzes, den er aufbewahrt. Ich habe ihn vor Wochen

zufällig in einem Buch gefunden. Als ich ihn danach fragte, sagte er nur: ‚Dummes Zeug, Hirngespinnste, es gibt keinen Schatz.' Aber er nahm mir den Plan weg, tat ihn ins Buch zurück und stellte es wieder ins Regal. Heimlich hab ich mich in die Zeichnung vertieft, wieder und wieder und mir meine Gedanken gemacht. Da ist von unterirdischen Gängen und Höhlen die Rede, keiner weiß, wo sie sich befinden. Wenn mich Ludwig bei meinen Notizen erwischt, wird er immer böse und verbietet mir, den Plan zu nehmen. Das wäre seine Angelegenheit, wenn schon, die der Borszwinskis. Die Krumbeins ginge das einen Dreck an. Solle mich um meinen eigenen Kram kümmern. Weil er immer Theater macht, hab ich den Zettel heimlich herausgenommen und bei mir versteckt. Onkel Ludwig hat es gemerkt und einen unvorstellbaren Aufstand gemacht. Ich habe ihn noch nie so erlebt. Er hat mich geschlagen. Ich bin ausgerissen.(...)"
Wir saßen alle mit größter Spannung da. Felix hatte sich etwas beruhigt. Es ging wohl tatsächlich um jene unterirdischen Gänge, die wir vor zwei Jahren entdeckt hatten und wo, wie wir durch den Plan entschlüsselt hatten, der Schatz des alten Güntsch versteckt sein sollte. Oder täuschten wir uns?
„Oktober 1937. Ich treibe mich in der Stadt herum. Es fehlt ständig an Geld. Das deutsche Aufbauwerk braucht Menschen, aber wer will einen wie mich? Aus Hunger hab ich mir wieder was zu essen klauen müssen, bin zum Glück nicht erwischt worden, es wird immer gefährlicher. Diebstahl wird hart bestraft. Es ist furchtbar, so leben zu müssen. (...)

Ich habe heute in Weimar Kontakt zu den braunen Genossen aufgenommen, vielleicht ändert das mein Leben. Reichsminister Joseph Goebbels soll Ende Oktober nach Weimar kommen und die Woche des ‚Deutschen Buches' eröffnen. Wie man so hört, wird er mit seiner großen Klappe reden wie ein Buch im fahnengeschmückten Nationaltheater. Sie spielen alle verrückt. Die Stadt wird umgekrempelt. Ich mache mit. Verdiene ein paar Groschen. Aber es ist mir zuwider. Sieht so meine Zukunft aus? (...)
Ich komme mit ihnen nicht klar – es behagt mir nicht. Ihre Ideen sind mir zu gewalttätig, aber vielleicht muss ich mich ihnen anschließen, um an Arbeit oder Geld zu kommen. Sie bestimmen das Leben. Wer gegen sie ist, hat keine Chance. Ich kann die Miete für meine kleine Dachmansarde nicht bezahlen, der Blockwart hat mich wieder bedrängt, ich muss mich aus dem Staub machen ..." (...)
Es folgten furchtbare Schilderungen, wie der junge Mann versuchte, wieder Boden unter die Füße zu bekommen. Noch nie hatten wir so anschaulich und bedrückend über die Lebensumstände während der Nazizeit in unserer nächsten Umgebung gehört, wie sie uns hier in den Aufzeichnungen von Karl Krumbein entgegentraten. Wer redete schon bei uns über den Faschismus. Ich nahm mir vor, meine Eltern zu fragen.
„Ich bin vom Blockwart angezeigt worden. Hatte nicht deutlich genug die Hand zum deutschen Gruß erhoben. Und weil ich mit der Miete im Rückstand war. So ein Gesocks hätte in einem anständigen deutschen Hause

nichts zu suchen. Ich kann hier in der Stadt nicht mehr bleiben. Ich muss aufs Land. Vielleicht irgendwo als Knecht arbeiten. Oder zum Reichsautobahnbau. Die neue Autobahn wird auch an Legefeld vorbeigeführt. Die Städte des Deutschen Reiches werden in wenigen Jahren noch enger zusammenrücken. Wie ein Spinnennetz spannt sich der gewaltige Bau übers Reich. Doch lieber möchte ich aufs Land. Aber keinesfalls zu Borszwinski zurück. Der sieht mich nicht wieder, dieser alte Trottel. Wäre Mutter nur nicht so früh gestorben! (...)
Alle Pläne, die Schatzsuche aufzunehmen, sind bisher gescheitert. Aber ich gebe nicht auf! Ich glaube, dass es diesen Schatz gibt und werde ihn finden. Wenn ich nur wüsste, wo! Ich vermute immer mehr, dass ich bei der alten Eiche, die noch immer steht, graben muss. Auf dem Plan ist auch oben eine Eiche zu sehen. Ich denke, das Gebiet um Güntsches Ruh könnte infrage kommen ...
(...)
Erste Grabungen haben nichts erbracht. Ich muss aufpassen. Es ist gefährlich geworden, nach den Gängen zu graben. Immer wieder ziehen die Kolonnen der gleichgekleideten Pimpfe mit ihren Wimpeln und Gesang durch die Natur. Und überall sind Denunzianten. Alles Verdächtige wird beargwöhnt und weitergemeldet. Ich will versuchen, irgendwo in der Nähe Arbeit und Wohnung zu bekommen. Wenn ich nur Geld hätte! Ich brauche richtiges Werkzeug, Lampen, Karren. Alles muss äußerst heimlich geschehen ... (...)
März 1937. Ich hab Glück gehabt! Auf dem Rittergut Holzdorf suchen sie einen Knecht für den Pferdestall. Ich

hab mich ordentlich rasiert, meine besten Sachen angezogen und mich vorgestellt und bin tatsächlich genommen worden! Nur über meinen Namen ist der Gutsverwalter gestolpert. ‚Jude?', hat er mich gefragt. ‚Nein, nein, wir sind Deutsche! Immer gewesen!', hab ich geantwortet. ‚Wie heißt die Mutter?' ‚Sie hieß, sie ist 1926 gestorben. Hertha Krumbein geborene Borszwinski.' ‚Etwa Polin?' ‚Nein. Die Schwester von Ludwig Borszwinski aus Legefeld.' Da war der Damm gebrochen. Vielleicht wird nun doch noch alles gut! Wenn man diesen Wohlstand, diesen Reichtum auf dem Rittergut sieht! Alles vom Besten. Die Arbeit macht Spaß. Der Umgang mit den Pferden lieg mir. Ich komme mir vor wie im Sanatorium. Unsere Pferdeställe sind bis zur Decke weiß gefliest. Soviel Sauberkeit und peinliche Reinheit, einfach unvorstellbar. Unser Gut genießt einen guten Ruf. Die Milch, die Butter, alles erste Güte. Der Rittergutsherr Otto Krebs ist ein Kunstnarr, im Auftreten sehr korrekt und gebildet, ein Deutscher aus echtem Schrot und Korn. Ich habe etwas Zeit gehabt und mir den Park angesehen mit den künstlichen Felsen aus Norwegen. Den Irrgarten. Zum Bad durfte ich nicht, nur von fern. Die großen Steinfiguren am Rand sind Arbeiten der bedeutendsten Weimarer Künstler. Einfach großartig ... und die Bilder, die er sammelt. Er habe einen eigenen Geschmack, wird erzählt, vorwiegend Französisches, vor allem die sogenannten Impressionisten, leicht Hingeschmuddeltes. Soll nur aufpassen, dass es nicht plötzlich entartete Kunst ist, wie sie derzeit in Nürnberg gezeigt wird. Er sammelt alles. Aber vor allem die Porträt-

köpfe. Die sollen berühmt sein. Von einem bekannten Maler aus Paris, Renoir oder so. Hab sie noch nicht gesehen, die Köpfe ..."
Grändi unterbrach mich. Wir hatten voller Begeisterung die Geschichte bis hierher verfolgt.
„Entschuldigt – meine Gedanken ..."
„Ja?"
„Ich kann mir nicht helfen: seit Tagen zergrüble ich mir den Kopf, was das ‚Holzkopf' bedeutet. Wenn nun gar HOLZDORF und nun die ‚Köpfe' zusammenhängen! HOLZ-KOPF ..."
Aber die Geschichte war zu spannend, um jetzt andere Gedanken zu verfolgen.
„Die Arbeit ist hart und mir bleibt nicht viel Zeit, weiter nach den Gängen zu suchen. Mit dem Gutsverwalter ist nicht gut Kirschen essen. Er ist aus anderem Holz geschnitzt als der Rittergutsbesitzer. Wenn Konzert ist, wozu bekannte Leute aus Weimar und Umgebung herbeiströmen, haben wir nichts zu suchen. Aber zum Gottesdienst am Sonntag sind wir eingeladen. Die Kapelle, das Gutshaus – das reinste Schloss. Ich saß heute neben der gedrehten, gewaltigen Holzsäule in der Kapelle und machte mir meine Gedanken. Hinter dem Altar an den mit braunem Leder bespannten Wänden, die mit goldenen französischen Lilien verziert sind, hängen an der Wand hölzerne, bemalte Schnitzfiguren, sicher sehr kostbar. Was die wohl wert sind? Wenn ich nur an Geld käme, ich möchte graben, habe einen bestimmten Fleck im Blick, ich komme einfach nicht dazu. Habe wieder heimlich ein paar Stichproben gemacht, aber nichts ge-

funden, doch der Ort, denn ich jetzt sehe... Leider geht es nur nachts, der Weg bis dahin dauert, ich brauchte besseres Licht, so komme ich nicht weiter. Wenn mir nicht etwas einfällt, komme ich nie an meinen Schatz ... (...)
Ende Oktober. Ich habe die Heilige Barbara geklaut nach dem Gottesdienst. Sie ging ganz leicht ab. Habe sie unter meiner Jacke verborgen und den Rest in die Hose gesteckt. Bin nicht erwischt worden. Mittags hab ich noch den großen Topf mit Suppe und die Milchkanne mit Himbeerwasser aufs Feld zu den Erntehelfern geschafft und mich dann aus dem Staub gemacht. (...)
12/11/1937 Hab die Barbara in München bei einem Antiquitätenhändler günstig an den Mann bringen können. Habe endlich Geld! Echte deutsche Reichsmark! Sitze im Münchener Hofbräuhaus in einem noblen Zimmer und schmiede Pläne. Werde morgen Werkzeug kaufen. (...)
Ich bin erwischt worden. Der Antiquitätenhändler hat die Geheime Staatspolizei gerufen. Sie haben mich noch im Hotel gefunden und verhaftet. Ich sitze in Weimar. Nach tagelangen Verhören sehe ich der Verhandlung entgegen. Ich bin im Gefängnis! Den Rittergutsverwalter aus Holzdorf haben sie zu einer Gegenüberstellung geholt. Er hat mir ins Gesicht geschlagen und gesagt: ‚Solche Leute gehören nach Buchenwald.' Ich habe Angst, furchtbare Angst ..."(...)
Wir sahen, dass Felix die persönlichen Schilderungen seines Bruders sehr mitnahmen. Deshalb fragte ich: „Soll ich doch lieber aufhören?"
„Nein, lies weiter. – Bitte gebt mir noch ein Glas Wasser."

„17. Juli 1938. Vielleicht bin ich doch ein Glückspilz. Ich sitze in der Schweiz, bin Knecht bei einem sehr anständigen Bergbauern. Mir ist die Flucht geglückt, bei Nacht und Nebel habe ich Deutschland verlassen. Am Tag der Verhandlung, als sie mich abholten, hab ich mich im Gerichtsgebäude fallen lassen, bin lang hingestürzt und habe mich ohnmächtig gestellt. Sie haben mich in eine Krankenstube gebracht. Ich wusste, dass sie sich in der zweiten Etage befand. Dennoch bin ich durch's Fenster gesprungen. Sie waren so überrascht, dass mir die Zeit reichte, um zu entkommen. Mühsam hab ich mich bis hierher durchgeschlagen. Hoffentlich wird jetzt alles besser." (...)

Es fällt mir schwer, die erschütternden Ereignisse während des Zweiten Weltkrieges fortzulassen, die uns in der Schilderung des Tagebuchs ganz lebendig entgegen traten, doch es würde zu weit führen.

„März 1941. Höre, dass in Heidelberg der Rittergutsbesitzer Dr. Krebs gestorben ist. Da ist er nicht mal siebzig Jahre alt geworden. Und was wird aus seiner schönen Gemäldesammlung? Darum macht sich sicher jetzt im Krieg niemand Gedanken. (...)"

Die Zeit verging beim Lesen wie im Flug, nur unsere Mägen meldeten sich. Während ich weiterlas, knabberten wir an den Keksen von Felix.

„April 1947. Ich bin wieder in Deutschland. In der ‚Sowjetisch Besetzten Zone', denn die Amerikaner haben Weimar gegen Westberlin eingetauscht. Der Krieg ist aus, doch welche Verwüstung hat er hinterlassen! Ich habe mir Papiere besorgt, eine neue Identität angenom-

men. Ich nenne mich jetzt Peter Müller. Habe die Schatzsuche immer noch nicht aufgegeben! Konnte auch den Plan über den Krieg retten. Ich habe mich im Dorf Vollersroda bei Weimar niedergelassen, es liegt etwa eine halbe Fußstunde von Güntsches Ruh entfernt, entgegengesetzt von Legefeld. Hoffentlich erkennt mich keiner. Aber ich habe mich sehr verändert. Die Umstände haben mir doch sehr zugesetzt, ich erkenne mich selbst kaum noch im Spiegel. Bauer Wiegandt, bei dem ich arbeite, ist ein anständiger Brotherr, wenn es so bleibt, bin ich zufrieden. (...)
Vier Wochen später. Habe wieder nächtelang gegraben, bisher ergebnislos. Wenn man mit Technik überprüfen könnte, wo sich Hohlräume befinden! Aber das kostet. (...)
November. Die Ostzone heißt jetzt Deutsche Demokratische Republik. Alles ist knapp. Hatte eine merkwürdige, folgenschwere Begegnung. Habe August getroffen, er hat mich erkannt. War mit mir in Holzdorf. Bin ihm bei Güntsches Ruh begegnet! Auch er mit einem Spaten – und auch er buddelte. Unvorstellbar, was er sucht! Die Gemäldesammlung des Krebs ist seit '45 verschollen. Niemand weiß, wer sie mitgenommen hat. Manche meinen, die Russen hätten sie. August ist überzeugt, dass sie nicht über die Grenze ist. Die Nazis haben in Weimar und Umgebung viel versteckt. Die Bilder müssten noch da sein. Er hätte gesehen, wie sie zu Ende des Krieges in Ölpapier eingeschlagen und in Kisten verstaut wurden. Diese Kisten sucht er.
Ich habe schweren Herzens etwas Entscheidendes getan. Denn ich kenne August, er schreckt vor nichts zurück, er

geht über Leichen. Damals schon. War der Erste von uns, der das Parteiabzeichen trug. Ich habe mich ihm angeschlossen. Nur, damit er mich nicht verrät. Ich könnte immer noch wegen des Diebstahls in der Kapelle vor Gericht kommen. Wir sind Komplizen ...
(...)
Februar 1957. Die Jahre sind vergangen. Wir sind nicht weitergekommen. Nun sind wir zu dritt. Der andere ist Augusts Bekannter von früher, ein grober Kerl, eine Verbrechervisage. Immer noch nicht die Gänge gefunden. Wir vermuten, dass darin die Bilder versteckt wurden. Wir sind langsam verzweifelt. Haben bald alles abgesucht. Vielleicht sollten wir woanders graben, in Buchfahrt bei der Felsenburg? (...)
Hatte eine Auseinandersetzung mit August Starkse. Auch er hat seine Identität gewechselt. Er heißt jetzt ..."
Felix hatte sich gespannt etwas aufgerichtet. Auch Grändi und Franz waren hellwach. Als ich aufhörte zu lesen, fragte Felix bewegt:
„Olf, warum hörst du so plötzlich auf? Jetzt kommt doch das Wichtigste! Du machst es aber spannend!"
„So eine Gemeinheit!"
„Wieso? Ich verstehe dich nicht!"
„Hier fehlt eine Seite, die muss erst vor kurzem herausgerissen worden sein. Sieht ganz frisch aus."
„Was? Ausgerechnet jetzt, bei dieser wichtigen Stelle?"
„Ja, gerade hier!"
„Auch gut ...", sagte Felix.
Wir verstanden ihn in diesem Augenblick nicht. Er musste aber seine Gründe haben.

Ich las weiter: „Durch Zufall beim Spielen tatsächlich die Gänge gefunden! Wir sind außer uns vor Freude, haben alles untersucht, müssen aber vorsichtig sein, denn die Kinder halten sich oft dort auf. Also doch bei Güntsches Ruh, wie ich immer vermutet hatte! Ich bin überzeugt, dass die Gänge nicht erst 1945 angelegt wurden. Ich glaube vielmehr, dass es sich um die Reste der Legefelder Burg handelt, die Historiker seit Jahren in dieser Gegend vermuten. (...)
Heute machten wir einen wertvollen Fund. In der ersten Höhle fanden wir in einer alten Flasche einen Zettel, zerknittert und verwaschen. Dieses Dokument wird mich zum Ziel meiner Wünsche bringen. Ich kenne das Papier. Es ist eine Abschrift meines Geheimplanes, mit genauen Angaben, wo der Schatz liegt. Doch es besitzt mehr als mein Plan, am unteren Rand befindet sich ein verschlüsseltes Schriftfeld. Und ganz darunter das Kennwort meines Onkels.
Ja, Ludwig, vor 23 Jahren hab ich dich verlassen. Von August hörte ich, dass du noch lebst, dich aber sehr zurückgezogen hast. Wenn ich dich doch besuchen, dich um Verzeihung bitten könnte! Jetzt, wo ich weiß, wo der Schatz liegt, würdest du Verständnis haben. Aber der Diebstahl damals. Und ich bin zu sehr mit den anderen verstrickt. Wenn ich aber den Schatz habe, komme ich zurück, egal, was dann geschieht. Dabei weiß ich, dass die Gier nach dem Schatz mein Leben zerstört hat. Wieviel andere auch? Du wusstest, Ludwig, warum ich nicht nach dem Schatz suchen sollte. Heute verstehe ich dich ... (...)"

Mit besonderem Interesse hatten wir die letzten Abschnitte gelesen, betrafen sie uns doch selbst, kamen wir sogar darin vor!

„10. Juni 1959. Ein Glückstag! Ich habe die Schrift gelöst. Den ganzen Tag habe ich darüber gegrübelt – mit Erfolg! Die Lösung:
SCHATZ VERBORGEN! HINTER VERSCHÜTTUNG! ACHTUNG! NEBENGANG AUFBRECHEN! VORSICHT! EXPLOSION! WEITERE EINZELHEITEN IN BLEIKISTE. NICHT AUFBRECHEN! SONST ALLES VERLOREN. SCHLÜSSEL VERSTECKT. WEITERES DORT. HOLZKOPF.
Das war der schönste Tag seit vielen, vielen Jahren. Ich bin mir jetzt völlig im Klaren, werde mich von der Bande trennen und auf eigene Faust weitersuchen. Habe mein Ziel erreicht. Nur ein Zweifel quält mich: Handelt es sich um den Schatz des alten Güntsch oder tatsächlich um die Gemäldesammlung Krebs. Was mich dabei stutzig macht, ist, dass das Schriftfeld auf meinen Plan fehlt. Es könnte später nachträglich, etwa 1945, hinzugefügt worden sein ... (...)"

Mit atemloser Spannung verfolgten wir unsere eigene Geschichte.

„5. Juli 1959. Etwas Entsetzliches ist geschehen. Mann, so eine Dummheit von Roland! Warum hat er nur die Nerven verloren. Wenn es schief geht, reißt er uns alle mit hinein. Wir waren heute wieder in der hinteren Höhle, wo wir uns meist aufhalten, und hatten beschlossen, den Plan aus der Flasche wieder dort zurückzulegen, falls ein anderer ihn vielleicht suchen würde. Natürlich hatten wir ihn genau kopiert. Wir rissen ihn an der Stelle, wo der Gang verschüttet ist, durch. Der Teil vor der Verschüttung ist unwichtig und kann keinem etwas nutzen. Ich habe August und Roland natürlich verschwiegen, dass ich die Schrift bereits gelöst habe –sollen sie sich daran die Zähne ausbeißen! Ebenso wenig habe ich gesagt, dass ich so einen Plan schon von Kindheit an besaß. Wir stopften den unwichtigen Teil in die Flasche und Roland nahm sie, um sie an gleicher Stelle zu vergraben. Plötzlich fiel ein Schuss. Roland kam hastig hintergerannt und rief: ‚Schnell, kommt mit, es wird gefährlich!' Und wir wollten nach vorn, aber da kamen schon zwei der Jungs und erst, als die fort waren, schleppten wir den Jungen, den Roland angeschossen hatte, in die hintere Höhle.

Er mag elf oder zwölf Jahre alt sein. Es ist einer von den Kindern. Die Verwundung am Bein ist wohl nicht so schlimm. Aber was tun? Nun werden wir die Polizei und die Kinder auf den Hals bekommen. Am Nachmittag kamen sie sogar mit einem Spürhund. Der Polizist hat sich auch mal wieder blöd benommen. Wenn Roland den Hund nicht abgeknallt hätte, hätten sie uns bestimmt gehabt. Aber nun haben sie auch den 2. Ausgang entdeckt.

7. Juli. Hart gearbeitet. Wir richten uns ein, in der hinteren Höhle untertauchen zu müssen. Haben Unmengen an Geröll und Erde herausgeschafft, war eine Riesenplackerei. Aber nun haben wir hinten Platz. Ich mache mir Sorgen um den Jungen. Die Wunde müsste ordentlich versorgt werden. Er hat Fieber. Und fieberhaft wird er

gesucht. Die Kinder geben keine Ruhe. Wenn ich nur einen Ausweg wüsste! Wenn es so leicht wäre, hier auszusteigen. Aber ich bin zu tief in die Geschichte verwickelt. Hoffentlich bekommen sie die zweite Höhle nicht auf, sonst ist alles aus. Dann lieber freiwillig stellen. Vielleicht gibt es mildernde Umstände. (...)
Mittwoch, 8. Juli 1959. Das ist das Letzte! Mein Onkel Ludwig Borszwinski ist meinetwegen ins Gefängnis gekommen! Das übersteht er nicht! Was ich mir für Vorwürfe mache! Das haben August und Roland brutal eingefädelt. Ohne mir was zu sagen. Weiß August eigentlich, dass Ludwig mein Onkel ist? Sie haben bei Nacht und Nebel den Jungen über den Baum vorm Haus in die Dachkammer geschafft. Ich habe beide zur Rede gestellt. Ohne Erfolg. Der Boss habe es angeordnet, sagen sie. In letzter Zeit immer wieder die Rede vom Boss. Gibt es ihn überhaupt und wenn ja, wer sollte es sein? Der Roland gibt an, ihn gut zu kennen, überbringt immer die Nachrichten, wartet auf seine Anweisungen. Auch die mit dem Brief soll von ihm sein, der Brief, der Ludwig verdächtigte. Wenn mir nur etwas einfiele, wie ich ihn wieder aus dem Knast herausbekäme. Es wäre der erste Schritt zu einer Versöhnung! Ich zermartere mir den Kopf, finde aber keine Lösung ...
9. Juli. Ich finde es eine blöde Idee, in die Wand unser Kennwort einzumeißeln. August und Roland haben Angst, dass andere nach den Gemälden suchen könnten und will sie durch die Schrift irreführen ... (...)"
Uns wurde immer ungemütlicher zumute. Karls Schicksal, das sich uns durch das Buch erschloss, litten wir mit.

Seine Versuche, aus der Sache heraus zu kommen, machten uns betroffen. Aber wir kannten ja das Ende.

„Wie hat mein Bruder gekämpft! Aber alles vergeblichlich", sagte Felix mit geröteten Augen. „Ist es noch viel, Olf?"

„Eine Seite noch, etwa. – können Sie noch?"

„Vielleicht sollten wir – nein, bringen wir es hinter uns."

Ich las die letzten Zeilen, die Handschrift war immer eiliger und unleserlicher geworden, so stockte ich öfters beim Lesen.

„Samstag, 11. Juli. Die Ereignisse spitzen sich zu, die drohende Katastrophe ist wohl nicht mehr aufzuhalten. Roland und August machen einen Fehler nach dem anderen. Jetzt sind auch noch die beiden Kinder verschwunden. Das Gerede und die Gerüchte dringen schon bis Vollersroda. In der Stadt erschienen Artikel in der Zeitung. Auch der Boss, die graue Eminenz, scheint total verunsichert und erteilt die falschesten Anweisungen. Wir denken schon gar nicht mehr daran, nach den Schätzen zu suchen, die Tagesereignisse zwingen uns andere Aufgaben auf. Was also ist mit den Jungs? Ich werde gleich in die Gänge gehen. Habe so einen furchtbaren Verdacht. Wenn sie mit den Jungs irgendetwas gemacht haben, gehe ich aufs Ganze. Auch wenn es zum Bruch kommen sollte. Ich überlege ernsthaft, noch heute auszusteigen. Habe mir etwas Geld gespart. Vielleicht sollte ich über die grüne Grenze abhauen, bevor es zu spät ist? Vielleicht erst einmal wieder in die Schweiz, bis die ganze Sache sich beruhigt hat? Ich habe den Plan, weiß, wo der Schatz sich befindet, in ein paar Jahren

kann ich dann hoffentlich meine Aufgabe beenden. – Doch zuvor muss ich nach den Jungen sehen. Und möglichst noch etwas für Ludwig tun. Er darf nicht im Gefängnis bleiben. Je eher er rauskommt, umso besser. Selbst auf die Gefahr hin, dass ich ... Noch ist nichts verloren. Ich gebe die Hoffnung nicht auf. Das Tagebuch aber will ich jetzt immer bei mir haben, damit es nicht durch Zufall in Augusts oder Rolands Hände kommt. Ich traue ihnen nicht mehr über den Weg, ich habe Angst."
Ich schwieg. Die letzten Zeilen waren mit flüchtiger Hand geschrieben. Es gab keine weitere Notizen mehr. Die übrigen Seiten des Tagebuchs waren leer.
„Lies weiter, Christian!" flüsterte Felix langsam, fast lautlos und drehte den Kopf zur Wand.
„Hier hört das Tagebuch auf", antwortete ich ebenso leise. Es lag etwas wie eine feierliche, aber bedrückende Stille im Raum.
„Ich weiß. Wenig später wurde Karl ermordet."
„Weil er uns befreien wollte."
Ich legte das Tagebuch schnell aus der Hand, wie etwas, das anstecken könnte. Die schrecklichen Bilder aus dem Gang, nachdem uns Helmut befreit hatte, stiegen wieder hoch, es gelang mir nicht, sie zu verdrängen. Das Gesicht aber, das ich dabei sah, hatte ganz andere, viel menschlichere Züge.
Das Lesen der letzten Worte war mir schwer geworden. Ein Kloß hatte sich mir in den Hals geschoben. Wir starrten auf den Fußboden. Nach langer Pause sagte Felix:
„Ja, Jungs, das war mein Bruder Karl. Ein schweres, abwegiges Leben, aber immer auf der Suche nach dem

Glück, dem er nachjagte wie jenem unseligen Schatz. Zu spät. Möge er jetzt seine Ruhe gefunden haben."
Grändi sprach als Erster ein Wort: „Wir sollten sein Vermächtnis erfüllen, seinen letzten Wunsch: Ludwig Borszwinski befreien und August und Roland der gerechten Strafe zuführen. Je eher, um so besser."
„Du hast Recht. Das sollte unsere Aufgabe sein."
Ich war, trotz aller bewegenden Schilderungen, ein wenig enttäuscht, dass uns zur eigentlichen Klärung des Verbrechens das Tagebuch scheinbar nicht weiterhelfen konnte.
„Leider steht nicht drin, wer der August Starkse und der Rothaarige, dieser Roland, sind."
„Aber wir wissen jetzt, dass die beiden die gesuchten Verbrecher sind!"
„Und dass noch ein Boss im Hintergrund mitspielt", ergänzte Grändi.
„Richtig, einer, der die Fäden in der Hand hält."
„Könnte das nicht der Raubmörder sein?", fragte Franz.
„Herr Schunzbach ist auch der Meinung, dass er dahintersteckt."
„Herr Schunzbach!", sagte Felix merkwürdig gedehnt. „Wisst ihr denn noch immer nicht, was ihr vom Polizisten zu halten habt?"
„Ich bin hin und hergerissen", sagte Grändi ehrlich, „ich hatte gehofft, dass wir durch das Tagebuch Klarheit bekommen würden."
„Haben wir doch!" Felix war überzeugt. „Das Tagebuch schreibt von August Starkse und seiner neuen Identität. An der Stelle, wo es diese aufklären will, ist eine Seite

entfernt worden. Wenn das kein schlüssiger Beweis ist! Wer hatte außer euch noch das Buch?"

„Nur Herr Schunzbach! Denn er hat das Buch ja nicht im Briefkasten gefunden, sondern hat es selber bei uns abgeholt."

„Und Karl wird mit Sicherheit nicht selbst die Seite entfernt haben! Es kommt also nur euer Polizist infrage. Er musste begründete Angst haben, dass sein Doppelspiel an die Öffentlichkeit kam. Erinnert ihr euch an den Satz, als Beno angeschossen wurde und ihr mit dem Hund kamt: „Der Polizist hat sich mal wieder dämlich benommen?"

Das war uns gar nicht aufgefallen.

„Für mich ist es der sichere Beweis, dass euer Dorfpolizist der gesuchte August Starkse ist, ein labiler Charakter, erst für die Nazis, dann bei den Roten, zu allem fähig, wenn es um den eigenen Vorteil geht. Es wird eure Aufgabe sein, Jungs, die Polizei in der Stadt zu informieren. Aber bitte vorsichtig, dass er keinen Wind davon bekommt. Ich bin dazu leider augenblicklich nicht in der Lage."

„Ich frage mich nur die ganze Zeit, warum um himmelswillen wir das Buch erst zwölf Tage nach seinem Tod lesen durften", meinte Grändi.

„Doch sicher, weil bis dahin die Verbrecher eigentlich hinter Schloss und Riegel sitzen müssten!", antwortete ich.

Felix aber sagte nachdenklich: „Vielleicht verbirgt sich hinter der Zahl zwölf ein Geheimnis, das wir jetzt noch nicht lösen können."

**Jetzt geht's aufs Ganze**

Es war spät am Nachmittag, als wir von Felix zurück in unser Dorf fuhren. Wir hatten nicht bemerkt, wie schnell die Zeit vergangen war. Die Ereignisse hatten uns gepackt. Wir mussten uns vorstellen, diese bedrückende Zeit hatte auch das Leben unserer Eltern bestimmt, von dem schrecklichen Krieg ganz zu schweigen. Gespenstig spukten noch Begriffe in unseren Köpfen, die wir kaum kannten, wie Blut und Boden, Geheime Staatspolizei, Deutscher Gruß, Hitlerjugend, deutsche Scholle. Dann das bedrückende Schicksal des Ermordeten. Und der Schauer, der uns über den Rücken lief, wenn wir daran dachten, dass Schunzbach der Verbrecher August Starkse war.

Hunger hatten wir, das merkten wir, als wir die Räder den Berg hinaufschoben. Wir hatten zum Frühstück das letzten Mal gegessen. Ein vorsichtiger Blick ins Gehölz, doch kein Raubmörder war zu sehen.

Wie wir ins Dorf kommen, fährt da gerade ein Krankenauto vor. Es hält an und wer steigt aus? Beno! Wir ließen die Räder fallen, stürzten zu ihm und umarmten ihn.

„Mensch Beno, du bist endlich wieder da! Mann, haben wir dir viel zu erzählen."

„Hallo, Freunde!" ertönte es quietschvergnügt aus seinem Munde. „Ja, Beno ist wieder da, wie er leibt und lebt."

„Alles wieder in Ordnung?", fragte Franz.

„Ich fühle mich sauwohl!"

Wir hatten die Räder aufgehoben und schoben sie jetzt neben Beno her, um ihn die wenigen Meter bis zum Haus seiner Eltern zu begleiten. Die hatten schon mitbekommen, dass ihr Sohn nach Haus kam, und stürzten vor die Tür, um ihn fast zu verschlingen. Wir guckten zur Seite.

Noch während dieser herzlichen Begrüßungszeremonie kam von der Seite ein Mann, blond gelockt, mit einer übergroßen ledernen Aktentasche. Er wäre wohl gern ausgewichen, das merkte ich, aber er war uns schon zu nahe. Hier konnte uns nichts passieren. Deshalb ging ich einfach auf ihn zu und sagte: „Ach, unser berühmter Maler! Guten Abend, Herr Engelbert Schober!"
„Schoner, mein Lieber. Guten Abend."
„Und was macht das Bild? Sind Sie fertig damit?"
Beno stand bei seinen Eltern und schaute zu, konnte natürlich keine Ahnung haben, wer das war und was wir bisher mit ihm erlebt hatten.
„Das Bild ... äh ... richtig – nein, eigentlich ist es noch nicht fertig. So schnell geht das nicht. Ich bin doch kein Schnellmaler ..."
Wir wussten natürlich, weshalb das Bild nicht fertig sein konnte.
„Aber bitte zeigen Sie uns, wie weit Sie schon sind, ob man es schon erkennt!", bettelte Franz scheinheilig.
„Das geht ... leider noch nicht, Kinder, denn ich bin eigentlich noch nicht viel weiter, weil ... meine Farben alle sind, äh, oder wie soll ich sagen, eigentlich nur die Verdünnung, auf alle Fälle ..."

Er ließ uns einfach stehen, lief an uns vorbei die Dorfstraße lang, vor sich hin murmelnd.

„Wir kommen noch 'n Stück mit!", rief Grändi, winkte Beno zu, der ins Haus zu seinen Eltern ging und bedeutete ihm: „Wenn es dich nicht zu sehr anstrengt, nach dem Abendessen in der Scheune! Wir haben viel zu erzählen!"

Wir liefen mit unseren Rädern neben dem angeblichen Maler her, der sichtlich versuchte, uns loszuwerden.

„Was haben Sie denn die ganze Zeit gemacht?", fragte ich ihn.

„Gemalt natürlich."

„Wir waren öfters da, haben Sie aber nie gesehen!"

„Na ja, immer kann man ja auch nicht arbeiten. Habe mich umgesehen im Dorf, schöne Häuser gesucht, neue Motive ... Sagt einmal, ihr müsst doch schnellstens zum Abendessen, eure Eltern warten bestimmt!"

Wir waren ihm lästig, weil wir ihn scharf beobachteten. Wieder fiel mir die große Ähnlichkeit mit dem Raubmörder auf. Deshalb sagte ich zu ihm frech: „Man weiß jetzt übrigens, wer die ganzen Verbrechen bei uns im Dorf auf dem Gewissen hat. Es ist ein gewisser Raubmörder, der sich hier herumtreibt. Er wird steckbrieflich gesucht und man weiß genau, wie er aussieht ..."

„Ah, interessant, weiß man genau ... Aber sagt mal, was liegt denn dort?! Das darf doch nicht wahr sein! Das ist doch ..."

Er hatte auf eine Stelle vor uns gewiesen, wo etwas Merkwürdiges hervorschimmerte, im Abendlicht war es nicht genau zu erkennen.

Vielleicht eine Bluse oder eine tote Katze oder was auch immer. Wir rannten zu der Stelle, aber es war nichts, da lag nur eine alte Zeitung. Und wie wir uns umdrehen, ist der Maler plötzlich zwischen den Häusern verschwunden. Ein paar Minuten später sahen wir ihn schon in ziemlicher Entfernung zu einem Wäldchen rennen, hinter dem die Sonne gerade unterging.

Nach dem Abendessen trafen wir vier uns für eine Stunde noch in Bauer Noltes Scheune, ganz romantisch bei Kerzenlicht, um Beno ausführlich zu erzählen, was wir inzwischen erlebt hatten. Die beiden Kerzen standen gleich vorn auf einem Balken, in schönem Abstand zum hinteren Teil der Scheune, wo das Stroh lag.

Früh am nächsten Morgen fuhr ich gleich zu Grändi. Unser Plan war klar – die Polizei in Weimar verständigen. Dafür war es gestern Abend zu spät gewesen, auch wäre Schunzbach vielleicht durch unsere späte Aktion misstrauisch geworden. Als ich nach Grändi rief, kam seine Mutter heraus.

„Guten Morgen, Christian; Gerhard? Der ist schon weg! Ich dachte, ihr wärt zusammen ...? Ich weiß nicht, wohin er so eilig hin ist, dachte, zu dir!"

„Aber er wollte doch..."

„Ob er in die Stadt gefahren ist? Er tat heute Morgen sehr wichtig und meinte, heute würde was los sein, er müsse gleich in die Stadt. Du kannst ja mal nachsehen, ob sein Rad noch dasteht."

„Danke, Frau Riese." Ich ging in den Schuppen. Das Rad war weg. Aber Grändi würde doch nicht allein nach

Weimar fahren. Wir hatten eindeutig ausgemacht, gemeinsam zur Polizei zu fahren. Auch Beno wollte mit.
Plötzlich kam mir ein fürchterlicher Verdacht. Grändi hatte gestern auf dem Heimweg herumgesponnen, er würde am liebsten gleich nach Güntsches Ruh und den Schatz suchen, denn durch das Tagebuch wisse er ja jetzt genau, wo er läge. Sollte er sich etwa am frühen Morgen allein aufgemacht haben? War die Spannung mit ihm durchgebrannt? Und die Gefahren? August Starkse und der Roland waren noch auf freiem Fuß! Mich schauderte. Je länger ich darüber nachdachte, umso klarer war mir, Grändi war zu unseren Gängen gefahren. Und er war in größter Gefahr. Sie schien mir so groß, dass ich nicht auf Beno und Franz warten wollte, sondern mit größter Geschwindigkeit zur alten Eiche fuhr. In Grändis Schuppen hatte ich noch eine Taschenlampe gefunden, die ich mitnahm.

Es war ein kühler Morgen, die Sonne stand flach, auf den Gräsern glitzerte Tau und der mächtige Baum stand wie in leichte Watteschleier eingepackt.
Grändis Rad lag nicht am Eingang zu den Gängen, aber vielleicht hatte er es versteckt. Die von Schunzbach vor den Eingang gesetzte Holztür war auf alle Fälle offen. Ich rief nach Grändi, bekam aber keine Antwort. Deshalb stieg ich hinunter. Zum Glück hatte ich die Taschenlampe mit, in deren Schein ich den Gang entlang ging. Wieder rief ich, wegen des schaurigen Echos nicht ganz so laut. Aber mein Freund meldete sich nicht. Die quietschende Tür zum ersten Saal. Alles leer. Weiter nach

hinten. Hier hatte Karl gelegen. – Die Buchstaben im Stein. Die Tür zum zweiten Raum – und davor eine Stalllaterne, fast an der gleichen Stelle, wo Grändi die Lampe zertreten hatte. Auch sie war verbeult, das Glas kaputt. Ich sah im unteren Blechrand Buchstaben, die da eingeritzt waren: E. Sch. Wir hatten in den letzten Tagen soviel über Buchstaben und ihre Bedeutung nachgedacht, dass mir sofort durch den Kopf schoss:
Engelbert Schoner! Es wurde mir immer unbehaglicher. Ich wäre am liebsten hinausgerannt, aber dann hätte ich ja nicht herkommen brauchen. Ich suchte weiter nach Grändi. Er konnte gefangen hier unten liegen. Mut, Olf. Es zog mich zu der zweiten Tür, zu dem unbekannten Raum, von dem wir durch das Tagebuch wussten, dass es der Aufenthalt der Bande war. Ohne nachzudenken, mehr in Gedanken, drückte ich die Klinke runter – da sprang plötzlich die Tür auf, die Tür zur zweiten Höhle. Ich war mächtig erschrocken und zuckte zusammen. Aber der Raum war leer. Ich leuchtete ihn ab. Er war etwa so groß wie der vordere, sah aber kleiner aus, weil viel Zeug drin herumlag. In der Ecke stand ein alter, hölzerner Tisch mit einer Schublade, die auf war, drum herum zwei einfache Stühle, ein dritter lag umgeworfen auf dem Erdboden. An der hinteren Wand türmten sich Kartons und Kästen, Kartoffelkisten, aber auch größere, die schmal waren, als wären darin Bilder versteckt. Sie waren leer. Ein alter Schrank stand da, schief und wacklig, ein Bein fehlte, darin Werkzeug, Hämmer, Meißel. Gegen die Wand gelehnt Kreuzhacke, Brechstangen, Schaufeln. War das der Spaten, über den ich gestolpert war?

Auch eine Schubkarre stand da, darin verbeulte Eimer mit Sandresten.
Auf dem Tisch lag ein alter Zettel, der Geheimplan, und zwar der vollständige! Ich sah das ganze Schriftfeld, dessen Inhalt ich kannte, sah aber auch, wie die Gänge nach der Verschüttung weiterführten. Eine unheimliche Spannung erfasste mich, ich zitterte, als ich den Zettel nahm, faltete und in meine Hosentasche steckte. Und wie ich in die offene Schublade leuchte, liegt da eine Pistole, eine richtige echte Pistole. Ich nahm sie ganz vorsichtig in die Hand und merkte nicht, wie hinter mir leise die Tür aufging und jemand vorsichtig eintrat. Ich hatte die Pistole in der Hand. Es war das erste Mal, dass meine Finger so ein Ding anfassten. Sie war schwer und kühl, aber lag schön und bequem in der Hand. Dennoch war es ein ganz komisches Gefühl, als mein Finger den Abzug fand. Wenn ich mir überlegte – da brauchte man bloß den Zeigefinger krumm machen, dann kam vorne ein Stück Blei heraus und damit konnte man jemand umlegen! Dieses Gefühl war längst nicht so kribbelnd, wie ich es mir immer vorgestellt hatte.
Plötzlich sagte eine Stimme in meinem Rücken:
„Sieh mal an. Was suchst du denn hier?"
Ich fuhr entgeistert rum und sah Herrn Schunzbach, der eine Taschenlampe in der Hand hatte. Ich hatte keine Lampe in der Hand, sondern eine Pistole – und die hatte ich, ohne dass ich es merkte, auf unsern Polizisten gerichtet.
„Leg das Ding weg!", brüllte er. Da wurde mir meine überlegene Situation erst bewusst.

„Das ist mein Revolver, mach keine Dummheiten, Christian, gib ihn her!" Er trat einen Schritt auf mich zu.
„Halt!", rief ich. „Bleiben Sie sofort stehen!" Mir schoss durch den Kopf, was Felix gesagt hatte: Euer Polizist ist August Starkse, der gesuchte Verbrecher. Und ich war mit ihm allein unter der Erde – und ich war bewaffnet, er aber hatte nur eine Taschenlampe. Schunzbach blieb sofort stehen.
„Was soll das! Ist ja interessant, mal so'n Ding in der Hand zu halten, aber zum Spielen ist es wirklich zu gefährlich, glaub mir, Christian. Gib's her!"
„Was wollen Sie hier unten?", fragte ich scharf.
„Du machst mir Spaß! Untersuchen natürlich! Ich habe zu Hause einen besonderen Dictrich gefunden, mit dem ich versucht habe, diese Tür zu öffnen – wie du siehst, mit Erfolg! Hier scheint das Schlupfloch der Bande zu sein!"
Schunzbach sprach immer noch als der redliche Dorfpolizist, der die Verbrechen untersuchte. Das regte mich auf. Als er sich auch noch eine Zigarette rausholte und sich anstecken wollte, donnerte ich ihn an: „Lassen Sie Ihre blöden Sprüche! Sie sind alle erlogen und erstunken!"
Er war verblüfft – und auch ich über meinen Tonfall. Dabei fiel mir ein, dass er nicht wissen konnte, dass wir in ihm den Verbrecher vermuteten. Was also tun? War es nicht besser, das Spiel mitzuspielen? So tun, als ob ich nichts wüsste? Meine Situation sah gar nicht schlecht aus, aber ich wusste, dass ich nie und nimmer schießen würde. Wenn er mich schnappen würde, wäre ich ihm

hilflos ausgeliefert. Würde er sich nicht ausrechnen können, dass ich die Pistole nicht benutzen würde? Er war gerissen und mit allen Wassern gewaschen, das wussten wir.
Ich wusste auch, dass Grändi nicht hier unten war. Es gab nur eine Erklärung: er war früh, aus welchen Überlegungen auch immer, in die Stadt gefahren, um die Polizei zu holen. Sie würden nach Legefeld kommen, weder den Polizisten noch mich finden, würden uns also in den Gängen vermuten und schnellstens hierher kommen. Aber das würde dauern! Ich musste Zeit gewinnen! Je mehr ich mir das überlegte, umso klarer wurde mir, dass die harmlose Tour die bessere war. Ich durfte es nicht zu einem Handgemenge kommen lassen, da war ich verloren. Ich musste mich als der ahnungslose Christian Apfelbäumer geben, der seinem Dorfpolizisten volles Vertrauen schenkt.
Ich grinste ihn also an und reichte die Pistole rüber.
„Entschuldigen Sie, Herr Schunzbach, dass ich Sie angebrüllt habe. Es ging einfach mit mir durch, als ich die Pistole in der Hand hielt. Wohl zu viel Abenteuerromane gelesen! Ich wollte Sie nicht erschrecken, tut mir Leid, es war nur ein Spiel!"
„Na, wurde auch höchste Zeit!"
August Starkse – war er es wirklich? – steckte die Pistole ein und war nun auch wieder Schunzbach.
„Was wolltest du eigentlich hier unten?"
„Ganz einfach, Grändi war nicht zu Hause, ich vermutete ihn hier in den Gängen und war natürlich erstaunt, als ich die offene Höhle fand."

„Was ist eigentlich mit dem Tagebuch, war das nicht gestern dran?"

„Ach ja!", sagte ich möglichst gleichgültig. „Wir haben es mit dem Felix gelesen. War ganz interessant, so die Zeit damals. Aber weiter geholfen hat es nicht. Es stand zwar was von August Starkse drin, aber wie es näher erklärt werden sollte, wer er wirklich ist, war da 'ne Seite rausgerissen."

Dass Felix angeschossen worden war, verschwieg ich bewusst, wollte testen, ob es Schunzbach schon wusste. Ich beobachtete ihn scharf, so gut das eben ging in dieser unterirdischen Dunkelheit, das Licht seiner Lampe war nicht gerade hell. Komischerweise ging der Polizist in keiner Weise auf Felix ein, er sprach überhaupt ganz unbefangen. Wenn er wirklich der Verbrecher war, musste er ungeheuer kaltblütig sein und sich fantastisch im Griff haben. Aber vielleicht war auch alles ganz anders?

„So, die Seite war rausgerissen? Das ist ja interessant! Ausgerechnet bei August Starkse! Und dabei hatte außer mir und euch niemand das Heft in der Hand!"

„Eben!"

„Doch ich!"

Eine harte Stimme kam von der Tür her. Eine lange, hagere Gestalt trat ein. Sie hatte knallrote Haare. Es war der Kerl, der uns vorn im Saal verhungern lassen wollte und der Karl Krumbein auf dem Gewissen hatte.

„Was gibt's denn, August, hast du Ärger?"

August! Er hatte August gesagt! Es gab keinen Zweifel mehr. Und zur Bestätigung sagte Schunzbach mit völlig veränderter Stimme:

„Kommst grad im rechten Augenblick, Roland. Stell dir vor, der Bursche hat mich mit meiner Pistole bedroht, die ich auf dem Tisch liegen hatte!"
Schunzbach hatte bei diesen Worten seinen Revolver wieder hervorgeholt. Schlagartig gab es kein Verstellen mehr. Ich stand zwei Verbrechern gegenüber.
„So, so", sagte Roland, „die Pistole genommen! Hat sich wohl gründlich hier unten umgesehen!" Er leuchtete den Tisch ab.
„Der Plan! Der Plan ist weg! Bursche, wo hast du ihn hingesteckt?"
„Ich habe ihn nicht, da lag kein Plan!", leugnete ich.
„Lüg mich nicht an! Ich werd dir deine Flausen schon vertreiben!"
Er haute mir eine runter, dass mir Hören und Sehen verging.
„Also wo?"
Ich schwieg dennoch still. Wieder schlug er mich. Ich spürte, wie meine Nase zu bluten begann.
„Raus mit der Sprache – oder ich werde noch deutlicher!"
„Ich habe ihn – verschluckt!", sagte ich verzweifelt. Roland verlor die Beherrschung und schlug wild auf mich ein. Ich stürzte und war wohl ein paar Minuten besinnungslos, denn wie ich wieder zu mir kam, war er gerade dabei, mir die Hände in altbekannter Manier auf den Rücken zu binden. August Starkse stand teilnahmslos mit der auf mich gerichteten Pistole da und sah zu.
„Wir sollten ihn kalt machen, bevor die andere Bande kommt!", sagte der Rothaarige.

„Jetzt nur die Nerven behalten! Keine übereilten Schritte! Noch einen Toten können wir uns nicht leisten!"
Die Stimme von Schunzbach war ganz anders, viel eisiger. Was war er für ein Verstellungskünstler!
„Der Junge hat dich und mich gesehen! Wie kann es da noch andere Überlegungen geben? Es bleibt uns gar nichts anderes übrig, als ihn umzulegen. Los, schieß!"
„Mensch Roland, überleg doch ..."
„Er weiß alles. Er hat den Plan gesehen, er kennt unseren Schlupfwinkel!"
„Wir können immer noch türmen, jetzt, wo der Boden langsam heiß unter den Füßen wird."
Kein Zweifel, August Starkse war der weniger Gefährliche.
„Damit unsere Arbeit all die Jahre umsonst war? Nein, jetzt nicht mehr zurück, so dicht vor dem Ziel."
Schunzbach überlegte. „Freilich, er hat das Tagebuch gelesen. Er weiß, was wir suchen. Ich habe zwar die entscheidende Stelle rausgerissen, aber dennoch ..."
„Leg ihn um, Mensch!" Die Pistole war immer noch auf mich gerichtet und Roland wurde immer lauter. Für den Augenblick war ich froh, dass Starkse die Waffe hatte und nicht der andere.
„Wir müssen auf den Boss warten. Es ist seine Entscheidung."
Schunzbach schien froh zu sein, einen Aufschub erreicht zu haben.
„Immer der Boss! Kannst du nicht mal selbst 'ne Entscheidung treffen?"
Sie fingen an, sich gegenseitig Vorwürfe zu machen.

„Viel zu lange habe ich zugesehen und mich den Anweisungen gebeugt. Hätte längst reinen Tisch machen sollen! Gib jetzt die Pistole her, wenn du selbst zu schwach bist!"

„Die kriegste nicht, Roland, das wäre Wahnsinn! Reiß dich zusammen!"

„Die ganzen Jahre – immer nur der Boss. Und wenn wir den Schatz dann haben, macht er sich aus dem Staub! Lässt uns die Drecksarbeit machen und sahnt ab. Nee, nee, August, Schluss damit. Der Junge hat ausgespielt. Wenn du nicht kannst, schieß ich. Gib das Eisen her!"

„Finger davon! Zum letzten Mal, es hat keinen Zweck! Wir haben uns zu weit reingeritten. Es geht nicht mehr mit der Brechstange, uns kann nur noch einer aus der Geschichte rausziehen, der Boss! Mach dich, so schnell du kannst, auf den Weg zu ihm!"

„Damit du und der Junge auf und davon können, weil du zu schwach bist, ihn umzulegen! Nee, nee, August, nicht mit mir! Geh du man, wenn du meinst. Und gib endlich die Waffe her, dass ich den Jungen in Schach halten kann. Aber beeile dich! Ich kann sonst nicht versprechen ..."

„Na gut, einverstanden, wenn du ihm nichts tust, bis ich wieder da bin!"

August gab Roland tatsächlich die Pistole. Mir wurde himmelangst. Ich lag wehrlos auf dem Boden, über mir der Rothaarige, während August den Pistolengurt abschnallte und zur Tür hinaustrollte.

„Kannst dich schon auf deinen Abschied vorbereiten!", brüllte mich der Verbrecher an und stieß mit den Füßen nach mir.

„Will doch sehen, wenn so ein Milchgesicht Angst bekommt!"

Er kniete sich neben mir nieder und hielt mir die Pistole unter das Kinn. Ich spürte deutlich die kalte Rundung des Laufes. Schunzbach hatte die Tür geschlossen und lief nach vorn. Mir brach der Angstschweiß aus. Ich roch den stinkenden Atem des Rothaarigen, der sich über mich beugte.

Jetzt nur keine falsche Bewegung und kein Wort. Ausharren, die Ewigkeit, bis Starkse wiederkommt, bewegungslos ertragen.

„Haste noch 'n Wunsch, Kleiner? Machste schon in die Hose? Soll ich ein bisschen abdrücken?"

Die Bilder fingen zu laufen an. Vor meinen Augen zog vorbei, was wir in diesen Ferien erlebt hatten. Langsam verließen mich alle Hoffnungen. Warum kam Grändi nicht mit der Polizei? Es musste doch längst eine Stunde vergangen sein! Sie hatten Autos, sie mussten doch kommen!

Plötzlich ein Schlag, vorn am Eingang, als ob die Luke zugeschlagen worden wäre, heftige, schnelle Schritte, die Saaltür wird aufgerissen und Starkse stürzt herein.

„Polizei!"

Der Rothaarige sprang auf, schrie zu Schunzbach, der die Tür von innen verriegelte: „Mist, verdammter, warum hast du ausgerechnet heute deine zweite Waffe nicht mit?"

Ich hörte, wie mehrere Personen durch den Gang stürmten und bis zur Tür kamen.

„Aufmachen, Polizei!"

Die beiden stellten sich neben die Tür, Schunzbach mit der Pistole, der Roland aber hatte sich einen Spaten geschnappt und hielt ihn schlagbereit über dem Kopf.
„Zum letzten Mal, aufmachen! Sie sind umstellt!"
Von draußen wurde an der schweren Eichentür gerüttelt, der eiserne Riegel aber hielt, die Tür blieb verschlossen.
„Wenn diese Höhle nur auch einen zweiten Ausgang hätte, wir sitzen in der Falle!", zischte Roland.
Draußen rannte einer zurück, die anderen aber machten sich an der Tür zu schaffen und riefen immer wieder: „Aufmachen! Es hat doch keinen Zweck! Ergeben Sie sich, Sie haben keine Chance!"
Ein Schuss knallte durchs Schloss, pfiff bedrohlich durch den Raum, aber der Riegel hielt. Doch dann kam einer wieder, hatte einen harten Gegenstand, wohl eine Brechstange geholt. Ich hörte, wie das Holz knirschte und barst, plötzlich kam eine Eisenstange durch die Türbretter, wurde wieder rausgerissen, brach sich wieder durch. Nur wenige Sekunden und die Tür zersplitterte restlos. Und dann, ja dann ging alles unwahrscheinlich schnell. Schüsse knallten, Schreie, Glas splitterte, Eisen polterte zu Boden, wieder Schüsse, Staubschwaden, Gekrache. Mir wurde meine Fessel zerschnitten und ich wurde hochgerissen. Jemand klopfte mir anerkennend auf die Schulter – oder wenigstens aufmunternd. Roland und August waren gefangen. Ein Abenteuer, auf das ich gern verzichtet hätte, war überstanden.

**Hilfe, der Boss**

Am nächsten Morgen saßen Grändi, Franz und ich in Bauer Noltes Scheune. Beno war mit den Eltern noch mal ins Sophienkrankenhaus gefahren, weil die Fäden, mit denen die Beinwunde genäht worden war, gezogen werden mussten.
Der gute Duft des frischen Heues stieg uns in die Nase. Wir hockten im vorjährigen Stroh, Franz hatte sich eine alte Milchkanne geangelt, um darauf zu kauern. Draußen war es bedeckt, nicht mehr so schön wie die letzten Tage. Aber hier in der duftenden Scheune war es behaglich und urgemütlich.
Wir hatten uns diesen Platz gewählt, weil wir verständlicherweise keine Lust hatten, nach Güntsches Ruh zu gehen. August Starkse und der rothaarige Roland waren zwar verhaftet, aber noch immer fehlte ein Hinweis auf den Boss. Der Raubmörder blieb verschwunden und von dem Meistermaler hatten wir am Donnerstagabend die letzten fernen Staubwölkchen gesehen. Waren er und der Raubmörder eine Person? War er der Boss?
Ich war gestern nicht mehr fähig gewesen, meinen Freunden zu berichten. Ein Bombenessen meiner Mutter und ein tiefer Schlaf hatten mich aber wieder flott gemacht. Grändi und Franz staunten nicht schlecht, als ich ihnen nun ganz ausführlich erzählte, was ich erlebt hatte. Beinahe wäre es wirklich schiefgegangen. Das war Hilfe in letzter Sekunde. Grändi war tatsächlich, wie ich vermutet hatte, am Morgen in aller Frühe in die Stadt gefahren. Es wäre eine Eingebung im Schlaf gewesen. Er

hätte geträumt, Schunzbach wäre entflohen, und wie er schweißgebadet beim ersten Morgengrauen aufgewacht wäre, hätte er sich sofort sein Rad geschnappt und wäre losgefahren. Ich konnte nur sagen: Gott sei Dank!
Ich hatte in meiner Hosentasche den vollständigen Geheimplan der Gänge, wollte mit meiner Neuigkeit aber warten, bis Beno kam. War schon gespannt, was sie für Augen machen würden!
Unser Fall war also fast geklärt. Der alte Ludwig Borszwinski war noch gestern Abend entlassen und mit einem flotten Auto nach Legefeld zurückgebracht worden. Nur jener Boss fehlte noch, von dem im Tagebuch und unten in der Höhle die Rede war. War er getürmt, und die verbeulte Lampe unten im Gang war das letzte Lebenszeichen von ihm?
„Das war schon mächtig spannend!", stellte Grändi fest und rückte sich im Stroh bequemer zurecht. „Ich glaube aber, so 'ne richtige komplizierte Kriminalgeschichte war das noch nicht. Die ist noch viel verwickelter!"
„Na danke!", sagte ich, „mir war es dicke genug!"
„Nee, nee, so ganz richtig war das noch nicht. Bei 'ner echten Kriminalgeschichte muss man am Ende ganz erstaunt sein. Und der Mörder ist immer der, auf den man überhaupt nicht gekommen ist!"
„Und die Geheimschriften sind alle noch viel verwickelter!", ergänzte Franz.
„Na ehrlich, habt ihr am Anfang geglaubt, dass der Schunzbach der August Starkse ist?", fragte ich. „Und beim alten Borszwinski haben wir gemeint, dass er ein Verbrecher ist, aber er war unschuldig."

„Stimmt!", dachte Franz nach, „und Felix haben wir auch verdächtigt."
„Hast ja Recht. Aber es ist trotzdem noch nicht verwickelt genug!" Grändi war sichtlich unzufrieden. „Wenn jetzt zum Beispiel festgestellt würde, dass Herr Hortig der gesuchte letzte Verbrecher, eben jener Boss sei, dann wär's richtig!"
Dieser Gedanke gefiel mir.
„Oder Montag!", sagte ich. „Stellt euch vor, der Montag wäre der Verbrecher, das wäre toll! Wenn man's recht bedenkt, er ist brutal, jähzornig, stinkig – der hat das Zeug zu 'nem Mörder! Montag könnte es sein! Mann, da hätten wir nächstes Jahr Deutsch bei 'nem anderen!"
Auch Franz meinte: „Ach, wäre das 'ne Wucht! Nicht auszudenken!" Und er wünschte sich: „Oh, wäre doch Montag ein bitterböser schrecklicher Verbrecher!"
„Wir würden ihn gemeinsam zur Strecke bringen!", ereiferte sich Grändi.
„Da muss Beno aber auf seine Beine aufpassen, dass sie nicht wieder erwischt werden!" Die Ereignisse begannen sich bereits von uns loszulösen, so dass wir darüber unsere Witze machen konnten. Ein Zeichen dafür, dass es uns wieder gut ging. Franz konterte auf Grändis Anspielung: „Keine Angst, nächstes Mal bist du dran! Ich hatte meinen Steinwurf und Olf sein Höhlenerlebnis. Nun kommst du an die Reihe!"
Grändi hatte nachgedacht.
„Nee, ich muss euch enttäuschen. Montag ist es nicht, kann es gar nicht sein."
„Und warum?"

„Weil wir gleich auf ihn getippt haben."
Wir alberten noch eine Weile herum, fanden noch ein paar Fieslinge in der Schule und bei uns im Dorf, denen wir gern den Raubmörder angedichtet hätten und überlegten schließlich, was wir am Nachmittag tun könnten.
Da kam plötzlich Beno angerannt. Er war aus der Stadt zurück, aber wie er auf uns zugesprungen kam, verriet uns, dass etwas Ungeheuerliches geschehen sein musste.
„Mensch, Kinder, ich habe Neuigkeiten!"
„Was issen los? Was gibt's denn?"
„Starkse ist fort! Aus dem Gefängnis ausgebrochen. Heute Morgen."
Wir starrten ihn im ersten Moment sprachlos an, ehe uns gleichzeitig ein „Waaas?" entfuhr. Wir waren aufgesprungen und hofften, von Beno Näheres zu erfahren.
„Das gibt's doch nicht! Wie kann er denn aus dem Gefängnis ausbrechen?", fragte Grändi.
„Keine Ahnung. Ich hab's zuerst im Krankenhaus gehört, da ging die Nachricht grad durch. Aber auch hier im Dorf sprechen sie schon drüber."
„Ausgebrochen?" Mir wurde schlecht. „Und wenn er nun nach Legefeld zurückkommt und an uns Rache nimmt?"
„Der wird sich erstmal aus dem Staub machen, ist doch klar!", schlussfolgerte Grändi. „Aber wie kann denn so etwas passieren?"
Beno erzählte, was er gehört hatte. „Sind aber alles nur Gerüchte. Meine Mutter hat von Frau Schuster gehört, dass sich der Polizist krank gestellt habe. Als man ihn ins Krankenzimmer brachte, habe er die Krankenschwester niedergeschlagen und sei abgehauen. Frau Becker aber

meint, Schunzbach habe den Wächter mit seinen Handschellen erschlagen, habe sich den Schlüssel genommen und sei getürmt. Und Bauer Nolte soll gesagt haben, dass er von Amtswegen mit dem Wärter befreundet gewesen wäre und dass der ihn rausgelassen hätte. Wie dem auch sei, er ist auf alle Fälle geflohen!"
„Und der Roland?"
„Davon hab ich kein Wort gehört, der muss noch drin sein."
„Gott sei Dank, wenigstens der. Er scheint mir der Schlimmere gewesen zu sein!"
„Das kannste nicht sagen! Wer weiß, was Starkse für Dreck am Stecken hat, wenn die das erstmal alles aufrollen", sagte Franz.
Grändi aber fügte hinzu: „Das ist eine große Schweinerei. Die müssen doch in der Lage sein, so 'nen Verbrecher dingfest zu machen, wenn sie ihn endlich geschnappt haben, hat ja lang genug gedauert..."
„Aber du weißt ja selbst, wie er sich verstellen kann!", warf ich ein.
„Trotzdem."
„Und was machen wir nun?"
„Abwarten und hoffen, dass sie ihn finden. Kann sich ja nicht in Luft auflösen."
„Bestimmt versteckt er sich wieder in den Gängen, in ihrem Schlupfloch!" meinte Franz.
„Glaub ich nicht. Da wird die Polizei zuerst suchen."
Wir stritten uns noch 'ne Weile herum, wohin er wohl getürmt wäre und was wir machen könnten. Auf alle Fälle war klar, dass wir unsere Gänge erst einmal meiden

würden. Wir konnten nur hoffen, dass unser ehemaliger Dorfpolizist Schunzbach, alias Starkse, bald gefasst werden würde.

„Auf jedenfall müssen wir heute Nachmittag zu Felix nach Hetschburg!", sagte Grändi. „Wir müssen ihm unbedingt erzählen, was sich alles getan hat. Da wollte ich sowieso hin. Vielleicht kann er uns jetzt einen guten Rat geben."

„Aber nur mit dem Fahrad!", forderte ich. „Auch wenn es in Strömen regnen sollte! Zu Fuß kriegst du mich nicht mehr durch den Wald!"

„Da haste Recht!", stimmte mir Franz bei und Beno sagte: „Da gibt's gar keine Frage. Also alles klar. Gleich nach dem Mittagessen zu Felix!"

„Den Weg könnt ihr euch sparen!", sagte eine dunkle Stimme hinter uns. Wir fuhren herum und erstarrten. In der lichtdurchfluteten Scheunentoröffnung stand eine lange, hagere Gestalt, mit kurzer Hose und 'nem Deckel auf dem Kopf, unter dem blondes Haar herausquoll.

„Was wollen Sie denn von uns?", kam es langsam aus Grändis Mund,

„Wir kennen uns doch! Es wird Zeit, dass wir mal ausführlich miteinander sprechen!", sagte der Maler, der diesmal keine Tasche mit Zeichengerät bei sich hatte.

„Sie sind der Maler Engelbert Schoner!", sagte ich, „aus Weimar."

Der Lange lächelte verschmitzt.

„Nein, bin ich nicht. Ich kann leider überhaupt nicht malen und habe mir den Namen eines bekannten Malers nur geliehen ..."

„So sind Sie gar nicht ..."
„Wisst ihr vielleicht jetzt, wer ich bin?" Er hatte den Deckel abgenommen und mit ihm eine blondlockige Perücke. Darunter war sein Haar dunkelbraun. Als er auch noch eine dicke Hornbrille hervorkramte und auf seine Nase setzte, stieß ich entsetzt hervor: „Der Raubmörder!"
Wir waren wie gelähmt, unfähig aufzustehen und davonzurennen. Der Schreck drückte uns ins Stroh.
„Muss euch enttäuschen!", sagte der Mann. „Auch der Raubmörder bin ich nicht, denn den gibt es überhaupt nicht. War eine Erfindung von mir. Ich bin Kriminalschriftsteller!"
„Waaas?"
Dieser Ruf kam erleichterter aus uns raus, aber die Angst saß noch mit uns im Heu, weil wir noch nicht richtig durchblickten.
„Ich schreibe Romane über Verbrechen und ihre Auflösung und hole mir meine Anregungen gern aus dem gewöhnlichen Leben."
„Sie haben mit den ganzen Verbrechen nichts zu tun?", stieß Grändi hervor.
„Doch! Ich habe sie genau studiert und eine Erklärung gesucht!" Er schmunzelte. „Und durch die Sache mit dem Raubmörder – eine prima Erfindung, muss ich mir merken! – sogar in den Fall eingegriffen. Wenn jetzt die Verbrecher hinter Schloss und Riegel sitzen, ist das auch ein bisschen mein Verdienst." Stolz klang aus seinen Worten.
„Sitzen sie nicht! Starkse ist heute Morgen ausgebrochen!"

„Das weiß ich. Ich denke, es ist Zeit, dass ich euch erzähle, was ich herausgefunden habe. Darf ich mich zu euch setzen?"
Er wartete unsere Antwort nicht ab und hockte sich auf eine Schubkarre, die verkehrt herum auf dem Boden lag. Wir waren immer noch wie erstarrt.
„Sie haben also wirklich nichts mit den Verbrechen zu tun?", fragte Grändi.
„Und auch den Raubmörder gibt es nicht?", fragte ich ebenso ungläubig. „Aber der Steckbrief?"
„War auch meine Erfindung. Jungs, Geduld, alles der Reihe nach!"
„Langsam wird es doch 'ne richtige Kriminalgeschichte", murmelte Grändi.
„Also. Schunzbach ist heute Morgen ausgebrochen. Er hat es ganz pfiffig angestellt. Er sollte verhört werden, ist plötzlich umgefallen, hat sich bewusstlos gestellt, so dass sie ihn in die Krankenstube gebracht haben, und da ist er durchs offene Fenster gesprungen."
„Das hat er ja wie Karl Krumbein gemacht!", sagte ich überrascht,
„Karl Krumbein?"
„Der Ermordete aus dem Gang, einer der Bande. Er hat doch ein Tagebuch ..."
„Ein Tagebuch! Interessant. Seht ihr, das weiß nun auch ich noch nicht!"
Wir erzählten ihm in großen Zügen das bewegte Leben des Karl Krumbein.
„Wenn Schunzbach – ich meine, August Starkse – das Buch also gelesen hat, wundert es mich nicht, dass er

seine Flucht ebenso geplant hat. Da hat ihm sein ehemaliger Komplize einen guten Rat über den Tod hinaus gegeben; Übrigens, was ihr mir von der Vergangenheit des August Starkse im 3. Reich erzählt habt, ist mir sehr wertvoll, das erklärt mir doch so einiges! Doch zurück, ich wollte euch ja berichten! Aber vielleicht muss ich noch ein wenig weiter ausholen."

Wir hatten es uns bequem gemacht und warteten gespannt auf seine Worte. Langsam entstand bei uns so etwas wie Vertrauen. Wie der Lange mit uns sprach, das klang alles so ehrlich und einfühlsam, dass wir es ihm einfach abnahmen. Wir waren zwar in den letzten Wochen oft enttäuscht worden und mussten unsere Meinung das ein oder andere Mal ändern, aber ich würde 'nen Besen fressen, wenn dieser Kriminalschriftsteller es nicht ehrlich mit uns meinte.

„Also ganz an den Anfang der Geschichte zurück. Wie gesagt, ich suche spannende Geschichten. Ich hatte gerade einen Roman abgeschlossen und war auf der Suche nach einem neuen Thema, da fand ich durch Zufall einen kleinen Artikel in der Zeitung, dass in Legefeld unterirdische Gänge entdeckt worden wären, in denen ein Junge – du, Beno! – angeschossen wurde. Und dieser Junge sei spurlos verschwunden. Als ich das las, schoss es mir durch den Kopf: das ist eine Geschichte! Ein kleines thüringisches Dorf, unterirdische Gänge, ein spurlos verschwundener Junge – das war ein herrlicher Stoff für einen spannenden Krimi! Da hatte ich noch keine Ahnung, in was ich hineingeraten würde, dass sogar der untersuchende Dorfpolizist der Hauptverbrecher sein

würde. Als ich dann noch las, dass ein komischer Alter als Hauptverdächtiger ins Gefängnis gesteckt worden war, stand mein Entschluss fest.
Ich kenne den Gefängnisdirektor in Weimar, er ist ein Schulkamerad von mir. Er weiß um meine Schwäche und ist ein Verehrer meiner Kunst. Wenn er helfen könne, einen neuen Roman entstehen zu lassen, wolle er es tun. Er sperrte mich mit in die Zelle zu Ludwig Borszwinski."
„Das klingt ja selber wie ein Kriminalroman!", sagte ich.
„Was hat Ihnen der alte Borszwinski denn erzählt?", fragte Beno.
„Zunächst nichts. Er war sehr einsilbig. Er schien völlig verzweifelt. Mit der Zeit aber gelang es mir, sein Vertrauen zu gewinnen, und schließlich erzählte er mir alles. Er gilt bei euch im Dorf zwar als ausgemachter Trottel, ich musste aber feststellen, dass er über alles Bescheid weiß, täglich die Zeitung genau studiert und sich auch über die Vorgänge im Dorf seine Gedanken macht. Ludwig ist ein sehr intelligenter und auch sensibler Mensch. Die Lebensumstände haben ihn gezwungen, sich aus dem öffentlichen Leben zurückzuziehen. An Schicksalsschlägen hat es bei ihm wahrlich nicht gefehlt. Doch das zu erzählen, würde zu weit führen.
So hörte ich also von euch Rasselbande, von den unterirdischen Gängen, auch von dem Schatz des alten Güntsch und der vergeblichen Suche von Generationen danach. Ich hörte von den beiden Brüdern Karl und Felix Krumbein. Karl war nach dem Tod der Mutter zu Ludwig gekommen, dieser war ihm bis zu jener gewaltigen Ausei-

nandersetzung wie ein Vater ..." Der Lange sann über etwas nach.

„Sie wussten, dass Ludwig Borszwinski unschuldig war?", fragte Grändi.

„Anfangs nicht, wie sollte ich auch. Aber mit seinen Erzählungen wurde mir immer klarer, dass seine Beteuerungen, er sei unschuldig eingesperrt, der Wahrheit entsprachen. Als ich davon überzeugt war, fragte ich mich natürlich, wer dann dahinter stecke und dem alten Mann diese Falle gestellt habe. Da kam ich schnell auf Schunzbach. Er hatte den Brief erwartet, hatte den Briefträger ..."

„Meinen Vater!", warf Franz ein.

„... aufgefordert, auffällige Briefe bei ihm abzuliefern. Ein Verstoß gegen das Briefgeheimnis! Auch einen Dorfpolizisten hat es nicht zu interessieren, wer wem einen Brief schreibt! Noch verwerflicher, einen Brief – und noch unter Zeugen – zu lesen. Aber die Geschichte hatte ja einen anderen Grund: er wollte, dass ein Brief gefunden wird. Ihr wart auf den Namen August Starkse aufmerksam geworden, der des Polizisten! Er musste sich eine Tarnung ausdenken, er brauchte ein Opfer. Also schrieb er den Brief als August Starkse, weil er voraussetzte, dass dein Vater, Franz, ihn finden und zu ihm bringen würde. Dass ihr ausgerechnet dabei wart, als der Postbote kam, war reiner Zufall, der ihm freilich zugute kam, hatte er so doch Zeugen, die ihn entlasten würden."

„Das hat er wirklich klug eingefädelt!" stellte Franz fest.

„Sehr klug. Und es wäre wohl auch alles glatt gelaufen, wenn ihr ihm nicht dauernd in die Quere gekommen wärt! Er behauptete zwar immer, die Polizei in Weimar eingeschaltet zu haben, Tatsache ist aber, dass er die Umstände verschleierte, die Untersuchungen lediglich auf den Mord an Karl Krumbein beschränken ließ. Habt ihr euch nicht gewundert, dass niemals ein untersuchender Polizist aus der Stadt euch aufgesucht und vernommen hat?"

Tatsächlich, das hatten wir bei der Fülle der Ereignisse gar nicht bemerkt. Wir hatten immer den Kontakt zu Schunzbach gehalten, aber spätestens nach dem Mord an Krumbein hätten wir ja von der Weimarer Kripo verhört werden müssen!

„Sehr spät haben sie überhaupt erst von euch erfahren. Ich kenne die Gründe dafür, sie liegen in der Person des Polizisten. Also musste ich den zuerst unter die Lupe nehmen. Ich beteuerte Ludwig, alles zu tun, dass er bald die Zelle verlassen könne, und kam auf die Idee mit dem Raubmörder. Ich selbst rief bei Schunzbach an, gab mich als Oberinspektor Dr. Krause aus, weiß gar nicht, ob es so einen gibt, und gab telefonisch den Steckbrief durch. So konnte ich eine neue Spur legen und den Polizisten zunächst entlasten, indem ich einen neuen infrage kommenden Täter einführte. Ich hoffte, dass Schunzbach dadurch unvorsichtiger werden würde. Außerdem hatte ich die Möglichkeit, mir alles mit eigenen Augen anzusehen. Ich hatte meine eigene Beschreibung durchgegeben und tauchte als Raubmörder bei euch in der Gegend auf. Aber sehr bald merkte ich, dass ich mit meinen Untersuchungen nicht richtig weiterkam. Die Stimmung im ganzen Dorf war inzwischen so aufgeheizt, dass ich mich als

Raubmörder nicht mehr sehen lassen konnte, ohne Gefahr zu laufen, auf der Stelle verhaftet oder zusammengeschlagen zu werden. Da fiel mir die Sache mit dem Maler ein. Ein Freund aus der Cranachstraße borgte mir einen Teil seiner Malerutensilien. Ich denke, alles andere wisst ihr ..."

„Ja!", sagte Grändi, „dass Sie ins Dach bei dem alten Borszwinski einstiegen und überall herumschnüffelten!"

„Auch letzten Donnerstag in den Gängen waren! Ich habe ihre Lampe gefunden!", fügte ich hinzu.

„Hm, deswegen hatte ich fast ein schlechtes Gewissen!", schmunzelte der Schriftsteller. „War doch ein bisschen dick aufgetragen! Kein Mensch macht in eine alte Stalllaterne seine Initialen rein! Aber, wie ich mit Freude sehe, es hat doch geklappt. Erstaunlich, man kann nicht dick genug auftragen! Werde mir das für meinen neuen Roman merken!"

„Kommen wir da etwa mit drin vor?", fragte Beno gespannt.

„Bestimmt! Vielleicht nenne ich ihn – ‚Verbrechen um Beno?'"

„Wie, Sie schreiben ein richtiges Buch über ..." Wir waren wirklich platt.

„Nicht zu voreilig. Erst einmal will ich euch noch zuende erzählen. Ich habe mich also als Raubmörder und Maler gründlich umgesehen, vor allem umgehört. Ich habe mich in den Gängen versteckt und habe doch tatsächlich ein heftiges, lautes Gespräch mithören können, das August Starkse und der Roland im hinteren Saal führten. Es war mein spannendster, vielleicht auch gefährlichster

Augenblick. Ich hatte mir dunkle Sachen angezogen, mir aus Holz einen Verschlag an der verschütteten Stelle gebaut, ihn mit Steinen und Erde getarnt und gehofft, dass ich nicht entdeckt werde. Stundenlang habe ich gewartet, dass einer oder beide kommen, um sie zu belauschen. Meine Erwartung bestätigte sich, sie kamen!

So erfuhr ich von der Bande und was sie vorhatten, war auf dem genauen Stand und konnte meine Ermittlungen ganz anders fortsetzen. Ich hörte von eurer Gefangennahme und bedauerte nachträglich, nicht eher aus Borszwinskis Zelle gekommen zu sein, sonst hätte ich euch befreien können. Gottlob hat es Helmut getan ... Wie gesagt, dieser eine Abend in den Gängen, als ich sie unter Lebensgefahr belauschte, brachte mir Gewißheit und Klärung. So erfuhr ich auch von Karl Krumbeins Bruder ..."

„Von Felix?", fragte Grändi überrascht.

„Ja, Felix Krumbein aus Hetschburg."

„Den kennen Sie auch? Haben Sie ihn etwa besucht, unseren Freund?"

„Euren Freund ..." Der Lange machte eine Pause.

„Ein prima Kerl! Er hat uns geholfen, den Plan zu entziffern!", sprudelte Franz hervor.

„Nun ja!" Der Schriftsteller druckste immer noch herum.

„Was ist mit ihm?", fragte Grändi, der als Erster die Spannung bemerkte.

„Er ist tot."

„Waaas?" Wir schrien dieses Wort. Gemeinsam schrien wir es und sprangen hoch, konnten diese niederschlagende Nachricht nicht begreifen. Was für ungeheure

Überraschungen mussten wir in dieser Geschichte denn noch erleben!

„Das stimmt nicht, das kann gar nicht stimmen!", sagte Grändi erschüttert. „Er ist angeschossen worden, ja."

„Aber er ist nicht tot, es geht ihm schon wieder besser;" ergänzte ich.

„Sagen Sie, dass es nicht wahr ist!", bettelte Franz.

„Ich weiß, es ist sehr schwer für euch," sagte der Mann, dem wir unser Vertrauen geschenkt hatten. „Aber es ist die Wahrheit. Felix Krumbein wurde heute Morgen erschossen – von August Starkse."

Wieder schrien wir auf und hätten heulen mögen. Also tatsächlich tot, nicht die Verwundung vor wenigen Tagen.

„Von August Starkse!? Aber warum ..."

„Er hatte seinen Grund." Wieder machte er eine Pause und schaute uns an, ob wir in der Lage wären, die nächste Nachricht aufzunehmen.

„Ihr habt mir von dem Tagebuch erzählt. Bei Gelegenheit möchte ich es bitte auch gern lesen! Ihr habt darin von einem gewissen Boss gehört, der die Bande leitete und gleichsam der Kopf war."

„Ich habe auch unten in der Höhle von ihm gehört!", ergänzte ich. „Der Boss sollte entscheiden, was mit mir werden sollte ..."

„Dieser Boss war – Felix Krumbein!"

„Das – das – ist doch Unsinn!"

„Das geht doch nicht!"

„Das kann doch gar nicht sein!"

„Ich wäre wirklich froh, wenn ich euch diese Tatsachen hätte ersparen können. Leider entsprechen sie der Wahrheit. Felix Krumbein war der Anführer. Von seinem sicheren Platz in Hetschburg aus hat er die Aktionen geleitet. Es ging ihm, anders als seinem Bruder, aber nicht nur um den Schatz des alten Güntsch, sondern vor allem um die Gemäldesammlung Krebs aus dem Rittergut Holzdorf, die 1945 spurlos verschwunden ist."
Wir konnten es nicht glauben.
„Und woher wissen Sie das alles?"
„Das hat mir August Starkse erzählt."
„Ich denke, der ist geflohen?"
„Nicht mehr. Er ist nur aus dem Gefängnis ausgebrochen, um an Felix Krumbein Rache zu nehmen. Keiner weiß, was es unter ihnen an Hass und Verachtung gegeben hat. Als sie noch aufeinander angewiesen waren, hat das gemeinsame Anliegen ihr Verhältnis untereinander bestimmt. Jetzt, da die beiden gefangen waren, brach die ganze Wut aus ihm heraus. Er hat sich freiwillig gestellt, nachdem er Felix erschossen hatte. Er wusste wohl, dass es zwecklos war, weiterhin zu flüchten. Ja – und das ist die Geschichte!" Er blickte durchs Tor hinaus auf das kleine Türmchen unserer Schule, deren runde Uhr gerade die 12 anzeigte.
„Schon so spät. Ich muss zu Ludwig. Er hat mich zum Mittagessen eingeladen; Ich will ihn nicht warten lassen. Entschuldigt mich ... Vielleicht kommt ihr heute Nachmittag mal vorbei? Dann sehen wir uns noch!"
Er hatte uns flüchtig die Hand gedrückt und war hinausgestürmt, unser Kriminalschriftsteller.

Wir saßen schweigend und erschüttert im Stroh, von den letzten Ereignissen erschlagen, traurig über den Tod von Felix und doch zugleich erleichtert, wenn wir in Erwägung zogen, dass er der Anführer und Urheber all der Verbrechen war und wir uns in seine Hand begeben hatten. Aber wir konnten es noch nicht glauben.

„Schade!", sagte Grändi nach einer ganzen Weile, „Montag ist nun doch kein Verbrecher."

## Nachbemerkung des Herausgebers

36 Jahre nach den geschilderten Ereignissen, im März 1995, wurde in der berühmten Petersburger „Eremitage" unter dem Titel „Verborgene Schätze" die bedeutendste Beutekunst-Ausstellung nach dem Zweiten Weltkrieg eröffnet. Ein halbes Jahrhundert galten die dort präsentierten Spitzenwerke des französischen Impressionismus als verschollen. Unter den 74 Gemälden, deren Farben, wie Kunstexperten meinen, durch die lange Lagerung im Archiv besonders prachtvoll erhalten geblieben sind, befanden sich 54 Meisterwerke aus der Sammlung von Dr. Otto Krebs aus dem Rittergut Holzdorf bei Weimar.

Winfried Arenhövel